长篇小说

失踪

廉声 著

只 要 我 们 记 得 / 他 就 不 会 消 失

河南文艺出版社
· 郑州 ·

我们曾经在因太阳而喜悦的甜美空气中愠怒，

我们厌倦了心中阴沉的迷雾，

现在我们在发黑的污泥中悲痛。

——但丁《神曲》

目录 —— CONTENTS

1

在市局大院，问起吴佑斌，年轻警察大多会说不认识，或说没见过。也是，这么大一个城市，警察数以千计，一个职位不高、五十出头的"老"警察，通常是不被关注的。就是分管人事档案的也只知道此人简历：二十世纪六十年代出生，当过知青当过兵，转业到派出所当民警，后调刑警队，又调市局做后勤工作。二十多年警龄，毕竟有一定资历，功劳不说，苦劳总有的，离退休尚有年头，相应位置还得再摆一摆。正好市局调整机构职能，设一个"历年案情综合处理中心"，是临时性编外部门，主任由后勤保障处处长兼着，吴佑斌任副主任。熬到这把年纪提副处，坐一次末班车，也算是好事。

市局大楼早挤满了各处室，这个编外的"中心"只能设在市局大院后面一幢五层旧楼里，一间办公室，一间档案室，门上有个牌子，还不是正规喷漆的。艾静第一天去报到，一眼就看出来，这是旧牌改造的，字是墨汁涂写的。她有点不舒服，怎么像冒牌货呢？

走进办公室，艾静看到靠窗边坐着个着警服的男人，敞着衣领，没戴帽，斜靠在椅背上，手上拿份材料正看着，听到脚步响，才坐正身子抬起头来。圆脸，淡眉细眼，板寸头，夹杂有白发，按专业术语说，面容特征不明显。她想，大概是中心负责人吧，即上前作自我介绍，我叫艾静，让我来这儿报到，参加中心的工作。

对方没动，只微微一点头，噢，你是艾静。好啊。我叫吴佑斌。你先在那边办公桌安顿一下吧。

艾静环顾室内再无他人，脱口说，怎么没人啊？

吴佑斌看她一眼，怎么没人？你我不是人啊？

我是说……艾静略感失落，我还以为，中心嘛，会有……好些人呢。

人多人少不重要，工作还是有的做的。吴佑斌说罢，顾自看材料，不再理她了。

工作确实有的做。很快，艾静面前办公桌上摞起一大堆原始案情记录本，光这些就够她忙上一阵的，隔壁资料室还有好多呢。

大学文科毕业的艾静，两年前参加公务员招考，进入市局服务窗口部门，已是训练有素的文员。她性格活泼开朗，不算很漂亮，但肤色白净，光滑的脸，没有年轻人常见的青春痘，属很耐看的一类。重要的是，她办事稳当，坐得住，适合办公室工作。

不过，一开始艾静差点犯了错误。

一份很早以前的案情记录。那时还没有标准的记录本，散装的纸，用回形针别在一起，纸张都发黄了，甚至有点发脆，重揉一下得碎了。上面记录着一个电话报案，以及处理此案的简要情况。有个名叫何自强的年轻男子失踪。家人打电话给110报案，110即通报当地派出所派人调查，有简单的笔录。派出所民警及失踪者的家属外出寻找多日，未发现此人行踪。这些均记录在册。后来没下文了。没有家人催办寻找其下落，也没人来办死亡证明。

此类失踪报案，家人不再催办的，通常没事。或是失踪的人忽然出现，或是被家人找到了，啥事没有，阖家欢喜，也懒得再给派出所打电话了。也难怪，找公安民警的，都是出了不好的状况，后来没啥事了，何必再打电话烦人家？过去是放下不管，现在整理材料，要分入档不入档，有必要的工作程序。艾静按程序打一下报案电话，电话已停机。记录上还有一个寻呼机号，现在肯定无法打了。又查了那个报案人，失踪者的姐姐，原存电话已是空号。毕竟有二十年了，要不是整理案卷，这个失踪案算自行消解了。

艾静差点把这份案情记录处理为不入档一类，当废纸丢进废纸篓里。实际上，她已经把它丢进去了，可心里有点不踏实，又捡了起来。她决定进入电脑数据库，查找一下本市是否有叫"何自强"的人。

果然有，而且不止一个。有三个"何自强"，只是年纪好像都对不上。有一个七十多岁；有一个三岁，肯定不是；有一个年岁较接近，但推算一下，似乎大几岁。要不要继续对此人进行查找核对？恐怕还要费些时间。或是放弃？

艾静有点为难，只好向领导请示，吴主任，你看这个……怎么办？

吴佑斌想了想，说，先搁一搁，暂不入档，也不要作放弃处理。像这样的情况，估计还有，单独列一栏，回头有时间再核查一下。别看案卷只是薄薄几页纸，也许就是一条沉甸甸的性命呢。

最后这句话，让艾静心里悠悠地一沉。

偌大一个城市，每天有大大小小的案情发生，凡有报案，警方都会记下备存。报案有虚有实，有真有假。有的案子破了，结案了；还有没结案的，挂着；更多的是虚案，就是说，根本没事，或只是鸡零狗碎的小事。把过去多年报过案没有下文或没有头绪的案情记录重新整理一遍，可对以往多年工作做个阶段性的了结。这个"中心"的工作，说白了，就是整理历年案情记录材料，建立统一档案，以备日后查阅。

吴佑斌心知肚明，把他安排在中心任职，等同于退"二线"。兼着中心主任的俞处长笑着对他说，这个不用赶任务，不着急，弄个三年五年，工作做细做实就行。吴佑斌还是多问了一句，如果在整理中发觉有什么隐情，或是有案情线索呢？

俞处长愣了一下，说，那你就酌情处理呗。呵呵，你老公安了，这还用我说？

俞处长年轻，才四十挂零，警官学院毕业，有专业素养，也有涵养，对这位前辈说话还是很有礼貌的。时下当警察讲究专业素养，年过五旬的吴佑斌和二十多岁的艾静，都属公安系统的"异类"，换句话说，他们都不是正规警察院校培养出来的专门人才。艾静是近年通过公务员招考进的公安系统；吴佑斌呢，因年轻时"自学成才"，有一技之长，才得以进公安这个门，吃上了警察这碗饭。

吴佑斌读书时，初高中学制都只有两年，毕业时才满十六岁，严格说还未成年，但按那时政策必须下乡当知青，接受再教育。在市郊农村务农的两三年间，有一件事触发他身上的某种特性，决定了他此后的人生志向。

　　一天早晨，吴佑斌在门口刷牙，忽听几个农妇在一旁惊头怪脑地议论。隔壁村发生一桩吓人的事：有个三十来岁的妇女，早上被发现暴死在田头，身上衣裳被扯得稀烂，下身袒露无遗，还有道道血迹，模样很惨。现场粗粗一看，像是凶徒强奸她后又残暴地将她弄死了。当地派出所民警也这么认为，要立为凶杀大案，赶紧打电话让上面公安局来人侦查，还在村里排查，弄得很紧张，有点人人自危。偏巧村里有个名声不好的男人，那天半夜外出被人看见了，便被列为嫌疑人，暂扣了起来。

　　吴佑斌很好奇，跟随一些人赶到隔壁村去看热闹。案发地在一块油菜田边，且是油菜花盛开的时节。他看了一会儿，看出一些疑点。那妇女死的地块，油菜全被捣烂了，黄黄绿绿一大片。死者的身子仰靠在一尺多高的泥坎上，那坎上的野草都已蹭烂，地皮也蹭掉了，露出深褐色泥土。妇女的前身后背沾有深褐色的泥巴和浅绿色草浆，下身有多处蹭破皮肉，可称作血肉模糊，花短裤被扯得稀烂。不远处有两头牛在吃草，一头母牛，另一头是强壮的公牛，看上去很安静。

　　吴佑斌独自闷声不响地走来走去，左看看，右看看，忽然扭头低声对同行的两个知青说：这妇女不是被人强奸后弄死的。同伴急问，那凶手是谁？他指指那头公牛，凶手很有可能是它。他这么说，同伴都不信，笑他瞎说，要他说出理由。

他说，我有理由。即问村里人，那妇女是不是一大早牵那头母牛来这儿吃草？人说是的。那就对了，他说，公牛是追着母牛来的，那母牛发情了，公牛要跨上它跟它交配，妇女可能要阻止它的野蛮行为，把它惹毛了，就对她发起攻击，把她抵在田坎上弄死了。你们去看，那公牛的额头和两只角上都是泥，说不定还能找到女人短裤的碎片。也是怪，还真的从公牛沾满泥巴的额角间找到一缕碎布，跟妇女的短裤花色一样。

在农村待着，跟农民们在一起干活，吴佑斌见过公牛追逐母牛起性子不管不顾的狂暴情状。根据现场分析，他得出结论，很可能是公牛因追母牛受拦阻而把妇女顶死了。

公安局刑警队的人来了，其中一个是队长。他东看西看，最后把目光瞄向那头公牛，随后走过去看那牛，得出的结论与吴佑斌完全一致，妇女确实是公牛顶死的。

这件事让当地农民对吴佑斌这个年少知青刮目相看了。

不久，邻村有失窃事件发生，同伴便鼓动吴佑斌去看看。他去了，还真让他看出名堂了，说出偷窃者的体貌特征，一查对，有那么个人，就找那人，果然是他偷的。

另一件事就更奇了。十里外有个朱村，一个妇女忽然失踪了。丈夫以为她赌气回娘家了，隔几天没回来就去叫她，却被告诉根本没回娘家。丈夫这才急了，四处去寻，亲戚朋友家寻遍，仍了无踪影。又让许多人到水库河湾等处去找，打捞很久也没有。有人说起知青小吴有判案的本事，把他拉去帮着找人。吴佑斌在村里走了一圈，说你们去猪肚湾山里找找吧。结果真找到了，妇女用裤腰带把自己吊死在半山腰一棵杉树上。

丈夫说出原委。妇人那天进猪肚湾山拗笋，回家后丈夫发觉她上衣前襟被扯破一道，露出胸前白嫩的皮肉。妇人分辩说，是钻林子时不小心让一棵杉树的断枝挂住，用力扯了一下，扯破了。丈夫起了疑心，怀疑她与哪个野男人在山里做那见不得人的事。妇女委屈难辩，一时气极，跑进山里，把自己吊死在那棵钩破她衣衫的杉树上了！

知青吴佑斌成了当地小有名气的人物，被称作"小神探"。其实他只是偶然得到一本苏联的侦探小说《形形色色的案件》，冬闲时把这本书前前后后看了好多遍，有点入迷了。他喜欢用脑子，遇上蹊跷的事爱琢磨，日常生活遇上奇疑事，让他有了小试牛刀的机会，竟让他办成了，也出了名，为他日后当警察埋下伏笔。

那年冬季征兵，当地干部鼓动他去参军，当侦察兵，有机会立大功。他心头一热，就去报名，体检合格，顺顺当当地去了部队。那时南方正在打仗，侦察兵是急需人才，他以为自己可以上前线，可惜未能如愿。他所在部队虽开往前线，却是预备队，预备了几个月也没能上战场，他这个侦察兵始终没机会上前线展露身手。

南方战事结束，吴佑斌退伍回原籍安排工作。他要求当警察，特加括号：刑警。他如愿进了公安局，却被分到派出所当一名片警，做的是零碎杂事，偶尔才抓个小偷，很不过瘾。一回市刑警队有人来派出所协查，吴佑斌一眼认出带队的是那年去农村调查公牛案的刑警队队长。吴佑斌提出要当刑警，队长就把他调去刑警队了。吴佑斌跟着刑警队队长学到不少东西，不久便独当一面，有了出色表现，立过功，受过表彰。后来因一桩案子处置不当离开刑警队，转到后勤部门，做分发警服警械之类的杂事，一直干到鬓角有了白发。

那桩案子的始末，他从没跟别人说过，包括家人。

2

　　一段时间后，艾静已适应这个相当安静的工作环境，只是吴佑斌过于沉默的性格让她不习惯。他总坐那儿埋头看材料，偶尔会站起来，两只手互搓几下，两眼望着窗子外面，呆呆地看很久，而对同室工作的年轻姑娘，除工作上必需的交谈，有时一整天不跟她说一句话，把她这个有血有肉的唯一下属，当成一幅室内静物画，或者仅仅是处理桌上一大堆资料的一部"机器"。艾静甚至有点自卑，莫非我长得太丑，他连多看一眼的兴趣都没有？

　　兼着主任的俞处长有时会来中心转转，手上捧着茶杯，站在办公室跟吴佑斌闲聊一会儿。工作上的事他几乎从来不问，只是扯些其他的话题，时事新闻啊，房产新政啊，养生之道啊，轻松说笑一通，转个身走了。

　　有一回俞处长过来，吴佑斌不在，上卫生间了。俞处长踱步到艾静桌前，跟她聊了几句，问她家里情况，父母啦，住房啦，对象啦，忽然问，哎，你对吴主任印象怎么样？

艾静愣了好一会儿，才支支吾吾地说，吴主任他……很少跟我说话，好像性格有点内向。是这样的吧？

俞处长说，对，他这个人不爱多说话。不过，也有其他因素。你知道吗，老吴妻子去世多年，女儿又不在身边，有点孤独，最好能帮他找个伴。这事你要多关心呢。

艾静有点吃惊，这个我真不知道。吴主任他……真是那样的吗？

俞处长点点头，你不知道，老吴这个人，唉，这些年不是很顺，有点吃亏。现在年纪大了，身边又没个伴，生活上肯定不如意。我们也想帮忙，可惜系统内部没合适的。怎么样，小艾，这事你用点心，好吗？

吴佑斌回到办公室，俞处长已经走了。艾静对他说，俞处长来过了。吴佑斌点点头，嗯，应该没什么事。艾静也没说俞处长对她说的话。

不说，不等于艾静没把这事放在心上。毕竟是领导专门关照的，要帮的又是顶头上司，无论怎样也得试一试。但她熟识的女性都很年轻，跟老吴的年纪搭不上。她想，这事恐怕还得拜托妈妈出面帮忙了。

艾静妈在一所小学做总务，接触的人多，又是个热心肠，女儿这么一说，她当即表态，这事没问题，现成就有合适的人选，抽空我去你们单位走一趟。

隔天艾静妈果然来中心探望女儿了，还带了吃食。她很快就跟吴佑斌搭上话，天南地北聊得很好，一定要他尝尝自家做的水饺。第二天就是周末，临下班艾静接到她妈电话，说多做了几个菜，让她"顺便"把吴主任请去家里吃晚饭。吴佑斌要推辞，艾静让他对她妈说。最终吴佑斌无法谢绝对方的热情邀请，随艾静去她家了。

到那儿吴佑斌才知道，邀请的不只他一个客人。饭桌边，除艾静母女，另坐了一个四十几岁的女人，个子不高，略显瘦弱，衣着素淡，眉眼清秀，未施妆饰的素颜很白净。这个叫刘槿的女人似乎也没料到会有个陌生男人过来同桌吃饭，介绍时举止略显局促，脸上竟泛起一点红晕，像个怯生的小姑娘。这样的布局，两位客人肚里自然会有猜测，也必然有点拘谨，但都不说什么，来都来了，就顺由主人了。

家常菜做得不错，几荤几素，色香味俱全。开了一瓶红酒，透亮的高脚玻璃杯里，深红的色调与家庭晚餐的情调相宜，彼此轻碰一下酒杯，表示初识的幸会与愉快。好客的女主人面带微笑，一再给客人搛菜，请客人品尝她精心烹制的各种菜肴。这种场合，聊天是最有效的交流手段，且得寻找有点意思又能相互谈得起来的话题。艾静妈显然擅长此道，循循诱导，不断扯一些话题，引同桌的两位客人参与对话，活跃餐时气氛。

艾静妈比吴佑斌年长几岁，自称也喜欢读书，说起上世纪八十年代的文学热，提到了"伤痕文学""寻根文学""知青小说"，一下找到了共同话题。他们都曾是当年的"文青"，喜欢读时尚小说。吴佑斌下乡当知青，读过小说《今夜有暴风雪》《蹉跎岁月》，即发表一些感慨之词。这一话题也吸引刘槿小心翼翼地加入了讨论，说她读师范时，在校图书馆读过几部"知青小说"，对《血色黄昏》这部小说感触更深，说作者老鬼曾遭遇许多苦难，经历了"地狱"和"炼狱"般的重重磨砺，才写出这部与众不同的"知青小说"。刘槿说这番话时，声调不免提高了些，有点激动。吴佑斌多看了她几眼，发觉那张原本有点呆板的脸，一下灵动起来，眉眼间似有波光流溢，闪出俊美姿色。

话题再次转移，又扯起其他事，当下的一些热门话题，两位客人却好像没太多兴致，有一搭没一搭的，尤其刘槿，好一会儿没说话，眼睛只呆呆地看着面前盛着红酒几乎没动的玻璃杯。一顿饭吃了一个多小时，该收了。略坐一会儿，喝两口茶，客人便各自告辞离去。还是在艾静妈的催促下，两位初次见面的客人才交换了电话号码。

这时吴佑斌想起，刘槿这名字好像在哪里见过，一时又想不起来。

第二天上班，艾静问吴佑斌，昨天见过的女人是否留下好印象。

吴佑斌愣了一下，反问，好印象，坏印象，这重要吗？

艾静说，当然，因为……我妈的意思……

吴佑斌随即淡淡说一句，这事恐怕不会成的。

艾静一下噎住了。她有点失望，忍不住提高声音说，吴主任，你的要求也太高了，这么有气质的女人你都看不上？知道吗，她曾经是当地的一枝花啊，而且一直未婚，说不定还是处女呢。

说到"处女"二字，艾静的脸上有点不自然，见吴佑斌正直眼看着她，越发不自在了，又说一句，现在年轻姑娘很多不是处女了。

吴佑斌又看她一眼。

艾静急了，说，我也不是处女了，你相信吧？

吴佑斌点点头，我相信。

艾静的脸顿时红透了。

那天，她再不敢跟吴佑斌说一句话。

艾静的处女身是在大学被第一个男朋友破了的。严格地说，那人还算不上男朋友。

那时她读大二，很单纯，连初恋都没经历过，男女事什么也不懂。一回看几个高个子男生在操场上打篮球，其中有个高大威猛的男生，球打得好，模样也很酷，脸上留着浓黑胡子，身上、腿上还有浓黑的汗毛。有女生满脸羡色，对他大声说，真帅！太性感了！她也被感染，壮壮胆子过去给他送擦汗毛巾，对他献上甜美的微笑。他们就这样认识了，有了交往。他主动来找她，一起吃了两次冷饮，看了一场电影，AA制（平分费用）的。在电影院，他伸手过来搂着她的腰，她哆嗦了一下，没敢动。接着，他又把一只手放在她的腹部，并毫不迟疑地往上推进。她愣了一会儿，坚决把那只手推开了。看完电影，他请她去他宿舍，说要送她一件礼物。她犹豫了半天，才随他进了宿舍门。没想到才进去，门一关上，什么话也没有，根本不容她反抗，他就把她按倒在硬邦邦的床上了。男生的力气很大，任凭她努力挣扎，还是被扯散了衣裳，内裤也扯烂了。她要喊，他用自己的头抵着她，一张热烘烘的大嘴把她要发出的叫声给封住了，男人粗硬的胡楂猛地戳在她脸上，生疼生疼！逼在眼前的那张男人的面孔，额头青筋暴突，眼珠充血，尤其那张嘴，张得很大，尖利的牙龇着，喘着粗气，很凶狠，很险恶，如同一头发疯爹着毛发的野兽！她被吓傻了，身子一下软掉了……

这事对她伤害很深。但她对谁也没说，强忍着痛苦。大学校园余下的许多个日子，她感觉整片天都是灰蒙蒙的，很不好过。她像一头负伤的小兽躲藏在僻冷的角落，几乎与所有男生绝交，连女生都淡了交往。毕业后工作一两年了，在母亲不断催促和刻意安排下，她不得已勉强与两三个男青年有过交往。她十分警觉，看电影、去夜总会之类的约会坚决回绝，见面也就喝喝咖啡，游一下公园，连手也没让男人拉一回，别说再发生那样可怕的事了。

　　大学二年级那次痛苦屈辱的经历，让艾静一想起便戳心般难受。她想不明白，男人这种情状下真跟发疯的野兽一样吗？

3

俞处长这次来，手上没拿茶杯，一进门就朝艾静这边走，脸上带着笑。艾静以为处长是要打探托她办的事，站起来想说话，却见处长身后又出现一个人。

一个年轻的男人，穿警服的。

艾静不明白了，直眼看着俞处长。

俞处长笑着说，小艾，你不是说中心人太少吗？我给你们增加一个帮手，怎么样？

艾静愣了一下，帮手？

俞处长指着那人，陆晓飞，年轻帅哥一枚，是吧？嘿嘿，小陆，过来，先跟小艾，我们中心漂亮能干的艾静同志，认识一下。

陆晓飞在俞处长身后站着，手上拎个黑色帆布双肩包，高个子，瘦长脸，戴墨镜，肤色偏黑，脸上皮肉绷着，没丝毫动静。显然，他对俞处长安排的这种见面方式不以为然，既不上前，也不伸手，只让脸上肌肉机械地抽了两下，朝着艾静点了点头，算打招呼了。

艾静有点不爽，皮笑肉不笑地朝对方嗨了一声，算是回应了。

那边坐着的吴佑斌，一直在低头看一份材料，动也没动，好像中心又来一个人，跟他没关系似的。

艾静有点不高兴了。中心要添人，吴佑斌肯定是知道的，却不跟她透个口风，没让她先有个心理准备。这间办公室的二人格局刚有点适应，猝然又多出一个人，尤其新来这人，面孔阴沉，爱搭不理的，以后就坐在她对面，每天脸对脸看着，多别扭啊！再说，看他这样，让他端端正正坐办公室，每天翻旧纸堆、做统计、制图表，能坐得住？鬼才信呢！

还真让她料着了。陆晓飞上班头几天，一会儿说原先的工作没交接好，一会儿又请假去办理转岗手续，没在办公室踏实坐下一回。吴佑斌也不管，陆晓飞说有事，就由着他外出，问都不问一句。艾静有点愤然，凭什么他可以这样？

中午去食堂吃饭，遇上一起在对外服务窗口待过的小米——一个胖乎乎细眼睛的姑娘。两人凑一起吃饭，随便闲聊了几句。艾静说起办公室来了个让她讨厌的新同事。小米居然对那人的情况了如指掌，一脸诡笑，嘀嘀咕咕说了一大堆话。艾静听了，竖起两条细眉，真有点吃惊呢。哎呀，原来是这样啊，难怪！

下午，艾静在办公室坐着，憋了好久，还是没忍住，走过去对吴佑斌说，你知道吗，吴主任，陆晓飞这个人，是犯错误受了处分的！这种人怎么弄到我们这儿来呢？把我们中心当什么啦？

吴佑斌慢慢抬起头，看着她，你怎么了？瞎打听什么！

艾静愣了一下，我说错了吗？他不是犯错误……

吴佑斌摆了摆手，好啦，别说了，年轻人哪有不犯错的！小艾，你能保证这辈子不做错事、不犯错误？

艾静顿时哑口，脸也红了。

小米说，陆晓飞被贬是因为一桩经济案。

陆晓飞进市公安局，分在经侦队，办过两三年案子，也算有点资历了，不想却栽在一起他经办的经济案上。一个姓孟的女人，搞财务的，有几分姿色，还有点痴情，为了她痴迷的男人，把自己掌管的公司的大笔钱款弄出来，让那个男人去搞投资，结果可想而知。事发后那男人畏罪潜逃，这傻女人落入法网。她管的账本里有一百多万亏空，这是事实，无法抵赖。陆晓飞作为办案人员，多次与她接触交谈，想必是男女相近，言谈之际，眉眼相交，暗生怜爱，话语中难免漏出一些信息，姓孟的女人抓住他的弱点，以色相引诱他，陆晓飞虽保住了底线，还是因泄密受到处分，被调离经侦队，"发配"到这边来整理档案了。

在胖姑娘小米一大篇夹叙夹议的艳俗故事里，陆晓飞就是个十足的花心风流哥儿。艾静内心对这种男人是鄙视的，有意要跟他保持必要的距离。她把一大摞材料放在桌前，堆得高高的，像一堵墙挡着，省得跟陆晓飞那张阴沉沉的长脸对视，看也不是，不看也不是，很不舒服。没想到吴佑斌走过来，指着桌上的材料跟陆晓飞说，小陆，你坐着没事，看看这些材料吧。有什么想法就跟我聊聊。

陆晓飞嗯了一声，从那堆高高的材料上随手拉下几份，斜着身子跷着腿，很随意地翻看起来，像是在浏览过时的旧报纸，看完一份，就往桌上随手唰地一丢，散乱地堆着，不整理，也不登记。

艾静忍了好一会儿，忍不住了，把一份登记册递过去，说，你看过材料，有没有问题，在这上面登记一下，行吗？

艾静的话说得有点生硬，陆晓飞抬眼看看她，鼻子里发出一点声响，也不知是嗯还是哼。他朝那份登记册瞄了一眼，仍不去动它，又侧转身看另一份材料了。

艾静肚里憋着火气，没办法，只好忍着。

陆晓飞忽然站起来，手中拿着一份材料，径直走向吴佑斌，大声说，吴主任你看看，这个是不是有点问题？吴佑斌拿过去看了看，点了点头，嗯，是有点问题。登记一下，先作备查记录吧。陆晓飞转身回来，把那份材料拿过来往艾静面前一扔，也不说话，转身回到原座位上，照原样斜着身跷起腿翻看起材料。

艾静有点恼火，不愿去拿那份材料，瞪着眼睛对陆晓飞说，你看完材料，不能自己做个登记吗？我又不是你的下属！

陆晓飞看到艾静那张因生气微微泛红的脸，露出惊讶之色，你怎么了，生那么大气？工作嘛，大家配合着做，你登记一下，那么费劲吗？

艾静反驳说，工作有分有合，你看过的材料，你自己登记，各负其责，不对吗？

陆晓飞似笑非笑地说，艾静同志，你先进山门为大，是师傅噢。我初来乍到，还不熟悉工作流程，这是向你讨教，尊重你呢，你干吗不开心呢？好好一张充满青春朝气的漂亮面孔，一生气就不好看了呢。

陆晓飞这么似正经又似玩笑地说，艾静反倒说不出话了，心里更加别扭。挨了一会儿，她只好把陆晓飞看过的材料拿过去登记了。这一上午，她的脸一直是板着的，没跟陆晓飞打个照面，也没跟他说一句话。

下午，让她出气的机会来了。

市局内保处的两个人拿着公文夹走进办公室。他们找陆晓飞，让他补签一份讯问记录。他们用平和婉转却明显公事公办的语气跟他说明来意，又问他是否介意在这儿办，要不要另找个地方。陆晓飞冷冷地说，我不介意，这大院里谁还不知道我这点事！

就在艾静与陆晓飞共用的这张桌子前，陆晓飞在一份讯问记录上，在几处笔迹模糊的地方，用手指头蘸了红印泥，一一补按了手印，来人按规定还把某些段落句子读了一遍。艾静就在对面坐着，她想不听也不行啊！

两位不速之客办完事走了，临走还向艾静客气地点点头，意思是打扰你正常工作，抱歉啦。她呢，尽可能地保持平静的神态，脸上没露一丝笑意，但她的内心是莫名欢欣的，有种难以抑制的快感。

她发觉陆晓飞正盯着她看，且满脸的恼意。

你是不是很开心、很解气？

怎么了？我笑了吗？艾静反问，我没笑，我也什么都没说呀！

可你脸上明明这么写着呢！陆晓飞怏怏地说，是不是有一种窥视后的快感？还有什么没打探清楚想知道的？我现在可以全部告诉你，想听吗？很刺激呢！

艾静有点恼了，我干吗要听？干吗打听你的事？哼，你以为我乐意听吗？告诉你吧，这种破事我根本不想听！可不想听都不行，市局大院里还有谁不知道啊？我是觉得……好端端一个人民警察，犯不着……被女人用色相拖下水。哼，你也真可以，那种女人你也看得上眼？口味有点重吧？

陆晓飞也恼了，那种女人！你知道什么？你别自以为是了！那样的女人，恐怕比你还好一点呢！

艾静一下被噎着了，气得直瞪眼，扭过头去，再不跟陆晓飞说话。

两人发生冲突时，吴佑斌没在办公室，有事外出了，两三个小时后才回来。过后三人还照常待在一个办公室，像什么事也没发生过。不过，艾静的感觉中，办公室的空气凝重了许多，很长时间鸦雀无声，没人说一句话，甚至咳一声。陆晓飞想必也不好受，坐那儿很不耐烦，不时地外出溜一圈才回来。唯独那边的吴佑斌，依然平静如常地把脸埋在一堆材料上，似乎很享受这种宁静无声的办公氛围，只偶尔地站起来，两眼呆望着窗外，两只手习惯地互搓几下。

几天后，艾静把近期整理的材料归纳一下，拖出一张单子交给吴佑斌。单子上列了十几个失踪者，他们的案情结论看上去还存在一些疑点，需作进一步调查，求得最终证实，才可以归档。吴佑斌认真翻看一遍，又招呼陆晓飞过来，你看看，有没有感兴趣的？

陆晓飞走过去，站在那儿把那份单子翻看一番，抽出一份，说，我对这个有点兴趣，先看看，就走回原座位了。

对座的艾静说，你拿过来，我登记一下，有个数。

陆晓飞不太乐意，还要再登记？

艾静接过那份材料，看了看，上面附有照片，有个漂亮女人。她便想，原来失踪的是个美女。一撇嘴说，不会是因为这美女你才感兴趣吧？

陆晓飞看她一眼，想说又没说，鼻子里哼一下，从她手里把材料拿去了。

下午陆晓飞没来办公室。艾静问吴佑斌，他说陆晓飞出外勤，去外调核实情况了。艾静脱口说，就那个漂亮女人的材料？哼，他是趁机见那个女人吧？吴佑斌说，那个女人失踪的事，确实有点蹊跷。要真让他查出什么蛛丝马迹，也是我们中心的工作成绩。

艾静心想，这是为那家伙打掩护吧？不满地说，我们不是整理材料、归纳档案吗，怎么还要去侦查？查案，那不是刑警队干的活吗？

吴佑斌看着她，神情有点严肃，整理的目的是什么？如果整理出有用的线索，不是帮了刑警队的大忙吗？别忘了我们是人民警察。

艾静心里咯噔一下，再没说话了。

傍晚下班，艾静整理完桌上的办公用具，提了包要走，吴佑斌把她叫住了。

什么事，吴主任？艾静问。

吴佑斌似乎有点难以启齿，两只手相互搓着，那天……在你家见过的那个女人……

艾静一怔，你是说刘槿吧？

吴佑斌连忙点头，是的是的。你能不能告诉我，她的家境，还有她个人的一些情况。

艾静心想，这人也怪，好多天过去了，才想起问这些，反应也太迟钝了吧？即问，怎么，你是不是又对她感兴趣了？

吴佑斌笑笑，没说话。

艾静说，我跟她也不熟。要不我回家问我妈，明天再向你汇报吧。

艾静妈和刘槿在学校共事多年，但实际接触不多，几年前刘槿离开学校去市图书馆工作，也不清楚她的近况。只知道她没结过婚，一直单身过日子，母亲早亡，父亲因病卧床，多年前也去世了。艾静妈打电话对刘槿说，那天见过面的那个男的，喜欢你，想见你呢。那边刘槿呆了一会儿，噢一声，也不说什么。艾静妈让女儿把这些转告吴佑斌。他听了也只是一笑，没说什么。艾静猜测，他可能就此作罢了。

4

　　市图书馆侧门在一条不长的小街内。下午三点多，古籍修订部的刘槿照例这时候出来，到门卫室拿寄送过来的书籍信件。门卫告诉她，有人在等她。刘槿有点奇怪，谁会在这儿等我？扭头看到有个男人独自站在门边。她愣了一下，那人也看到她了，朝她笑了笑。

　　刘槿认出来了，是在艾静家见过一面的吴佑斌。

　　她犹豫了一下，朝他走过去。

　　两人见面，没握手，也没问候一声，只是点点头。吴佑斌搓了一下手，又做个手势，说到那边去坐坐，好吗？看她没表示反对，他就往所指的那个方向走去。

　　两人走进一家咖啡店，是"两岸咖啡"，找个僻静处坐下了。服务员递来茶单。吴佑斌把茶单递给刘槿，你点吧，爱喝什么咖啡？

她略感意外，说你怎么知道我喜欢喝咖啡？

吴佑斌说，我是猜的，你应该喜欢喝咖啡，而不是茶。

刘槿点了咖啡，吴佑斌点了龙井茶。

隔着小桌，两人对面坐着，一个慢慢品茶，一个用小勺喝咖啡，聊聊饮食天气，聊聊各自喜欢读的书。

吴佑斌有借书证，有时会来图书馆借书。他说，下回我来借书，顺便过来看你，行吗？

刘槿说，行啊，服务读者也是我的工作职责嘛。

两人这么轻松地聊着，不尴尬，也不冷场。

半小时后，茶过两巡，咖啡杯见底。刘槿客气地站起来说，对不起，我还得回去上班，先走一步了。

吴佑斌站起来，送她到店门口，说你慢走，我再坐一会儿。

两人没说别的，就此分手了。

第二天，吴佑斌把这事对艾静说了。她趴在办公桌上，支着双臂看他，说，你们这算约会吗？你们这年纪的人都这么拘谨，这么小心翼翼吗？

吴佑斌笑道，那按你们现在年轻人的标准，怎么算是约会？

艾静说了年轻人约会的一些套路和趣闻。说到她自己，就不肯说了，另找话题扯开去。艾静问吴佑斌，你们在"两岸咖啡"，不会也是 AA 的吧？

吴佑斌愣了一下，摇头说，没有。我点单时就付钱了。哦，对了，她说过一句，这回你付了，下回我付。这算不算AA？

艾静暗自吃惊，你们说定下回见面了？在哪里见？

吴佑斌说，没有。她有事先走了，没说在哪里见。

艾静唔了一声，没再问下去。她是想，他们也许没下回了。

几天后，吴佑斌再次出现在图书馆侧门时，已是下班时间。

刘槿对吴佑斌再次不约而至略感吃惊，眼里闪烁着一丝疑光，你怎么……过来借书？

吴佑斌笑着说，没有。出来办事路过这儿，顺便看看你。下班了吧？

也不先打个招呼，万一我不在呢。她这么说，话里倒没有埋怨的意思。

吴佑斌说，那也没关系，今天没碰上，就下回嘛。

你还真是……有耐心呢。刘槿没有邀吴佑斌往里走的意思，而是用一种开玩笑的口吻说，是不是又想请我喝咖啡？

吴佑斌一笑，说，好啊。下班了，怎么都行。

于是，两人一前一后走出侧门。

走了几步，吴佑斌问刘槿，你真想去喝咖啡？

刘槿说，哪有这时候喝咖啡的？你要没事，陪我去买点东西吧。

吴佑斌说好的，也没问买什么。他往好里想，也许是想买点菜或吃食，再邀他同去她的住处。

没走多远，拐进一条小巷。在巷子中间，一个不起眼的小店门口，刘槿站定了。

吴佑斌看了一眼，明白她想买什么了。

小店门前显眼处，摆放着成把的香火蜡烛、成串的金银纸元宝，还有一沓一沓花花绿绿的冥币。刘槿要买的是祭祀用物。吴佑斌有点奇怪，问她，怎么这时候买，清明节不是早过了吗？刘槿说，我们那儿的习俗，农历七月半，要给死去的亲人招魂烧纸钱。

刘槿认真地选择那些祭祀用的东西，末了又问店主，有没有烧给死人的纸衣和纸鞋帽之类的？店主说近来缺这类货，她有点失望，又问一句，没别的了？

店主想了想，噢，好像还有些先前卖剩的，有的破损了，你要不要？可以打对折的。说罢，拿起一个纸板箱，从里面拿出一些散乱的纸剪品，五花八门，有各种家具、麻将扑克、名烟名酒等，印制粗糙，色彩倒蛮鲜艳的。

刘槿半点不犹豫，说这些我要，都要了。

这也是拿去坟前烧的吧？吴佑斌轻声问，你信这个吗？

刘槿一边把买好的各种祭物收在一只大塑料袋里，一边慢声道，不是信不信，不过是随俗嘛。我妈活着的话，今年七十岁，我想按当地风俗给她做一回冥寿。说到底，也是给自己内心一点慰藉吧。

噢。吴佑斌又问，在城里弄这些不方便，得在晚上没人的时候吧？

刘槿说不，拿回老家，去城西郊外。

吴佑斌说，那你要专门去一趟郊外的墓地？

刘槿嗯了一声。

吴佑斌不再问下去了。

走出里弄，拐过街口就是图书馆正门。刘槿忽然停住了，看着前面迟疑起来，扭头对吴佑斌说，那儿站着几个同事，看见了不方便。要不，你先走吧。

吴佑斌愣了一下，哦，那我先走了。

5

　　艾静整理到一份失踪材料，三年前的。按惯例，她试着拨打了留存的那个失踪人的电话。意外的是，电话居然通了，而且接电话的自称是失踪者本人。艾静吃惊地问，怎么回事，你真是裘康吗？

　　是的，我是裘康。我没失踪，活着呢，活得好好的，哈哈。说话的是个中气很足的男人。

　　失踪者有回应，证明他没有死，而且活得很健康，这份材料可以释疑归档了。艾静语气委婉地对裘康讲明打电话的缘由，顺便说声祝你健康快乐，就要把电话挂了。对方却不肯放电话，似乎被感动了，显得很热情、很兴奋，说了一大堆感激的话，又说，如果方便的话，还想就此事跟公安民警面谈一下。

　　艾静有点犹豫，你是说见面谈吗？有这个必要吗？

当然。毕竟我是失踪过的呀！叫裘康的男人说，要细说起来，我失踪这件事可神奇啦，能写侦探小说！难道你没有一点好奇心，不想听听其中的曲折过程？或许对你们以后查案破案有好处呢。是吧？

似乎是很诚恳的要求。艾静想到吴佑斌说过的话，就答应了。

第二天是周六，休息时间。艾静与裘康约定周六下午三点见面。艾静没向吴佑斌提及这事。在她看来，与那人见面的事虽与失踪材料有关，却已在工作范围以外了，她不想跟陆晓飞那样占用工作时间。

这天晚上她没能睡好，有点小兴奋，隐约还有点不安。毕竟她从没这样因工作跟一个陌生男人约定见面过。她还没完全想明白，答应跟那人见面，究竟是出于好奇心，想听一个离奇的故事，还是仅仅因为对方过于热情。

下午出门时，艾静对她妈也没说实话，只说去见同学了。她一时想不好穿什么衣裳。警服肯定不行，想了好一会儿，穿了一件浅蓝色套裙，浅平的低领，恰到好处地露出白皙的颈窝，紧束的腰身，很好地衬出丰盈的前胸。然后，她手上拿只小包，脚蹬一双半高跟皮鞋，出门了。

艾静打车到约定的地点，是一家装饰典雅的高档茶楼。

一个小包厢里，一个四十来岁的男人早已候着，想必就是那个曾经的"失踪人"裴康。她还没有任何表示，那人老远伸出一双手：啊，没想到，今天见到真正的警花了！我是裴康，你好你好！

还没来得及反应，艾静的两手已被裴康的手紧紧抓住，连晃了好几下。男人的一张脸溢出略显夸张的笑意，哎呀，艾警官你真漂亮！穿着这身衣裳，简直是……得体，大方！很荣幸，真是万分荣幸！

识不透面前这个叫裴康的男人是什么身份，穿浅色细格便西装，里面是蓝色衬衣，没打领带，尖头黑皮鞋；略胖的身材，脑门有点秃，小眼睛，眼泡略肿，一张肉嘟嘟的嘴。应该是经商的吧？艾静不太确定地判断着。

才坐定下来，没等艾静开口问，裴康就开始滔滔不绝地讲起他的失踪故事。

这位讲述者的口才奇好，把故事讲得有声有色，情节曲折，悬念迭出，在场的唯一听众很快被带进神秘而惊险的情景之中。剧中人物危机四伏，九死一生，让听众心惊肉跳，神情骤变。听着听着，艾静忽然想，这会是真事吗？怎么像哪部侦探电影的情节呢？

她终于有机会发出一声疑问，你说的都是真事？

讲得口干舌燥的裴康正在大口喝茶，听她这一问，忽然发出一串长长的带哑音的笑声，哈哈哈……猝然又被喉咙里的水呛着，猛烈地咳了起来，咳咳咳……竟咳得弯下腰去，一张脸涨得通红，模样很难看。此刻，这人全然没有起先那样的绅士风度了。

艾静忽然感觉不舒服起来，赶紧扭头去喝茶。她觉得哪儿不对头，开始后悔了，我是不是错了？本不该来的！

裘康终于止住了咳嗽，努力把脸上的皮肉放松，两颊的皮色还是赤红的。他斜着头朝艾静发问，艾警官，你难道听出来了吗？那你说说，我讲的这些，哪些是真实的，哪些有可能是假的，嗯？

是真是假，有必要弄清楚吗？艾静反问一句。她觉得胸口憋着一股浊气，一阵阵地往上涌！她不想再说话，不想再看裘康一眼，站起身想走，马上就走！

显然，裘康不是这么想的。他用肿泡的小眼睛观察着艾静的神情举动，随即站起来，拦在她前面。你肯定不喜欢这么干坐着喝清茶吧？是啊，上年纪的人才来这种地方呢。年轻漂亮的姑娘，哪有喜欢这样干坐着喝清茶的？走走，我们换地方！我朋友有一个上好的会所，在城郊。我有宝马车，开车过去不用一小时，那儿有吃有喝，还有难得的野味和高档法国红酒，还可以泡桑拿，许多好玩的……

艾静还没反应过来，那人已经伸手过来拉她了。她想避开没避成，被男人的一只有力的臂膀圈牢了后背，他半拥半抱着她，且不由分说地把她往一侧推拥。

她感到浑身一下子燥热起来，男人臂膀夹着她的后背很难受，而且那手的前掌已明显侵压着前胸的柔软部位，尤其紧挨她后颈的男人的脸，散发出那种夹杂着浓重烟味的燥热气息，令她有种快要窒息的感觉……艾静顿然想起当初被那个打篮球的家伙粗暴侵犯的可怕情景！

她奋力挣扎，要挣开裘康的搂抱，却挣不得，急切中想起两年前考进市局时在短期培训班学的"防身术"，用手肘往后用力一顶，击中那人的软肋，听得"哎哟"一声，她的身体顿时获得了解脱和自由！接着，她急急说声再见，快步往外走。

她听到那人在后面急叫，艾警官，你等等，你怎么走了？艾警官……

她再不敢回头，逃命似的离开了。

6

农历七月十五，道教称为中元节，佛家叫盂兰盆节，民间俗称鬼节。据说这天，死去的先人的魂灵可以走出阴间，到人世间与亲人团聚，亲人在家里设席置酒，接待先人，或提着装了酒菜的食篮，去坟上祭拜，点香烛，烧纸钱，不放鞭炮，怕惊了先人。也不是家家都要祭祀，不像清明节那么兴师动众，墓地不会很热闹的。

城西外出二十余里，离公路不远的南山坡有片很大的墓地，是公墓。一排排的墓道，其间种着翠柏和其他绿叶植物，与灰白的墓室相隔相错，人行其间，时隐时现，影影绰绰。下午六点过后，太阳快下山了，墓地很少有人，连鸟儿的叫声也听不到，显得很冷清。若再晚些时候，天暗下来，墓地间黑影婆娑，间或有突起的风吹草动，或有小兽走动弄出的声响，就更有点瘆人了。

刘槿在一座墓前默然祭祀，面前有一小堆火，香烛已燃去半截。前后无人，十分安静。她蹲着，将一只只金的银的纸元宝慢慢投向火中，嘴里默默念叨着。天气闷热，又挨着火堆，热气逼烤着她的脸，额头及两颊不时地滴下汗珠。

忽听有轻微的脚步声，她把脸略微地转过去瞄了一下，一侧墓旁与柏树间像是闪过一个身影。她愣了一下，那掠过的身影好像有点熟悉，随即没动静了，想必人已走过了。稍后，她起身，看看空无一人的四周，又看看暗下来的天空，缓步往坡下走去。

在墓园出口处，站着一个男人。正是她刚才猜想的那人，吴佑斌。

你怎么会在这儿？刘槿语气平静地问。

吴佑斌说，上回听你说给母亲做七十冥寿，我想起妻子活着的话今年正好五十岁，也该祭一下。周六休息，就过来了。她的墓在那边，刚才走过看到你了，没敢打扰。

刘槿有点吃惊：原来你妻子这么年轻就……生病去世的？

吴佑斌愣了一下：也不是……走吧，天快黑了。

初秋时节，日头虽已落山，暮色渐浓，空气里仍有难耐的燥热，不动声色地逼出人身上的汗水。下坡的土路有点陡，不好走，两人走得很慢。刘槿手提一个枕头包，看似有点沉，吴佑斌要代劳，她没让，说她自己可以。

　　缓步走着，吴佑斌慢慢对刘槿说着亡妻的事。

　　妻子是因一场车祸离世的。那场车祸的过程，吴佑斌没细说，只说没追责那个司机，妻子被车撞这件事，很可能是她自己的责任。他说出事前几天，妻子情绪低落，郁郁寡欢，曾见她站在窗前长时间地发呆，问她也不说。那时他正忙着往各基层警所分发一批冬季物资，连续多日在外面，很少回家，没顾着关心妻子，谁知就出了撞车这样的祸事。妻子被撞成重伤，脾脏破裂，腹内大出血，抢救了两天两夜没能救过来。

　　那个盛夏的凌晨，天气仍很闷热。吴佑斌握着妻子那只软弱无力的手，感觉是那么凉，凉意直往心里面侵逼！女人的头脑还是清醒的，嘴唇微微颤抖，努力想说什么，却说不出话。他低声说，我知道你想说什么，你让我一定照管好女儿，不让她吃苦，不让她受委屈，是吧？我一定会做到的。妻子看着他，似乎还想说什么，他问，你还有什么不放心？妻子的眼里流出了泪水，然后眸子不再有光，眼睛一直就这么睁着……

　　刘槿默然听着吴佑斌讲亡妻之事，暗淡的天色里，仍能看出她眼里有湿润的光色。她沉沉地叹了一声，唉，这年纪死去，太可惜了。她是放心不下女儿啊。又轻声问，那时女儿还小吧？

吴佑斌说，女儿那年十岁，读小学四年级。

这些年你一个男人带孩子过日子，很不容易吧？

还好吧。吴佑斌语气轻松地说，女儿懂事，读书什么的不用我操心。现在上大学了，还专挑远地方去，嫌我管她太多。嘿嘿，一转眼成大姑娘了，快二十了。

刘槿关切地说，一个女孩独自在外地读书，你也放心？不过去看看吗？

吴佑斌说，去看过她两次，工作比较忙，没时间经常去。

女孩一个人在外面，让她千万要当心呢，刘槿语含忧虑。

吴佑斌笑笑说，我女儿还行，有回说起有同学的母亲在校外租房子陪读，还笑话她们呢。下学期大三了，暑假也不回来，留在学校勤工俭学呢。

说话间，已到山脚公路上。路边孤零零停着一辆"现代"。吴佑斌开车过来的。他对刘槿说，可以捎她回城。刘槿说她今晚不回城，带她到前面不远的河口镇就行。那儿有她家老屋，好久没来了，打算在那儿住一晚，明天再回城里去。吴佑斌说，你家老屋没人，那何必留在那儿？这么热的天，恐怕屋里连空调都没吧？

刘槿解释说，这边要修高速公路，拆迁到河口镇，可能会动到我家老屋，我想去镇上打探一下。

河口镇是古老的小镇，早先是远近闻名的水陆码头，有过喧闹繁华的好时光，现已衰落。以往渡口的繁忙景象不复存在，成排的船只和张扬的白帆早不见踪影，只沿河边留些黑瓦灰墙且歪歪斜斜的旧房屋，让人勉强可勾连起一点旧日情怀。

尽管刘槿说不用，吴佑斌还是把车拐向去小镇的狭窄土路。在这条狭路的尽头，刘槿让他把车停下，说要下车。她朝不远处指了一下，你看，到了，就在那儿。

一幢旧式房屋独自而处，半隐半露地立在一片浓密的竹林中。吴佑斌坐在驾驶室里，从打开的车窗望过去，感觉那幢不太起眼的两层楼房，黑瓦灰墙，斑斑驳驳，已显出颓败的样子。

刘槿拎着那个有点分量的枕头包，在沉沉暮色中，歪斜着身子，走向竹林掩映中那幢破败的房屋。从后面看，女人走路步子有点滞重，是因老屋将拆心情不好？又或许是疲累了。她在紧闭的门前停住，放下包，稍立一会儿，弯下腰身，在包里翻找起钥匙，拿了钥匙去开门。

看她进屋了，吴佑斌才启车离开。

他想，这女人也许是很怀旧的人，也许是对这祖传老屋有特别深的感情，要不然，这种溽热难当的时节，要整夜地独自待在一幢废置许久的旧屋里，很可能还没有空调，怎么受得了？

这天晚上，吴佑斌睡得不踏实，半夜醒过来，好久没睡去，脑际一再浮现这弱小女人拎个沉重的包，歪斜着身子朝竹林里那幢古旧屋子走去的情景。看似身心疲惫歪斜着的背影，能品嚼出生活的丝丝苦味。四十多岁的单身女人一定活得不容易，或者说，活得很累。

当过兵的吴佑斌习惯早起，休息天也不例外，起床后先外出跑步半个多小时，出一身汗，回来洗澡、刷牙洗脸。忽然手机响了，一看电话号码，有点意外，是刘槿。

电话里，刘槿的声音有些虚弱，嗓音带着哑声，对不起，我想麻烦你，帮我买点药，可以吗？

吴佑斌急问，你病了吗？是不是感冒了？发烧没有？最好去医院看看。

刘槿有气无力地说，我头疼得厉害，浑身没力气。我这里还有事没办完，一时走不开。我想躺一躺，吃点药会好的。你要是没时间……

吴佑斌赶紧说，我没事，今天星期天休息，可以过来。我马上去给你买药。你等着，我大约一小时后到。

他买了药，准时在一小时内开车赶到河口镇。就在昨天停车看着刘槿走过去的那个位置，他把"现代"车停好，提着小包急急走向那幢古旧的房子。两扇对开的屋门关着。他叫了两声刘槿，听到里面有虚弱的应声，即上前推门。嘎的一声响，门是虚掩的。

走进屋内，闻到一股明显的霉味，不算很重，但让人不太适应，有不舒服感。屋里的家具，八仙桌、座椅、条凳、壁橱等，样式很陈旧，大多已褪得看不清原有的漆色。不过，无论是地上铺的青砖，还是家什用具，都清清爽爽的。楼下三间的开间，一为厨房，一为厅堂，另一间是卧室。

刘槿在卧室，没在床上，躺在一张简易竹榻上，很无力的样子。她头发凌乱，面容憔悴，两颊有发热时那种晕红，身子裹在皱巴巴的浅色碎花睡袍里，看上去很娇小、很虚弱。看到吴佑斌走进来，这女人迷离的双眼流溢出一种可怜巴巴的神情。吴佑斌见她这模样，心里微微一颤。

谢谢你，专门过来为我送药……我打电话找几个朋友、同事，双休日不是出差就是去度假，想来想去，只能麻烦你了……刘槿伤心又委屈，话音里似带点哭腔，原先小镇上有爿药店的，现在没了，什么药都没有。那么远把你叫来，真是抱歉……

吴佑斌怜惜地看着刘槿那张愁苦的脸，说，我今天休息，这点小事应该的。

他走近竹躺椅，蹲下去，伸手在她额上试了试体温，有低热。想必昨天半夜烧得厉害，早上退了些。他轻声说，你可能是热感冒，中医叫热伤风。昨天那么闷热，你在山上待得太久，晚上又睡在这没有空调的闷屋子里。不过，我看问题不大，吃点中成药，多喝水，好好休息，会好起来的。我去给你烧点开水，先把药吃了。

刘槿费力地点了点头，好的，谢谢你。我想也不会是什么大病。可是，后半夜真的很难受，我还以为今天起不来了……

厨房里有烧水的电茶壶，一会儿就把水烧开了。吴佑斌带了瓶装矿泉水，即用开水对点矿泉水，是温热的。他把半杯温水和带来的感冒药递给刘槿。

看她服完了药，吴佑斌又用脸盆对了温水，绞一把毛巾，给刘槿轻轻地擦脸，顺带用三个手指捋了捋她额前凌乱的头发。他发觉刘槿眼神有点惊慌，脑袋微微摆动，似要躲避他这么近距离的亲昵之举，一只手提在胸前，像是要阻挡他可能的侵入。

吴佑斌停了一下，轻声说，擦把脸，人会舒服点。

刘槿不动了，过一会儿，怯声问，我这样子，看上去很难看吧？

吴佑斌对她笑了笑，说你现在的模样还不错，没化妆，原生态，是自然美。

刘槿脸上有了笑意，眉眼舒展开了，说，你好像很会说话。

吴佑斌说，熟了，我说话会比较放松一点。不过，我不会很啰唆的。

刘槿说，谢谢你，现在感觉好多了。

吴佑斌看着她，点了点头，我看也是。

刘槿说，要不，你回去忙自己的事吧。我想睡一会儿。昨夜一点都没睡……

吴佑斌说，今天休息，我没别的事，还是留下来多陪你一会儿吧。万一要是……这里就你一个人，不方便。这样吧，我到附近小镇上随便转转，过一两个小时回来。你别管我，只管自己休息。这药吃下去，会犯困，能睡着的话最好。

刘槿看着吴佑斌，轻声道，好的。你出门时，请把大门关紧了。谢谢你。

7

吴佑斌近年很少到乡间走动，此时走在这古镇荒寂的街巷中，不禁暗暗吃惊。这地方实在是太冷清了！狭窄的街巷空空荡荡，两边陈旧破败的木栅板房，大多是关闭着的。偶有开着门窗的小店，只卖点日常杂货，年老的店主目光呆滞地缩在角落里。小街上看不到人影，唯有三三两两的土狗，无精打采地在街上走动，或干脆慵懒地躺在路中间。走过半条街，竟听不到一点鸡鸣狗吠之声！

忽然，传来清脆响亮的招呼声，你好！你好！

叫我吗？吴佑斌有些吃惊，谁啊？四下里看了，却没见人影。再一看，呵呵，是一家门前挂着的鸟笼里，一只活泼的鹩哥冲着他叫呢。它跳跃着，扑腾着黑色翅膀，兴奋地向吴佑斌打招呼呢。他不觉好笑，这条小街上，也就它对外人这么热情呢。谁家的尤物？

正这么想着，就走出一个老人，左手端着一杯茶，右手拿着一把旧蒲扇。七十多岁年纪，瘦长脸，鼻翼右侧有颗豌豆大的肉痣，稀疏的花白头发往后梳，下巴有一小绺花白的山羊胡子，看上去像是有点文墨的。

吴佑斌慢步走近去，未发问，先朝老人微微一笑。

老人站着，定睛看他，然后，眼珠子动了一下，先开口了，稀客啊。你是今天本镇出现的第一个外来人。

鸟笼里的鹩哥随叫一句，你好！

吴佑斌问，大叔，这地方好像有点冷清嘛。年轻人都走了？进城去了吧？

老人在门前一张旧竹椅上坦坦地坐下，在一侧的骨牌凳上放下茶杯。那儿原本还搁着一本页面暗黄的书。他悠悠地摇着旧蒲扇，轻抚山羊胡子，慢声说，人为财死，鸟为食亡。河口镇现在没了财路，还不都走了？你这位先生，不会是来这儿问财路的吧？

吴佑斌笑笑，不是。我过来看朋友，有空过来闲逛一下。

老人有点狐疑地盯着他，朋友？留在镇上的都七老八十了，有你的朋友？

吴佑斌用手指一下，那边，不是有个竹林吗？

老人马上明白了，噢，你是说那边竹园姓刘的人家吧？是不是刘槿，小槿在？她回老屋来了？

吴佑斌点头说，是她，刘槿。你认识吧？

老人微微颔首，嗯，很熟悉的。河口镇上，哪会不知道她？可惜啊小槿，好好的一个女人，到现在还是孤身一人。唉，是她爸刘柏年的病把她拖累的。你想想，瘫在床上整整十年，管吃喝管屎尿，让她天天那样服侍，别人谁受得了？你是她的……朋友？

吴佑斌愣了一下，含糊应下，嘿嘿，算是吧。刘槿她……年轻时很漂亮吧？

嗯，漂亮。老人说，小槿相貌像她妈，是个美人胚子，年轻时小槿可漂亮了！

鸟笼里的鹩哥蹦跳着，忽然跟着说一句，小槿漂亮！

去，宝儿就喜欢瞎插嘴！老人笑着呵斥鹩哥一声。他显然对这话题很有兴致，枯黄的眼珠子竟闪着些许光色，说话也利索起来了。

那时候，我们河口镇可热闹啦！从早到晚整条街都开着店，街上早晚都是人，哗啦哗啦，走来走去的。满眼望去都是些年轻人，读书的，做工的，做生意的，还有去当兵的，就听他们说啊叫啊，笑啊唱啊，吵得人耳根都疼！我记得，那年小槿从师范学校回来过暑假，推个咕噜咕噜响的红色旅行箱，从街上一路走来。她穿一套蓝底白花的连衣裙，身材苗条，眉清目秀，脑后扎个马尾辫，真是青春美少女啊！那时候，小槿招引了镇上多少男人的眼珠子。嘿嘿，一个个伸长脖子看她！那时候小槿真漂亮啊！

那只叫宝儿的鹩哥又跟了一句，小槿漂亮！

吴佑斌问，她读师范专业吧？在这儿做过小学教师？

老人说，是的。小槿是天生当老师的料，在河口镇小学教语文，又当班主任，许多人家都愿意把小孩子送到她的班里，有一年她还评上市级优秀教师呢。

吴佑斌又问，她那么漂亮，又那么优秀，应该谈过对象吧？

怎么会没谈过？镇上好多年轻小伙都喜欢她，那两年提亲的人三天两头往竹园那边跑，有的找她爸刘柏年套近乎，他是供销社主任，朋友蛮多呢。听说城里也有人追她呢。要不是刘柏年突然中风瘫在床上，害得她……

老人叹了一声，不然她早就结婚嫁人，现在儿女都该读中学上大学了，唉，小槿是个苦命女人啊！

吴佑斌不解地问，不至于家里有个瘫痪老人，就没人敢娶她了吧？

老人轻叹一声：要说也是。我本家侄儿在税务局工作，很喜欢她，不顾父母反对，非要跟小槿谈朋友，说情愿进刘家做倒插门女婿，跟她一起服侍风瘫老人。可小槿没答应，说家里常年躺个风瘫老人，勉强做了夫妻，日子久了会受不了的。她情愿一个人守着也不嫁。刘柏年在床上瘫了十年，小槿就守在身边，房间里铺个小床，边工作边服侍他。不容易啊！她呀，外表看着温顺，骨子里是很硬气的。

老人忽然定睛看着吴佑斌：你这个人，面相看上去蛮善的。你跟小槿是好朋友？会不会是以后要在一起过的那种……男朋友？

吴佑斌一时说不出口，两手搓了搓：我只是……

老人直截了当地说，我看你跟她蛮合适的。

吴佑斌说，大叔，跟你说实话吧，是别人介绍我们认识的，双方还不是很了解。她今天身体不舒服，感冒发烧，我过来看她，帮她买点药。

老人点点头：哦，是这样啊，人活世上不容易，是得相互照顾，相互依靠。唉，孤零零的，身边没一个亲人，小槿可怜啊……

鹦哥宝儿冷不丁又跟一句：小槿可怜！

返回竹园里的刘家老屋，已是一个多小时后。

吴佑斌站在门外，屋内毫无动静，猜想刘槿大概睡着了。他想，让她多睡一会儿吧。他在屋外绕着屋子边走边看，在屋子外侧慢步走了一圈。

绕至屋后，再打量这幢旧屋，发觉它与通常看到的旧农居不同。外墙粗糙粉饰的石灰粉白块破损处，露出里面暗红色的整齐砖块，砖缝间像是用水泥砌的。后墙上方的窗台如西式的窗框一般突出一圈，窗户是方形的，装有彩色玻璃，窗上彩色玻璃已破败不全。这样看来，这是一幢土洋结合的老屋，应该有许多年头了，有七八十年？或上百年？

他还注意到，屋顶有个奇怪的物件。靠西侧的屋顶上，有一根直直的杆子，看似黑黑的，应是金属的，一米多高，细竹竿一般，孤零零地矗在那儿。这是什么东西？做什么用处？或者，曾经是什么？

屋子前庭有好几丛一人多高的木槿，散乱披离的枝条，无精打采地开着一些粉红色或白色的花。连片的竹林，高大而稠密，紧紧环绕着这幢旧屋，令它更添一些幽深感。此时节的竹林，不像春季里出竹笋时那般青翠欲滴，生机勃勃。在无风闷热的环境中，暗绿沉郁的竹子默然肃立着，连竹叶都纹丝不动，像一群历经世事沉默寡言的中年人。长久无人料理的缘故吧，竹园内竹枝横生竖立，密密匝匝，荒草如入侵之敌蔓延无度，左攀右拽，有几处竟不能插脚进去。

吴佑斌发觉东北角那儿，竹林深处有点异样，似有一黑黑的小堆，不知是废弃的黑色塑料袋，还是一些暗黑的泥灰……

他费力钻进竹林，拨开草丛，插脚而行。走至近处，看清了。这是一小堆烧过的灰烬，尚存未烧尽的花色小纸片，应该是新近给死人烧的纸钱。他捡出一张半个手指大的小纸片，仔细看了看，认出来了，是那天傍晚在那爿小店买的冥纸品。

怎么会在这儿烧纸呢？

旧屋的门是传统旧样式的，对开窄长的门板很沉，推门时那门轴费力地扭动起来，发出"咿——呀"声，如一段拖长了节拍的旋律。吴佑斌以为这声响肯定会把刘槿惊醒，卧室却没动静。走进去，凑近竹椅看她，仍是睡着的，睡得很熟、很安详的样子。

默默地看着沉睡中的女人，他心里莫名涌动起一丝怜惜。

卧室的板壁上，有个八寸大的相框，一个中年妇人，面容消瘦，带一丝郁色，想必是刘槿母亲的遗像。另有一个略大的相框，存一些早年的旧照。有刘槿与母亲一起的合照，看上去十八九岁，很阳光，也很漂亮，扎着马尾的头俏皮地歪着，亲热地抚着母亲瘦弱的肩膀，笑得很甜。还有她幼小时与母亲的合照。有个比她略大的男孩，是她早亡的哥哥？不知为什么，没有其他男人的照片。

吴佑斌轻步退出卧房，在厅堂的一把老式座椅上坐下，等着刘槿醒来。他打开一瓶矿泉水，慢慢喝着，顺便将屋内环视一周。估计这幢老屋是民国初期建的，该有上百年了。

外面是结实的红砖墙，里面是全木头架构，梁栋、屋柱等用的是上好的杉木，木色已呈暗黄色，仍然不蛀不空。朝南的几幅长方形木窗，窗板上有精妙的刻花，雕工很细巧、很美。唯楼板是松木的，时间长久了，已有蛀洞和孔缝。

一抬头，见正上方有个燕子垒的泥窝。这种旧式的木楼房很适合家燕筑窝。农家人善意地在楼板下方横木上钉块小木板，便于燕子们成家，繁衍后代。这屋多年没人居住，门窗常年关闭，就再未有燕子进来，那旧泥窝上结有破败的蛛网，好像还沾有一些深浅不一的褐色颗粒。

那是什么呢，吴佑斌有点好奇，是被网住的飞蝇或蜜蜂？

他拿过一根细长竹条，把蛛网搅了两下，扯下来一些褐色颗粒。凑近看了看，发觉它们其实是两种东西，都很轻，浅色的是稻壳，深色的像是什么小生物的壳。咦，这是什么呢？为什么会在那上面？

再朝那上面看了一会儿，发觉燕窝上方的楼板有个圆形小洞，是被蛀空的？这些褐色颗粒物是从楼上漏下来的？他想，这中西结合的旧屋，除了装有彩色玻璃窗，楼上会是怎样的格式呢？要不，上楼去看看？

楼梯隐在厅堂后隔板内，踏板是松木的，时间久了已有破损。踩着积了厚厚灰尘的踏板走上去，脚底颤悠悠的，感觉踏板不太结实，倒也不至于断裂。

上了楼，扫视一番，他有点失望。除了窗台部分，梁柱架构仍是中式的，没什么特别之处。左右两侧各有一个用薄板隔成的房间。他走向东侧。那个房间半开着，看似空置多年，室内空空，没有床，只有很少几件破旧家具，积了厚厚的灰尘。一面墙壁上有张年历画，是哪个明星的半身照，艳红的色彩已褪去，上方印有"一九九……"字样。

当中这块空间，地板上乱七八糟堆些锄头、钉耙之类的农具，或锈或朽，有一些废床挡板，还有一只装稻谷的空木桶。地板上散堆着好多稻壳，似有些年头了，呈陈旧的暗色，有半尺多高，脚踏上去有点绵软，发出轻微的窸窣声。吴佑斌知道，这一带竹林很多，农民将大量稻壳厚厚地铺在竹园里，增加湿热以孵育竹鞭，冬季里也能长出鲜笋……

似听得下面有轻微的声响，立即快步下楼了。

他探头朝卧房里看看。躺椅上的刘槿似乎是扭动过身子，斜过一侧去，还是睡着的。已近中午，他想给刘槿弄点吃的。刚才在街上小店买来几包泡面，还有袋装雪菜，他准备做一碗素淡的面给刘槿吃，估计她醒来会肚子饿的。

在厨房做事，走动时，脚下的运动鞋有点硌脚。他脱下看看，有异物，是刚才在楼上踏进稻壳里，匆匆拔脚下楼时，带起一点稻壳落进鞋筒里了。他把鞋倒着抖了几下，鞋里有些稻壳，还夹有几颗别的东西，比稻壳略大，深褐色的。看了一下，哦，好像跟燕窝的蛛网上粘着的那细小之物差不多。

吴佑斌有点好奇，原来这是混在稻壳里的呢，为什么稻壳里会有这种东西？

8

这个双休日剩余的时间，艾静闭门不出，把自己关在房间里，过得很不开心。都是让那可恶的"失踪人"裘康给害的。真晦气，碰上这么个庸俗不堪的家伙！周一上班，她努力当作什么事也没发生，走进办公室就埋头看材料，头也不抬，一句话也不说。

快中午时，办公桌上的电话响了。艾静瞥一眼陆晓飞，那人低着头，没去接。她只好接起来，说一声你好，对方即叫了一声，你好，艾警官！艾静一听话音就知道对方是谁，脸色骤然变了，怎么是你……裘康，请你不要再打来了……

怎么啦，艾警官，不是玩得好好的吗？怎么一下就不开心了呢？裘康在电话里，还是那样一种令人作呕的腔调，我怎么你了？没有啊，我可什么也没干啊！就想跟你交个朋友，请漂亮的女警官赏脸，一起吃个饭，唱唱歌，警民同乐，不可以吗？也就玩一下嘛……

　　艾静不想听他再说什么：请你不要说了。我不会去的，也不会跟你这种人交朋友。请不要再打这个电话了……

　　裘康的话变得不好听了：哎，我这种人怎么了？让你瞧不上眼吗？嘿嘿，你以为你们警察就了不起？你以为你是什么天仙美女吗？哼，实话告诉你，就你这张面孔，小鼻子细眼睛，根本就没啥看头，嘿嘿，要说，也就一对奶子长得好，白白嫩嫩、鼓鼓囊囊的，让人眼馋得想捏几把……

　　艾静实在听不下去，脱口骂了一句，你流氓！猛地把电话搁下了。

　　她重重地坐下，座椅被压得咯吱响。她感觉脸上一阵发热，想必已是赤红一片，而且，眼里湿乎乎的，泪水很不争气地溢出了眼眶。

　　刚才接电话的样子肯定全让陆晓飞看到了！艾静沮丧地想，不晓得他心里怎么开心呢……偷眼看过去，那人却像根本没听到也没看到，脸上板板的，什么表情都没有，两个眼珠子死死盯着手中的一份材料。他是看得很认真入神？或许，只是装装样子？

　　倒是那边的吴佑斌，原是站在窗边呆呆地看着外面什么，正搓着手，这时略感惊讶地把头扭过来，看着一脸异状的艾静，问，怎么了小艾？

艾静委屈地想，自讨苦吃的事，还能说什么？她朝吴佑斌摆摆手，说，没什么，有人打错电话了，还乱骂人。

说完这话，她敏感地赶紧看陆晓飞。他的眼珠子还盯着那份材料呢。看样子刚才他真没注意听她打电话。谢天谢地！

猝然，"嗵"地一响。

艾静吓了一跳，一看，是陆晓飞用拳头在桌上重重地擂了一下，那张原本刻板木然的脸，显出愤怒的神色。她想，这人怎么回事，吃错药了？她用眼神狠狠地剜那家伙一眼，那人却没理会，起身离桌，走到吴佑斌那桌去了。

吴主任，你看看这个，我觉得有问题！这事很蹊跷，我可以肯定，一定有问题！陆晓飞说话的声音很响，又说了好多话，说得很急，脸都涨得绯红了。

吴佑斌静静地听着，脸上依然很平静，说我先看一下，别急。

他把那份材料看了一遍，想了想，对陆晓飞说，你说得有道理，这人失踪后一直找不到，很蹊跷。你刚才的思路是对的。这样吧，你负责把这事核查一下，看看能不能找出有用的线索。

陆晓飞说，好的。那我这几天就专门跑这事，不来办公室了。

吴佑斌说，行，你去吧。噢，对了，你把这份材料复印一下，原件交小艾存下。

一会儿，陆晓飞戴上墨镜，背着黑色双肩包，兴冲冲走出办公室，没影了。

艾静有点愤然，心想这家伙又坐不住了，胡乱寻个理由，可以到外面闲逛了！前几天他在外面游荡一番，回头把那份附有"美女照"的材料扔在桌上，嘴里轻轻松松说一句，这个不用查了。这就算完事了？她猜测着，谁知道他煞有介事地说这一大堆话，又会在外面做啥事。哼，八成又是糊弄领导吧？吴主任这个人真是没用，太好哄了！

陆晓飞说的那个失踪报案材料，此前艾静看过，说复杂也不复杂，是三四年前一次两船相撞事故留下的失踪之谜。

深夜，两条货运船在一条狭窄的河道弯口撞上了，一条满载数百吨黄沙的货船当即沉没，另一条空载货船幸免于难。打捞沉船时，发现船主段荣柱在驾驶舱内，已淹死。经航运监管部门现场勘查，空载货船偏离航道，造成相撞事故，致对方沉船，承担主要责任，须赔偿载货船货物损失，连带淹死的船主段荣柱的丧葬费、安家费等。肇事船主赔出很大一笔钱。空船驾驶者名叫章宝法，闯了这么大的祸，自然也丢了饭碗，再没人敢聘他了。

此事却未能了结，出现一个意想不到的问题：段荣柱的妻子不见了，失踪了。

行船人常年在外很辛苦，不少夫妇是同船出行，相互照顾，也有全家一起在船上的。段妻因女儿上学需照顾，较少随丈夫外出行船。但据其女儿说，那回她放假去外婆家玩了好几天，父母是一同外出行船的，为什么捞船出水时，驾驶舱里只有段某的尸体，没见段妻？之后那片水域也没再浮起尸首。三四年过去了，失踪的段妻始终未再出现。她到底在哪儿？活不见人，死不见尸，莫非人间蒸发了？失去父母的女儿，悲痛久久难以消除，多次以电话、信函等方式向公安部门提出疑问，要求警方介入深查，追寻她母亲的下落。当地派出所派人多次调查，仍未有结果。

留存的材料里，有一张段荣柱一家三口的合影。从照片上看，段荣柱敦厚朴实，其妻面容清秀，有几分姿容，女儿十一二岁，长相随母亲，清俊可人。现在女孩应该已经长大，会是一个漂亮少女了吧？

艾静脑子里忽然冒出一个念头，陆晓飞不会是看这女孩长得好看，有了兴趣，才对这案子这么起劲吧？哼，这家伙，没准儿真是这样呢！

陆晓飞好几天没在办公室露面。听吴佑斌接过几次电话，好像是那人打来的，是向领导汇报情况？吴佑斌拿着话筒，只是"嗯嗯噢噢"，很少说话，脸上也看不出什么表情。艾静对自己说，我才懒得关心他，去打探这事呢。管它呢，说不定啥时候姓陆的回来了，又把材料往她面前一丢，轻松说一声，这个没什么事，收了吧。哼，这种人，料定他会是这样收场的呢！

周五这天，艾静听吴佑斌在接电话，大概又是陆晓飞打来的。他"嗯嗯噢噢"后，说了一句，好的，我会说的，这是工作，应该可以的。

吴佑斌放下电话，把艾静叫过去，向她交代一项任务。她十分吃惊，觉得几乎是不可接受的任务！竟要她去给陆晓飞当助手，配合他查案，而且明天一早就去长途车站，坐车去一百多公里外一个叫桐山的小镇！

主任，这事为什么让我去？艾静瞪大两眼，简直不敢相信这是真的。

吴佑斌坦然地看着她，说，小艾，这是工作。我们中心一共就三个人，你不去，让我去吗？这也是小陆的意思，说你是女同志，到那儿配合他做工作更合适。

可是我……艾静想不出反驳的话了。

本来这个双休日，她与小米约好去郊外水上乐园玩的。可这也不是拒绝的理由啊！

9

要不是之前接了一个电话，吴佑斌原本是要亲自去协助陆晓飞的。

电话是刘槿打来的。她说想跟他见一面，哪儿都行。吴佑斌想也没想就答应了。她主动提出要见他，他能不答应吗？傍晚下班后，他开现代车去图书馆侧门接了刘槿，把她带到自家住处——一个老式住宅小区内。

在车上，刘槿问他，你带我去哪儿？吴佑斌笑着应了一句，你说过哪儿都行，过会儿到了，你就知道了。而后，车进小区，停车。两人下车，走进单元楼一套二居室，用钥匙开门，走进屋里。这时他才说，我住这儿，请进。

刘槿站在门外，神色犹豫，说，我只是想对你表示一下谢意，那天你特地送药过来，还耐心周到地照顾我……有点过意不去。

　　吴佑斌诚恳地说，进屋坐坐吧。到吃晚饭时间了，我也是一个人，随便做点吃的，一起聊两句，行吗？

　　刘槿迟疑着慢慢挪进门里，嘴里喃喃地说，哎呀，真是不好意思。

　　十多年前单位分的五十多平方米的住房，按时下标准格局偏小，吴佑斌觉得够了。这些年，女儿先是住校读中学，接着去外地读大学，他几乎总是一个人在家。他喜欢简单整洁的生活环境，屋子空间够用，布置合适，收拾起来也方便，省时间。

　　吴佑斌让刘槿坐着看电视，给她开了一瓶饮料。冰箱里有食材，他动作麻利地做了几样家常菜，开了一个凤尾鱼罐头，剥了三个皮蛋，浇点海鲜生抽。半个多小时，一顿还算像样的晚餐就备好了。

　　天色暗下来，开了灯，正适合吃晚饭。一张小四方桌，两人对面坐着。

　　吴佑斌轻声问，要不要喝点酒？我这里有红酒。

　　刘槿摆摆手说，今天就不喝了吧。前几天的感冒还没好透。

　　吴佑斌点点头，我平时不喝酒，有时工作需要喝点，在家有客人，有时也陪着喝点，没酒瘾。

　　刘槿说，我也很少喝，一年也就那么几次吧。

吴佑斌说，那我们吃饭吧。

刘槿做个手势，请稍等。随即从包里拿出一个小盒子，说，我带来一个小礼物，想送给你的女儿，可以吗？

一个用绿松石组成的首饰挂件，小巧精致，很漂亮。刘槿说是几年前单位组织外出旅游时买的，当时只是喜欢，后来觉得色泽太艳了，她这年纪不适合戴。吴佑斌有点诧异，说送这么贵重的礼物，怎么好意思收？刘槿说，没别的意思，我说过，只是表示谢意。也没别人可送，我想你女儿这年纪比较合适，请一定收下。

吴佑斌推辞不过，只好收了，说那我代女儿谢谢你。

两人坐着吃饭，时有对话，也不觉太拘谨。刘槿夸吴佑斌的厨艺，这么快就弄出几样好吃的菜，说她一个人过日子，很少做菜，经常在附近小饭馆随便吃点，要不在家做西红柿鸡蛋挂面，甚至是用泡面充饥。她感叹道，都说会做菜的人，生活有品位，日子过得也有滋味，看来是对的。

吴佑斌赶紧说，可别夸我，我也是没办法呢。家务原先都是妻子做的，她不在了，我只好自己做了。一个人好说，女儿总得管，长身体的孩子不能亏待了，不然对不起她妈。

不经意中说到亡妻，吴佑斌脸上的神情有点黯然。

刘槿轻声说，对不起……

从她这边略斜的视线看过去，对面玻璃柜里有张合家欢，装在镜框里。吴佑斌妻子抱着三四岁大的女儿，挨着丈夫乖顺地坐着，面带一丝怯怯的笑意。刚才吴佑斌在厨房忙时，她已悄然看过这照片，觉得吴妻的眉眼间隐约有点抑郁的神情。

你和妻子，你们的感情，一直很好吧？刘槿低声问。

吴佑斌迟疑了一下，我们……还可以吧。结婚后有了女儿，生活过得很安稳。

你们是恋爱结婚的吧？工作中认识的？刘槿再问。

不是。吴佑斌说，朋友介绍的。双方年纪都有点大，该成家了。见了几次面，挑个日子把婚事办了。婚后第三年搬到这儿，现在屋内的布置格局还保留着原先的样子。

刘槿微微点头，你们夫妻感情应该很好的。可惜她出了车祸，真是不幸……

吴佑斌轻叹一声，这事我到现在还很后悔。出事前那几天她一直很痛苦，处在精神崩溃的状态中，我却只顾忙自己的事，没想到关心她、帮帮她……要不然，也许不会发生那样的惨事。

她是……遇上什么为难的事，有很难说出口的原因？刘槿试探着问。

吴佑斌迟疑了一下，搓了搓手，低声说，是，是有原因的。这事，我对谁都没说过。就因为一个老男人出现了，找上门来，对她说了一些无耻的话，使得她极其恐惧，承受不了。她不敢跟我说，更不敢跟其他任何人讲。她死后第三年，一个自小跟她要好的闺蜜告诉我很久以前的一桩秘事。我妻子幼小时，六七岁吧，有段时间曾被那个她叫"叔叔"的男人伤害过。你应该知道"性侵"这个词……

刘槿听着，神情由惊讶而惶恐，脸色渐渐变了，捏着筷子的手竟微微颤抖，说话声音也有点颤：世上竟有那样的恶人！那个害她的家伙没受惩罚？能放过他吗？

吴佑斌说，老天已经惩罚他了，那家伙后来得恶症死了。

稍顿，他歉然说，对不起，本不该对你说这些的。你能来，我很高兴。我本想找家好餐馆请你吃饭，可是那种地方有些话不方便说。来，吃点菜。吃凤尾鱼吗？梅林牌的，我就认这个牌子。年轻时当兵去西南前线，仗没捞到打，在山沟里窝了几个月，吃了许多罐头食品，这种凤尾鱼就是那时吃上瘾的。你尝尝，有点辣，味道还不错的。

搛菜，吃菜。又东拉西扯说些闲话。刘槿放下筷子，说我吃饱了。她看吴佑斌要去收拾碗筷，说别忙了，坐下，我们说会儿话吧。

吴佑斌说，好吧，我们到那边沙发上坐。

两人坐下。吴佑斌平静地看着刘槿，等着她开口。

刘槿瞥他一眼，说，你这人有点奇怪，怎么也不问问我，为什么今天忽然想到来见你？

你主动想见我，应该是好事吧？吴佑斌笑着说。

刘槿不置可否地笑笑，我想，有些事，我跟你实说了，你可能就会明白我的意思。

吴佑斌也笑了笑，你想说什么，尽管说，我会听得很认真。来，先喝口茶，润润喉咙。

刘槿顺从地接过茶杯，喝了一口，看着吴佑斌，缓缓地说，你想没想过，我到这年纪也没结婚是什么缘故。

吴佑斌说，这种敏感问题只能你愿意说才行，我不能随便问的。我听说，你父亲瘫在床上十年，靠你一个人服侍，因此耽误了你的婚姻。那天在河口镇，你服药后睡了，我去小镇上走走，遇上一个老人，他养了一只会说话的鹩哥，听他说的。

噢，是季伯伯。他对我很好的。刘槿说，他说得没错，是有这个因素。可能他不知道，还另有一层原因。算是……我家的隐私吧。

吴佑斌很惊讶，你是说，还因为家里别的事情？

刘槿迟疑一下，唉，跟你说实话吧，因为家里的特殊原因，使我内心恐惧，害怕跟哪个男人结婚，一起生活，过一辈子。我害怕，真的很害怕。

吴佑斌不解地问，因为什么让你害怕了？父母他们……

关系不好？

是的。因为我的父母，他们痛苦的夫妻生活。

刘槿语气缓慢地说起她的家事。

我的父母关系不好，不是一般不好，是很不好。当着女儿和外人的面，他们有顾忌，会装一下笑脸，做出和好的样子。可是到晚上，他们以为我在隔壁房间睡着了，就会吵得很凶，压低声音说，说很难听、很狠毒的话，有时还在床上扭打起来，甚至床板也会翻掉。我小时候不懂，很害怕，只会装睡着，不敢出声。再大一点，上小学四五年级了，母亲察觉到我身体发育的变化。一天，父亲不在家，她对我说了许多话。我这才知道，他们夫妇冲突的起因，是母亲不愿意过性生活，而父亲强硬地要求她，折磨她。母亲痛苦地对我说，小槿，做女人太痛苦，白天上班很忙，回家要做饭干家务，晚上睡觉也不得安宁，还要对付男人没完没了的折腾，真受不了啊！有时候想，我这样苦巴巴活着，还不如死掉呢……

吴佑斌默默地听着，没有插话，只是递给刘槿茶杯，让她歇会儿，喝口水。

这么多年过去，我的父母，他们都死了，这些事，这世上除了我，恐怕再没人知道了。你是第二个，也许是最后一个。刘槿脸上呈现出一丝苦笑。你可能会想，他们夫妇是怎么走到一起的？是啊，在镇上人眼里，他们两人应该是很好的一对夫妻，他们是自由恋爱，自愿结合的，怎么会不好，会那么痛苦呢？

吴佑斌问，听说你父母都在河口镇供销社工作，你父亲是供销社主任？

刘槿冷声说，是的。他是主任，是领导，他有权力。他还是个强壮的男人，有足够的力气欺负一个弱女子。那时母亲参加工作不久，还不到二十岁，初涉世事，什么都不懂，而且，胆子小，很怕事。从前经商的外公在一次次政治运动中被批斗，吓怕了。他一再叮嘱女儿，要小心做事，别得罪人，你还年轻，别谈恋爱。但是，新调来的年轻有为的主任看上她了，时不时拿话暗示她，挑逗她。她装作不懂，不敢接话，连看也不敢看他。主任不肯作罢，耍了一个花招，让她独自值夜班。她虽然很害怕，也不敢推托。夜半三更，主任来敲门，说是查夜，进来了，什么甜言蜜语也不说，拉黑灯就把她按倒在柜台上了。

母亲详细地对我说了那天夜里那件事的整个过程，包括一些细节。冰凉的玻璃柜台很硬，硌伤了她的后背；内裤被扯成一条条的破布；滴在玻璃挡板上的点点血迹；还有男人得逞后得意的窃笑……那就是一次禽兽般对少女的强奸啊！刘槿的声音颤抖着，这样的强奸在那个寒冷冬季的夜里一再发生，直至我母亲的肚子里有了一个孽种！

她停顿了一会儿，轻叹一声说，就这样，供销社里的这对男女青年，成了别人眼里最合适的恋爱对象，又顺理成章地结为正式夫妻。强奸我母亲的男人成了她丈夫，堂而皇之地住进她出生与长大的老屋。这幢老屋原是我母亲的祖父亲手建造的，从此成了刘柏年这个外姓男人的家产，而我母亲沦为这个男人发泄性欲的奴隶……

长长一段讲述中，刘槿冷冷的脸上看不出太多表情，只听出喉咙里有丝丝的颤音。吴佑斌注意到她一些微小的动作细节。讲到母亲被强奸时身心极度痛苦，被男人威胁而不敢喊叫，咬破了舌头把血水往下咽，她的手不由自主地护在自己的下腹，且在微微颤抖！

我不知道别家的夫妇是不是也有这样的，或许我的父母是个例外。我很不幸，生在这样一个家庭，先出生的哥哥幼小时病逝了，我就成了这个罪孽深重家庭的唯一牺牲品，后来又成了他们痛苦婚姻的祭品……

吴佑斌这才醒悟，难怪那幢老屋里没有刘槿父亲的照片。因为她恨父亲！母亲的不幸遭遇，让她自小就在心里种上仇恨父亲的种子。这种源于同情母亲这个弱者的强烈仇恨，到那男人死后多年也没终结。也许是永无终结的。

他记起来，在那间旧屋里看到的那张刘槿青春年少时与母亲在一起的照片，还有那位养鹩哥老人的描述。当年十七八岁的女师范生，意气风发推着红色拉杆旅行箱，风姿绰约地从小街走过，跳跃活泼的马尾辫，洋溢着青春朝气的笑脸……

他问，过去那些年，难道你从没有过快乐时光吗？

刘槿的眼眸里闪出些微亮色，说，有。有过一两年快乐的时光。在师范学校读书的头两年，我是轻松快乐的。远离了让人痛苦的家，不用看他们两个彼此憎恨的面孔，听不到那些刺耳的吵架声，太好了，校园里充满积极向上的青春气息，感觉世界那么大，前景无限美好。唉，也仅仅只有那么一段短暂的快乐日子，可惜很快就终止了。

吴佑斌问，因为什么？

刘槿怔了一会儿，摇了摇头，也说不清楚，有一些不如意吧。

吴佑斌再问，总该有什么事发生吧？

刘槿说，我读师范的第三年，我妈病了，得了女人最害怕的恶症，宫颈癌！我得知这个可怕的消息，从学校匆忙赶回家，她已病入膏肓，躺在床上起不来了。她看到我，拉着我的手，什么也不说，只是流眼泪……

吴佑斌轻声问，你觉得母亲得这个病，是父亲的缘故？

刘槿冷冷地说，不是他长期无休止的性虐待，我妈怎会得这病？怎么会这么屈辱可悲地死去？

可是后来，他病倒了，瘫在床上，你还是承担起照顾父亲的责任了。

刘槿长叹一声，这就是命！是老天爷对我的惩罚！他那副可怜兮兮的样子，瘫在床上，动也不能动，话也不能说，打他骂他都没反应，只会瞪大两眼张口要吃的，那就是一具能喘气的死尸啊！我又能怎么样？我是他女儿，有赡养义务，不能抛弃他，别人也都盯着看呢。我只能认命，只能继续做他的祭品，服侍他，足足十年啊……

吴佑斌把刘槿送下楼，对她说，你看我们这幢楼前有一棵大香樟树，进小区一眼就看见了，很好认的。

刘槿低声说，估计以后我不大可能再来这儿了。今天把许多话都说了。你应该明白我的意思。再见了。

吴佑斌看着她慢慢走远的背影，搓了搓手，轻轻叹了一声。

10

艾静很不情愿地搭乘长途汽车去桐山。她已经做好吃足苦头的准备，却意外地受到陆晓飞的热情款待。她很感意外。陆晓飞满脸堆笑，嘘寒问暖，抢过她的包手上拎着，又请她到一个小餐馆吃当地有名的大肠面。艾静坐了几小时长途汽车，肚子正饿呢，大肠面汤色油亮，肠肥面鲜，面汤上撒了碎香菜，确实很香、很诱人。

尽管这样，她还是不无警觉地想，这家伙不定肚里憋着什么坏，想找机会损我呢！

看艾静开始用筷子捞碗里所剩无几的面条时，陆晓飞对她说起了正事。他说来这儿几天，对本案最重要的涉案人员作了摸底调查，已有所得，但还没能确定真正可行的调查方向，很着急，只能搬救兵了。

没想到吴主任还真给面子，把你给派来了！陆晓飞说这话明显有讨好的意思。

艾静满腹狐疑地看着陆晓飞，努力想从对方的笑脸上找出讥嘲的含意，你真这么想吗？我能帮你？你明明知道我不是警官学院出来的，根本不懂你们办案的那些方法手段……你不会是存心让我来出洋相，让你看笑话的吧？

陆晓飞很认真地说，小艾，你怎么会那么想？我真是想让你来帮我的。你知道吗？女人心细，会看人，一看一个准儿。最重要的是，女人还有直觉。我在警官学院读书时，有个心理学教授说，女人天生的直觉判断，有时会比逻辑推理还有用。你明白了吧？我现在就急需你的这种女人的直觉。这是真心话！小艾，你一定要帮我哦。对了，我保证，这个案子算我们俩的，办成了，是我们两人的功劳。再说，我们是一个中心的，这也是集体荣誉嘛！

艾静还是将信将疑，问，你说女人的直觉，有点玄吧？好吧，你直说，要我做什么？我能做什么？

陆晓飞瞄了瞄小餐馆进进出出的人，压低声音说，你坐着，继续吃你的面，慢慢喝汤也行。一会儿，有个人会进来吃面，我呢，去跟他说话，你不必听清我们说什么，只用眼珠子看，注意看那人的神态，他脸上的反应变化，然后告诉我你的直觉，怎么样？

艾静还想再问为什么，陆晓飞急声说，他来了。不要说话，不要走动，注意观察！

进来的是个中年男人，高个儿，瘦长脸，头发蓬乱，身上衣裳皱巴巴脏兮兮的，像是刚干了体力活，很累的样子。他慢吞吞走进面馆，在角落找个位置一屁股坐下。店主过来问他吃什么，他面无表情地说了一下。

等店主走开，陆晓飞即走过去，直直地坐在那人对面，笑着跟他打招呼。那人见是他，有点意外，也没拒绝。接着，两人就说起话来。准确地说，是陆晓飞一问再问，那人慢慢地应答。问得很耐心，很专注。答得很简短，很小心，看似呆滞的目光一闪一动，有点穷于应付的意思。

艾静坐在这边，侧着脸假装吃面，按陆晓飞的要求，注意观察着。

那人要的面条来了。看到热气腾腾的面碗，他的眼睛一下闪烁光芒，一手抓碗，一手捏筷，埋下头迫不及待地吃了起来，像是一条饿极了的流浪狗。陆晓飞悄然起身离开，朝艾静使了个眼色，走出了餐馆。艾静随后跟了出来。

在一个无人的拐角处，陆晓飞问艾静，刚才你看我和那人说话了？知道他是谁吗？

艾静说，我猜，这应该是撞船事故中那个肇事的船老大，我看过材料，他叫章宝法。

陆晓飞开心地笑了，你真聪明！猜对了，就是他。现在，用你的直觉判断一下，刚才我问了章宝法一些问题，他在回答时神态正常吗？是否心虚，有没有说谎？凭你的直觉，实话实说！

艾静想了想，说，我看他是心虚的，有说谎的可能。

陆晓飞直瞪瞪看着她，你能肯定吗？

艾静犹豫了一下，点头说，我能肯定。这个人心事重重的样子，一定瞒着什么见不得人的事，很害怕，不敢说。

陆晓飞兴奋起来，在艾静后背重重一拍，太好了！你这回可帮我大忙了！我就怀疑这家伙心里有鬼，藏着什么秘密不说！你的直觉跟我的判断一样，这就对了！走，跟我回大本营，我们再研究下一步的侦查方案。

陆晓飞打开房间，一脸骄傲地说，这是我的临时住所兼本案侦破大本营。

艾静探头一看，赶紧捂起鼻子，满脸惊色。房间里，床上被子枕头凌乱不堪，袜子裤衩乱扔，地上还有许多方便面桶、一个个揉乱的纸团，乱七八糟，且异味冲鼻，简直难以插脚！她脱口而出，天哪，这是人住的地方吗？

她扭过头，猝然近距离撞见陆晓飞那张脸，又是一惊。哟，这张脸，黑得简直像炭烤过似的，跟墨镜的颜色分不出彼此！鼻梁上有晒脱的斑驳碎皮，眼角居然还有未擦净的眼屎，另外，他身上的汗馊味扑面而来……天晓得，这家伙这几天在干吗。大热天不停地在外面跑，不刷牙洗脸，也不睡觉，弄成这副尊容，简直就是个邋遢的流浪汉嘛！

艾静实在受不了，用近乎哀求的语气对陆晓飞说，你能不能洗个澡擦把脸，再换身衣裳？太不讲个人卫生了吧！她用最快的速度把屋里的杂乱之物收拢来，归到一个角落，再收拢起陆晓飞的脏衣裳，还要打开门窗透透气。

陆晓飞坚决不让开房门，严肃地说，要保密！我们是来工作的，不是来享受的，工作条件可以艰苦点，但绝不能泄露机密！又压低声音强调一句，别忘了，我们负有重大责任，是来侦破一桩积年奇案的！

艾静给他泼了一瓢冷水，说，陆晓飞，这只是一次普通的情况调查，还没备案立案，哪来的破案？再说，我们也不是正式的刑侦人员，除了警官证，连起码的执法工具都没有。你别弄得紧张兮兮，像个大侦探似的。

陆晓飞愣了一下，有点泄气，唉，说到底还是我们这个"中心"有名无实，不硬气啊。要在过去，我在经侦队时，哪会这样窝窝囊囊办案？唉，只好将就点了。

他从形影不离的黑色双肩包里快速掏出一样东西，打开铺在床上。这是一张硕大的硬纸，上面用红的蓝的黄的多种颜色横七竖八画了许多曲线，标了各种模样的符号，注明河道、村庄、树林、农田、码头等。

陆晓飞让艾静过来看他的自制地图，一边指点着，一边语速极快地对她讲解着，这是桐山镇，这是黄沙码头，这是河道，这是河道弯口出事地点，从这儿过去几公里，从那边过来几百米……

艾静越看越不明白，越听越糊涂，说，陆晓飞，我是中文系毕业的，没学过刑侦专业，看不懂你这种自制地图。你就跟我直说吧，这几天到底查到什么程度？刚才进餐馆吃面那人，那个章宝法，是不是坏人？你老实告诉我，是不是他害死了段荣柱的妻子？

陆晓飞看看艾静，摇摇头，轻叹一声，没有专业知识，真耽误事啊！

他只好撇开那张大纸，把这几天侦查所得，一五一十地对艾静讲述起来。

陆晓飞在桐山这几天马不停蹄地对黄沙码头许多船主进行密访，获知两条重要信息：出事前，有人看到段荣柱的船尾横杆上晾着一件女人的花衫；出事这天傍晚段荣柱去过一家小超市，有人看到他拎一塑料袋东西出来，装的可能是食品蔬菜之类。据此判断，段妻很可能随船而来，又同船而去，深夜船行河道，一旦撞船她肯定落水，如果没淹死，就可能逃生，她不可能不再露面！于是，就剩一种可能，即她在船沉落水后，又被别人救起，应该还活着，但是未必活得很好，或者说，未必有人身自由！

艾静惊讶不已，你是说，她还活着，失去了人身自由，不能回家见女儿，有这可能吗？你说出理由来，你快说！

陆晓飞一副胸有成竹的样子，说，小艾同志，你学中文专业的，至少读过一些情节曲折的小说，或侦探小说吧？还有，刑侦类的电影电视剧，总看过几部吧？有句话怎么说的？现实生活远比小说更丰富、更精彩。犯罪分子的手段千奇百怪，只有你想不到，没有他做不到的。你知道"性奴"这个词吗？不知道？国外这样的案例不少，有个坏蛋把十几岁的女孩囚禁在自己挖的地窖里，做他的性奴，整整八年！

艾静越发惊讶，嘴巴张得很大，说，照你的意思，有可能是章宝法把段妻藏起来，藏在地窖里，做他的性奴？有这种可能吗？真会有这种事？

怎么不可能？陆晓飞眼里闪着兴奋的神色，语速极快地说，你知道吗，据我调查，章宝法可不是什么好鸟，他赌博成瘾，又好色成性，出事前三年妻子就跟他离婚了。这家伙有赌徒的性格，敢赌，敢冒险，他想赌，就得有钱，还想要女人。你想想，他为什么心虚，为什么要说谎？因为他内心藏着不可告人的秘密，他有阴谋，一个大大的阴谋！他与段荣柱都在河道上跑船，相互熟悉，对容颜尚好的段妻暗存歹念，就想出个撞船的招数，用空船撞沉重船，任凭男人淹死，把女人从水里捞起来，偷偷掳走。当然，你会说，她愿意吗？这不是她愿不愿意的问题，而是客观上她已经没有自由选择的可能了。一个胆小无助的女人，在失去自由和面临死亡威胁时，除了屈从，还能怎样？

陆晓飞洋洋洒洒一大篇看似逻辑严密的推理结论，顿时把艾静的脑子弄乱，成了一团乱麻。她眼睛眨巴一会儿，喃喃地说，真是这样吗？这可能吗？如果段妻还活着，像你说的，关在地窖里，成了性奴，那章宝法该管着她，可他不是每天在这儿干活吗？哪有时间去喂养地窖里的女人？

陆晓飞说，这正是我下一步的追查重点。送食物不是难事，三五天一次都行。我想，章宝法窝藏女人的地窖，也有可能是个相对封闭的小屋，不会离桐山镇很远，肯定在附近某个地方。他会找机会避开人偷偷过去。我要暗暗跟踪他，直到找到那个窝藏点，揭开这个天大的秘密！

艾静一脸蒙，那我能做什么？

陆晓飞说，你去寻访一下段荣柱的女儿吧。小姑娘挺可怜的，失去父母，已是个孤儿，性格变得很孤僻，对前途毫无信心，初中没读完就弃学了。你知道吗？这两年她一直待在桐山。这儿是黄沙转运中心，以前她父母开船运输黄沙常来这儿。她在一家小餐馆打工，端盘子。午饭后有点空闲时间，她就沿河道走到当年撞船出事故那儿，那儿离桐山镇有五六里路。她坐在那儿，呆呆地看着河，看河道上过往的货船，一坐就是小半天。

艾静还不太明白，你是说，让我找她，说些什么呢？你想了解什么情况？

陆晓飞叹了一口气，老实说吧，我曾经去河边找过她，失败了。她像看贼似的看我，一句话也不跟我说，我还没说几句话，她就叫我滚开，把我当坏人了。唉，女孩真可怜，受伤害太深了！你可以，同为女性，她不会严密防备。记着，她要是肯跟你说话，你就仔细听着记着，不说也没关系，陪她坐坐也好。等我们把害她父母的坏蛋抓起来，绳之以法，她就会开心起来，会理解我们，感激我们。

11

尽管已过处暑节气，午后两三点钟的日头还是很毒，晒在嫩皮肤上会有炙人的痛感。河道边那条高低不平的小路，除了沙土，只有杂乱的荒草和矮小的灌木，没有一棵可庇荫的绿树。艾静在河边小路上走着，被日头晒着，心里直后悔。唉，出来忘带防晒霜和遮阳伞，这样猛晒一下午，脸和胳膊肯定会像陆晓飞那样晒得漆黑，或许还会晒脱皮呢！

换个季节过来该多好啊！若是春季花开时节，河边那大片田野一定很美，有耀眼的油菜花，招蜂引蝶；或是深秋时光，能看到一片片金黄色翻滚的稻浪……她心里这么宽慰自己，以减轻身上的燥热和心里不断泛起的悔意。

好在这段路不算太长，半个多小时后，艾静就发现目标了。

肯定是她。就在河道拐个大弯的河堤边，有个黑黑的身影，一动不动，就像整棵树被大火焚烧后剩下一截乌黑的树桩。艾静慢慢地朝那"树桩"走去，没来由地有些紧张了。她没想好跟这个可怜的女孩说些什么。

女孩蹲坐在河边草地上。她穿一件皱巴巴的过大的暗紫色T恤，蜷缩着身子，双手抱膝，目光呆滞地望着河面。

河面平静无浪，泛着一闪一闪的粼光。河道上，时而有货船缓缓驶过，载着黄沙或黑煤的船只几乎整体都浸入河水了，只露出船帮细长如线的一点边缘。在河道这形如满弓的拐弯处，两条满载的货船交会时须格外小心，相互会发出一声长长的鸣笛，以警示不远处相对而来同样载负满舱的船只：别急，伙计，咱们稳稳地擦身而过吧。

走近就看清楚了，女孩很瘦小、干瘪，好像还没发育起来，脸长得倒也五官端正，鼻梁挺直，眼珠子大而黑，下巴略尖，蛮俊的。只是那脸黑得厉害，像涂过煤灰似的，一双裸露的手也黑黑的。想必是天天呆坐在这儿，让这毒日头晒的。

艾静站在那儿，犯着踌躇，如何打破沉默，跟女孩说些什么好呢？

女孩对走近身边的陌生人似全无察觉，眼珠子仍呆呆地望着河道，让人误以为她是个盲人。有货船从河道上缓缓过来，船尾站着个穿红衫的胖女人，一张脸嬉笑着，又伸手朝女孩挥了两下。女孩却好像没看见似的，什么反应也没有。

艾静俯下身，对女孩轻声说，你好，你在这儿坐着干吗呢？

女孩没搭理她，只是眼皮眨眨，另外，嘴唇抿了几下。艾静发觉，女孩的嘴唇有点干裂，可能是很渴了。

包里正好带着两瓶"农夫山泉"。艾静从包里拿出水瓶，递过去，说，你口渴了吧？喝点水吧。作为示范，她自己先拧开一瓶喝了两口，顺势在女孩身边坐下了。

女孩犹豫了一会儿，把那瓶水接过去，拧开盖子，喝了起来。果然是很渴了，一下就喝了大半瓶。

艾静想了好一会儿，才想出一句话，你在河面上看到什么了？

女孩没吭声，也不转过脸，好一会儿，嘴边滑出一个字：水。

艾静还想再问，女孩嘴边又滑出几个字：我妈在水里……

艾静听得很清楚，心里却很疑惑。女孩是说，我妈在水里。这话什么意思？是说她妈在水里淹死了？还是等着她妈从水里钻出来？可是，一个人怎么可能隔三四年再从水里出来？莫非这女孩的脑子坏了？她竟想象失踪的母亲会从水里出水芙蓉般突然钻出来，这才每天过来这儿等着盼着？……

艾静不敢再问下去，怕再听到让自己无法理解的回答。

女孩仍像刚才那样，一动不动，呆呆地看着水面。只是两只相握一起的手，无声地扭动着。艾静注意到，女孩手中有一截黑黑的细绳，在几个手指间缠来绕去。再细辨一下，那细绳是有弹性的，噢，应该是一截皮筋。艾静读中学时就喜欢扎马尾辫，扎了好些年，对这种皮筋很熟悉。她想，可能是女孩扎头发用的，扯断了，不能用了。

是不是借此找个话题问问？艾静想着，就伸手过去，想拿女孩手中的细绳。女孩警觉地缩回手，眼里闪出厌烦的神色。

艾静笑着说，别怕，不会要你的。我想看看你用什么皮筋。我也扎马尾辫呢，你那根断了，我送你一根新的，好吗？

女孩把手攥得很紧，是我妈的，不能给你……

又说是我妈的。艾静想，这女孩脑子真有点不对劲了。

艾静偷偷地打量着女孩，觉得她的眼睛是呆滞无神的，不免踌躇起来，怎么办，还能再聊下去吗？有必要再聊吗？

包里有轻微的振动，是手机响了。她预先设了静音。她悄悄起身，到一边去接电话。听到声音，她有点吃惊。是吴佑斌。

吴佑斌第一句问的是：你在河道边见到那女孩了吗？

艾静愣了一下，马上想到，吴佑斌已跟陆晓飞通过电话了。

是的，吴主任。艾静压低声音说，就在发生撞船事故的那个河道弯口，我陪她坐着呢。

吴佑斌问，你对她问些什么？有什么发现吗？

有什么发现？艾静有点发蒙，能有什么发现？说这女孩有点神经兮兮，说的话牛头不对马嘴？其他还有什么可"发现"的？河面很平静，没一丝波浪，河道上的货船行驶得稳稳当当的，过往的船只彼此很友好，没有擦碰，更没有相撞。河岸边，大片的稻田，水稻正在茁壮成长，齐腿高的稻禾绿油油的，一大片，一大片，随风微微泛起波浪。远远近近，几只不知名的鸟雀在自由自在地飞翔……

她支吾着回答，我好像没有发现什么……

吴佑斌也不再追问，只说，女孩很可怜，你陪她坐坐也好。

艾静问，吴主任，你过来不？想想又说，陆晓飞他说……说这个案子快破了呢。

吴佑斌噢了一声，说，小陆还是不错的，找到一些有价值的线索。我明天一早就赶来了。你们要注意安全，小艾，尤其是你。请保持手机二十四小时开机。

艾静答应一声，那边挂电话了。

她回过身来，发觉"树桩"不见了。女孩不知何时走了。

陆晓飞临走给她颁布一条"纪律"：完成他指定的行动后即回小旅店，非特殊原因不得外出。"外出"的涵盖面很大，指小旅店之外的任何地方，均不得去！艾静虽不情愿，还是自觉遵守了这条纪律。说实话，自来到桐山这个以黄沙交易为主业的乱糟糟的小镇，人生地不熟的，她还真有点胆怯呢。

指定行动，即去河道边，与女孩的"偶遇"。这次时间很短促，只有两三句对话，女孩说了不到十个字，勉强接受了瓶装水，无声的沉默拖延了十几分钟，就结束了。仅此而已。

借用吴佑斌电话里的询问用语，艾静作一下自我评点：此次指定行动没有任何"发现"。也就是说，她来这里的作用等于零。

沮丧地回到小旅店，天色未晚。艾静无事可做，就对脏兮兮的房间进行了大扫除，又借用小旅店仅有的那台轰隆轰隆乱响的洗衣机，把陆晓飞的一堆脏衣裳洗了。看着天暗下来，她小心翼翼地缩回房间，从角落一个纸箱里掏出陆晓飞的"战备物资"，一盒老坛酸菜泡面，用开水泡开，关起房门吃起晚饭来。

她吃得很慢，不是泡面难吃，而是心里开始不踏实了。陆晓飞这家伙自打早上独自外出，执行他所谓的重要任务，现在天都黑下好久了，人还没回来，十几个小时过去了，也没给她一点信息！尽管他事先吩咐过，不是紧急情况不要打他电话，艾静还是拨了那人的手机号。回复是，该手机不在服务区。

不在服务区？那他人在哪儿？

有人敲了敲房门。

艾静一下高兴起来，这家伙总算回来了！

急忙去开门，探进门来的，却是小旅店的男店主，一张似笑非笑的长脸。

你怎么……有事吗？艾静警觉地把房门把手攥紧了。

男店主一对眼珠子骨碌碌转，像一对诡异的精怪，在艾静身前身后瞄来瞄去，说话的声音怪怪的：嘿嘿，姑娘，我想问问，你男朋友什么时候回来？等会儿他是不是回旅店？我想……结一下房钱。行吗？

男朋友？我怎么成陆晓飞女朋友了？艾静暗自吃惊，脸上只得尽量以微笑掩饰，小心回复男店主，他当然要回来的，他可不放心我一个人留在这儿呢。房钱是多少？要不……我先付了吧。

男店主的长脸上顿然绽放出一道灿光，连说，好，这就好。也就四百块钱，这房间一天才八十块，便宜得很呢。做黄沙生意有好多大老板，一船黄沙就是十几万几十万呢！噢，洗衣机就不必付钱了，优惠了。哎，要不要给你们加个枕头被子什么的，别的还缺什么，要什么，我去给你拿来。

艾静心里恨陆晓飞恨得直咬牙，掏出四百块钱递过去，强笑着，嘴里客气地说，不用不用，我这里什么也不缺。谢谢老板……她心里恨不得眼前这张狡黠油腻的长脸立马化作一缕青烟！

吃了一半的泡面搁那儿，快凉了。艾静呆坐那儿，再也吃不下一口。她感觉胸口闷堵得厉害，暗自骂着，姓陆的，你搞什么名堂？说是为了工作，把我弄到这儿来，却冒充我男朋友，让我一个人留在这儿，还让动机可疑的店主向我讨账，区区四百块钱你也拿不出？你自己倒好，借口有重要任务，一走便杳如黄鹤，不再露面，这是什么意思？耍我吗？有用这种手段耍弄人的吗？

房门又一次被敲响了！

艾静气不打一处来，心想不定店主又想出什么名堂来讹钱了。这回说什么也不给了！她猛地跳起来，冲过去拉开房门，要把几句狠话抛过去，却见门外直愣愣地站着陆晓飞。

可是，天哪，真是他吗？

眼前这位，跟早上意气风发前去执行重要任务的警官陆晓飞简直判若两人：额头面颊添了几处血红和青紫，还沾有点点泥污，成了五花脸；头发乱蓬蓬，衣衫不整，扯烂了左半边的袖子；嘴角留有淌血后干涸的辙痕……且一脸木讷呆板的傻样！

你这是怎么了？艾静赶紧把陆晓飞拉进房间，把门关紧了。

看到桌上吃剩下的还冒着一丝热气的泡面，陆晓飞两眼猝然放光，饿虎扑食般扑过去，呼噜呼噜地大吃起来。急得艾静在后面大叫，那是我吃剩下的……我另外再给你泡一碗！你不会是一整天都没吃饭吧，怎么饿成这样？

吃下半碗剩泡面，缓过劲来了，陆晓飞才把脸扭过来，直直地看着艾静，用带几分悲愤的口气说，小艾，你相信不，我今天差点就回不来了！你能想得到吗？狗东西，竟敢偷袭人民警察，简直是活腻了！

艾静把刚泡好的泡面递过去，看着这一脸悲愤的人，你被谁打了？打成这样……

陆晓飞眼珠子死盯着泡面，嘴里恨声说，还能有谁？章宝法，还有他的同伙！

怎么，姓章的还有同伙？他们敢打你……艾静十分吃惊。

手机忽然响了起来。

艾静一看屏幕上显示"吴佑斌"，赶紧接起来。她急着想说陆晓飞挨打之事，那边吴佑斌先问她，陆晓飞回来没有？艾静说，他刚回来，被人打了，鼻青脸肿的。吴佑斌却云淡风轻地说一句，打就打了，回来就好。艾静顿时急了，怎么打就打了呢？是章宝法打的，那个坏蛋打的，还有他的同伙！总不能白打吧？吴佑斌也不对她解释什么，只是说，你把手机给小陆，让他听电话。

陆晓飞拿着手机，一脸委屈地叫了一声吴主任，声音里竟带点哽咽。艾静看他这副要哭出来的屄样，觉得又可怜又可笑，笑也不敢笑，只好扭过头不去看。陆晓飞拿着手机，也不说什么，只是听着，哦哦应着，又一连串的好好，然后把手机挂了。

艾静盯着陆晓飞追问，吴主任怎么说？你到底怎么了？为什么会被打？吴主任他什么时候过来……

再三追问下，一脸苦相的陆晓飞只得把自己"走麦城"的经过粗略说了一下。

艾静很快听明白了，陆晓飞昨天认定章宝法将段妻私藏为"性奴"的那一番自以为正确无比的判断，完全错了！

陆晓飞早起，一步不离地跟踪章宝法，差不多整整两个小时，满以为他必然会去藏匿女人的地窖或密室，便可一举拿获，了结此案。不料那人神神秘秘、躲躲闪闪，避人眼目地行走，只是为偷偷溜进一个隐秘的赌场参与赌博！陆晓飞蒙头蒙脑，尾随着他，却不知螳螂捕蝉，黄雀在后。赌场的打手发觉他行踪可疑，便用套头巾将他蒙了，不说不问，一顿拳打脚踢，关进黑屋。幸亏吴佑斌及时与当地警方联系，那边已获悉赌场的秘密，正想端了它，即派一批警员前往，把那赌场捣毁了，解救了关在黑屋里吃了些皮肉苦头的陆晓飞。

怎么会这样呢？艾静长叹一声。

陆晓飞一脸沮丧地说，我也不想这样，可它偏偏这样了……

看着神情沮丧，如斗败的雄鸡般的陆晓飞，艾静觉得又好笑又可怜，说，你前几天在这里没日没夜地追查寻访，居然全是错的。结果是什么也没查到，还白白地挨了一顿打！这算什么事嘛！你……哎呀，你身上还疼吗？不会有内伤吧？

陆晓飞哭丧着脸说，内伤恐怕不会，可这儿，他指指心口，疼得厉害啊！小艾，你想我警官学院的全优毕业生，从警数年，几无失手，没想到有一天会……会栽在桐山这条臭水沟里，唉，老天不长眼啊！

艾静也很沮丧，说，我估计吴主任也很失望，这时候肯定又在搓他的两只手了。

陆晓飞拍拍自己的脑袋，我这是怎么搞的，怎么老犯错呢？害得吴主任……

艾静忽然想起来，又问，那么，吴主任是怎么说的？是不是让我们马上回去，不用再待在这个鬼地方了？

不料，陆晓飞摇摇头，不，他让我们留下，明天一早他还赶过来呢。

艾静很吃惊，怎么，他也要赶过来？他来干什么？

陆晓飞说，我也不知道他来干什么。不过，吴主任说，这案子已有很好的线索苗头，得赶紧往下查，有望成功。唉，要真这样就好了！对了，他让我们待在旅店再别出去。他还关照我，好好保护你，千万别出什么差错。

让你保护我？我也有危险吗？艾静有点疑惑。

这还用说吗，别看桐山这小地方，真叫庙小妖风大，连我都敢打敢关，何况你！吴主任怕再出意外，没法向上级交代呢。陆晓飞惊魂未定，又努力表现出镇定的样子。又说，当然，这间屋子还是安全的。你别怕，躺到床上好好休息，我在这儿守着，不会有危险的。

艾静愕然了，什么？我睡觉，让你守着，这算什么呀？不对吧？吴主任真这么说的吗？要不我还是另开一个房间……

不，不行！陆晓飞断然不允，强调说，这是吴主任特意关照的，不让我们分散，怕出意外。你放心休息，在这里，你绝对安全，不会有谁再敢闯进来行凶的。

这个小镇很奇怪，白天像个蛮汉似的喧闹、嘈杂，到夜晚又如淑女般安静了，除了偶尔的狗叫，再没其他声响。

艾静心里却很不平静，又很别扭，但嘴上不能直说，脸上也不能显露出来。唉，从没有过这样的事，卧室里居然有个男人待着，这让她怎么敢躺到床上，还能踏实睡觉吗？

她坐在床边，磨磨蹭蹭，不愿躺下。她想出一个主意，对陆晓飞说，其实，我一点也不困，要不，你坐那张床上，我们说说话吧。

陆晓飞立马高兴地应道，好啊，那就说说话吧。

他走至另一张床边，把身子斜靠在床头，两只脚搭在床沿上，长长地感叹一声，躺在床上真他……舒服啊！

两人东拉西扯说起了闲话。一说两说，说到在校读书的事，有趣的，无趣的。

说起来，陆晓飞上的警官学院与艾静就读的大学相隔不远，陆晓飞只比艾静高一届。他还说，大三时，两所学校的学生会联手搞过一次元旦联谊活动，有好多中文系、新闻系女生来警官学院。又问，那次聚会有你吗？你在吗？

噢！艾静叫了一声，脸上闪出光来，你说这事，我还真有印象呢。同宿舍女生有去的，还叫我一起去。我正好有事，抽不出身才没去，要不，说不定真去你们警官学院呢。据说那次联谊活动，促成了好几对跨校恋情，我隔壁宿舍的一个女生，那些日子三天两头往警官学院跑呢。嘻嘻，她找的不会是你吧？

陆晓飞赶紧否认，我哪有啊？从小学、中学到大学，整整十二年的求学期间，我就没谈过恋爱，这个我可以保证，千真万确的大实话！

艾静哪肯相信，就你，还没谈过恋爱，哼，骗谁呢你……

陆晓飞轻叹一声，你呀，就因为我摊上那档子事，把我当成风流成性的公子哥儿了吧？其实根本不是你们想的那样。我跟孟淑英，那个女会计，清清白白的，没一点见不得人的事，就连手都没碰过，你信不信？我只是……同情她，可怜她。这女人太傻了，上了坏男人的当，被人害苦了还不知道。老实说，这事要搁在你身上，恐怕也不一定能脱得开呢。

一个三十多岁的老姑娘，相貌平平，只会读书，考会计资格，做财务报表，认真做工作分内的事，从读中学算起，从来没尝过恋爱的滋味。忽然有一天，有个衣着气派很帅气的男人，主动找上门来，巴着脸靠近她，甜滋滋地说爱上她了，要请她吃饭，还送她贵重的礼物，一个名贵的LV（路易威登）包，一身名牌套装，还有一条镶红宝石的项链。他拉着她的手，搂着她的腰，叫她心肝宝贝儿，一张热脸紧紧地贴上来。这时候，女人哪里还有半点招架之功，以为像童话故事里那样，终于等到白马王子露面的一天了，女人整个人整颗心都化成一罐蜜汁了。而后，轻而易举，男人就把她勾引上床，没容她作抵抗，三下五除二，把她身子给强占了。这才是他们认识的第三天……

怎么可能？他们才结识三天就……艾静不免惊声。

陆晓飞说，是啊，我也不敢相信呢。可事实就是这样，孟淑英亲口对我说的。供词上她也是这么交代的，全是实情。她完全被那个坏男人给控制了，像喝下了迷魂药，飘在浮云上了。没过多久，奸刁的男人忽然变招了，先是哄着骗着向她借钱、要钱，她把自己攒的钱一笔一笔全拿出来了，还不够，又要她弄公司账上的钱。她不敢，才战战兢兢说了几个字，男人就翻脸了，朝她脸上重重地扇了几个耳光，骂她贱货、丑婆娘，她吓坏了，想逃走，被坏男人拉回来，不光骂，还对她大打出手。你能想得到吗，他还对她做了什么？他像只疯狗一样，扯烂她的内衣，拿烟头烫她身上的皮肉，烫得好狠，皮肉都焦了！

怎么……怎么会这样？艾静越发吃惊了。

陆晓飞叹口气说，你不相信是吧？起先我也不信。孟淑英把那几处烫过的伤口给我看。是真的，皮肉都被烫烂，留下伤疤了！你知道烫在哪儿？腿上，在大腿内侧，女人皮肉最娇嫩的位置！我亲眼看到的。她怕我不信，脱下长裤非要我看。坏男人还拿出一把尖刀，说你再不听话，我要在你那个地方划个斜十字叉，让以后的男人一眼就看清你是个什么货色！那个什么地方，你知道吧？就是女人下身那儿，最隐秘的部位……

艾静听着这些，感觉自己喉咙干干的，被什么噎住似的，有种说不出的难受。她说不出话，只是一双眼睛瞪得大大的，看着越说越激动的陆晓飞，看他被激怒，满脸通红。

她喃喃地说，你……你真看过……那女人烫伤的腿，大腿内侧……

陆晓飞点头说，我看了。真看了。可是我没别的想法，一丝一毫也没有！不是他们想象的那么卑劣，那种坏心思。我只是要看清楚，她说的到底是不是事实，坏男人是不是真这么干了……

艾静脑子里闪出胖姑娘小米那张神秘兮兮的脸、那对肉嘟嘟的嘴唇。小米那回是怎么对她说的？哎，艾静你知道吗？那女人真做得出，她把衣裳全脱了，内裤肯定也脱了，把身上的皮肉全露出给他看呢。你说，男人能经得住这样的诱惑吗？男人这种肉食动物……在这种诱人的糖衣炮弹下，能不上钩、不倒下吗？

陆晓飞看看艾静的神情，明白她想什么、想说什么了。他痛苦地摇了摇头：我明白了，你原来就是这样想我的，以为我是那种有偷窥欲的下作男人，是吧？

艾静迟疑了一下，说，没有没有，我并没有那么想。我只是……觉得你那样，犯不着。你干吗为一个不认识的女人，付出那么多……反正，我觉得你犯不着。

陆晓飞呆了好一会儿，沉重地叹了一口气，也是。我后来才明白过来。我真是多余那样，事实就摆在那儿，审理案情，某些女性敏感的检查复核，自有专门的人来做，我干吗傻乎乎的，把自己折进一个有嘴说不清的烂泥坑里？

艾静同情地看着他，不说话，只沉重地叹了一口气。

陆晓飞脸上仍溢满愤然之色，问艾静，可是你说，你要是孟淑英，遇上这么个坏透了的男人，你能做到心明眼亮，不上当受骗，不被迫做不愿做的事？你说，受骗上当的女人不可怜、不值得同情吗？就不能给她一点帮助吗？

艾静哑然了。刚才听着这事，她便不由得联想到自己，也曾遇人不淑，被坏男人伤害。那时，她跟这个叫孟淑英的老姑娘也是完全一样的傻啊！她忽然对陆晓飞有了些歉疚感，以前对他十分地瞧不起，当他是个风流成性的男人，现在看来，他不仅不是那样的人，还是蛮有正义感、蛮善良，对女人特别有同情心的男人呢。

她涩然地说，小陆，你这么一说，我就明白了。

她本来还想说，你的确是受委屈了。对不起，我误解你了。可这话她没能说出口。

陆晓飞点点头，你明白了就好。

艾静想想又问，你是不是觉得，自己并没做错事，被发配到中心来很委屈、很窝囊，也很不甘心，这才豁出命似的出来查案子，冒再大风险也不管不顾？就是说，你一心想立一个大功，以此来证明自己，是吧？

陆晓飞愣了一下，爽快地说，是的。我承认我有这个想法。我要证明自己的能力和价值，还要证明我真实的人品和职业素质。

艾静轻叹一声，可惜，这回你辛苦好几天，事情没办成，反而吃了亏、挨了打。你是不是很伤心，很受打击？

陆晓飞却说，不，我不灰心，我很有信心。就等明天吴主任来，看他有什么高招能破了这个案子。我相信他。小艾，你也要相信他，要有信心啊！

艾静没回应，心里疑疑惑惑地想，吴主任来了，又能怎样，他会有什么高招吗？真能相信他吗？她把与吴佑斌在一个办公室相处这些日子留存的种种印象，拼接起来细想了，最后得出结论：指望这样一个闷坐办公室几近木讷的人来破解这个多年未解之谜，唉，恐怕有点悬。不对，应该是很悬！

她转过身去，想与另一张床上的陆晓飞交流一下自己的想法，却发觉他歪倒在床上，已经睡着了，而且，居然打起了呼噜！

陆晓飞那睡相看去很别扭、很可笑：脑袋歪着，肩膀斜着，两只手搭在一起，像被铐住似的，连脚上的鞋也没脱，鞋帮上还沾着污泥呢！艾静看一会儿，实在忍不住，走过去把睡着的男人身子扶正，胸口上盖点被子，迟疑一下，又把他脚上那双鞋给脱了。

她心想，这人，不知道在家有没有父母管他，哪有这种睡相的？

12

　　三个人，成一条时长时短的纵线，沿河道边的小路，默不作声地快走着。

　　是一侧田野上随微风轻轻摇摆的郁郁葱葱的稻禾吸引了人们好奇的目光，还是河面上徐徐而驶的货船让他们内心泛起诸多联想与推测？总之，他们在行进中，极少发出声音。吴佑斌，"三人行"中的为首者，更是静默了许久，始终一言不发。

　　艾静忽然伸手朝前方一指，说，你们看，她在那儿呢。

　　如她所料，昨天下午见过的"树桩"，还在原地方。女孩身上也还是那件深色衣衫，远处看过去，黑黑的一团，在草绿色的稻田与灰白泛亮的河水间，有点显眼。

　　三个人，在离那一动不动的女孩不远处站着。他们相互看看，都没说话。吴佑斌做着手势，让陆晓飞从双肩包里拿出那张草图让他看。艾静心想，怎么又看这个？

天亮没多久，吴佑斌就开着"现代"车到小镇和他们会合了。艾静算了算，那样的话，他后半夜就得开车出发，可能还要早点，而且过来这边后，一定到什么地方转过。她发觉，吴佑斌头发上有黏湿的汗渍，脚下的旅游鞋沾着湿泥和沙土。他去哪儿了呢？

到小旅店，吴佑斌哪儿也没去，就坐在房间里，盘着双腿，坐在床上，对着陆晓飞画的草图，俯身看了又看，然后手捂着脸，想了又想，这期间，足足喝下两瓶"农夫山泉"。而后，他简短问陆晓飞几句，末了，又表扬他一句，说这图画得很专业，很有用。

可是对艾静呢？吴佑斌总共只看了她一眼，说了一句话，问她，你昨晚没睡好，眼睛还有点红。再不说什么，又低头看那图了。

艾静心里暗暗着急，想问也不敢问。她迫切地想知道，吴佑斌对案子到底有什么想法。但他自始至终对案子什么话也没说，更别提让她和陆晓飞两人一起讨论一起商议呢！她不明白，吴佑斌这个闷葫芦里到底装的什么药？

此刻，一通快速行走后，他们来到了当年发生撞船事故的河边。吴佑斌又拿着草图看了再看，比照着周围景物，或微微点头，或暗自摇头，还是什么也没说！

艾静在一旁看着，心里更加纳闷儿，简直快憋不住了。

吴佑斌终于把图看完，折叠着收起来，交还给陆晓飞。他脸上的神情像一边的水面那么平静，根本想象不出他的脑子里在想着什么，而且，也不搓他的手。他的一双不大的眼睛平视着，慢慢掠过河岸和那片平静的水面，又掠过那一大块在晨风中微微摇动的稻田。他的身子也随着慢慢转了一圈。

然后，他对陆晓飞说了一句，你去侦查一下，就这沿河附近，大约五百米方圆地块，注意是否有什么异样，看仔细一点。

陆晓飞应声好的，走开去了。

艾静再也忍不住了，急凑上去问，主任，那我呢？我做什么？

吴佑斌看看她，淡然说，你也一起去看看吧。

艾静很有些失望，有点委屈，却不敢说，拖着脚步跟着陆晓飞去了。

她原以为，吴佑斌会让她留下，一同去询问那女孩。女人对女人，好说话一点嘛，或许还能有点收获呢。正可用她的长处呢。可是，却不留用她，只让她跟着陆晓飞去沿河附近侦查！有什么可"侦查"的？撞船，沉船，都在河道上，船沉在水里，人若淹死，必落在河水里，溺在河底下，有尸体早捞起来了。三四年过去，河道边又能有什么？河堤上，草堆里，灌木丛，还有稻田，会藏着死尸，或杀人凶器？且不说当年出事故时，这里肯定被细细搜查过，就是这数年间，也会有许多人天天打这儿走过、看过，在堤边放牛、割草，或干其他杂事，还有这种可能吗？

陆晓飞走在前面，双脚叉开，弓着身子，沿河边小道慢走细看，很认真地侦查着，很专业的样子。他快步走下河道边的斜坡，弯腰捡起一个个破烂物——踏扁的塑料盒、一只脏兮兮的破拖鞋，或一截烂绳，认真地看了又看，然后扔了；接着，又小心拨开稠密的灌木丛，探脑袋往里面细细察看一番，再把身子缩回来。如此几次三番，最终，两手空空转上小路，接着往前走，继续仔细地侦查。

艾静跟在后面，对陆晓飞那么专注侦查的样子不以为然。用得着这样吗？她目光茫然地掠过四周，不知道该看什么、寻找什么，有点漫不经心，有点敷衍了事。她心里其实还一直惦记着河边的女孩。吴佑斌会怎么跟她说呢？他能从女孩那儿问出什么？会有他想要得到的有用的信息？

她不时地回头张望。

看见吴佑斌与那女孩走得很近，又蹲下身子，像一截略高的"树桩"，对着另一个"树桩"。艾静想，或许他跟她说上话了，或许他一再地没话找话，而她却什么也不回答……他能对付得了这个脑子显然有点问题的女孩吗？

走在前面的陆晓飞，忽又离开河道边，折向稻田一侧，走在一条狭窄的田埂上。泥泞的田埂不好走，半干半湿的，有点滑，让他走得很不顺畅，不得不伸开双手保持平衡，身子不时地扭动着，看上去有点滑稽可笑，嘻嘻，像不像稻草人？

艾静犹豫着，要不要随他往稻田里走？平展展的一片稻田，会有什么异样吗？稻子年年种年年割，秋后割完稻子，田里光秃秃一大片，能藏得住什么？有必要走进稻田去"侦查"吗？真是很奇怪的想法呢！

陆晓飞回头招呼她，小艾，走田埂要当心，脚下很滑，别摔倒了。

他这么一招呼，艾静反倒没了退路，只好跟着走进稻田里去了。

田里的稻子正在孕穗，齐崭崭的，长势很旺，快有半人高了。人走在窄窄的田埂上，摇曳而出的稻叶势必会扫到膝盖和腿上。艾静穿着牛仔短裤，露着半截白白的大腿，走动时让两侧稻叶窸窣扫过，初不觉得，稍后便觉得不适，再低头看，妈呀，腿上皮肉怎么被划了许多细小的道道，隐约还有血色？

她委屈得几乎要哭出来了。这可怎么办，腿被划成这样，以后还怎么穿裙子穿短裤？

陆晓飞在前面大声叫她，小艾，小艾……你怎么走这么慢啊？

没办法，艾静只好硬着头皮往前走，嘴里轻声怨着，以后再也不出这种差了！明明只要在办公室办事的，非要跑到这种地方来，搞什么"侦查"，费心费力，肯定什么也查不出来，真是……哎呀，这么大一片稻田，还得走多远才走得出去啊！

陆晓飞等在前面，还在大声叫她，又不停地招手，艾静，你能不能走快一点？快点，快过来吧！

艾静咬着牙大步走过去，没好气地说，你喊什么呀，田埂不好走，稻叶还划伤我的腿呢……

陆晓飞却不理会艾静的诉苦，一把拉住她的手，脸上带着神秘的笑意，用手指点着前面那片稻田，小艾，你看，看那儿，是不是有点特别？你看，你快看呀！

艾静朝他所指的方向看去，左看过来，右看过来，也没看出什么名堂。咦，不就是一片绿油油长势良好的稻子吗？还有什么别的？就连一棵树一丛杂草也没有，更别说其他的，譬如一头野兽、一只飞鸟……有什么特别的呀？

陆晓飞只好提示她，你没看见那儿？离我们四五米远，那一小丛稻子是不是长得特别好？那么茁壮，那么青绿，简直绿得发黑，比旁边的几乎要高出十几厘米，很特别吧？

艾静睁大眼睛看那一小片稻子，也疑惑起来，自语似的说，哎，也是的。这块稻子确实长得特别好，会是什么原因呢？是这一小块地的种子特别优良，还是农民对它格外关照？要不这下面的土质好，特别肥……

陆晓飞忽然在艾静的肩上重重地拍打一下，大声说，艾静你说对了！这片稻子长得好，就是土质特别肥的原因！这块稻田的烂泥底下一定藏着秘密，一个大秘密！

这一惊一乍的，让艾静吓了一跳，你干吗打我？咦，你说稻田底下有什么秘密？

陆晓飞也不解释，拉了艾静的手，说，我们快走，把这事告诉吴主任！

两人急急跑回到河道拐弯处。

河道边，女孩不见了，只有吴佑斌一个人站在那儿，呆呆地看着河面上刚刚驶过的一条满载着黄沙的货船。听到急促的喊声，他才转过身来。艾静发觉他手上拿着一样东西，是一截细细黑黑的绳头。她一下认出来，这不是昨天那女孩拿在手上的吗？

吴佑斌看着两个跑得气喘吁吁的下属，一脸平静地问，有什么发现吗？

陆晓飞急急把刚才看到的情况说了一下，又补充说，这是我和艾静，我们两人一起发现的。小艾还说，稻子长得特别好，可能是土质特别肥，这底下肯定有什么……吴主任，这样分析对吗？应该是这样，对吗？

艾静看见吴佑斌脸上难得地掠过一丝笑意。

小艾，你想想，这土质为什么会特别肥？底下会有什么？

这一提醒，艾静脑子里猛一下跳出一样可怕的东西！前不久看过一部美剧，里面有个恐怖镜头：深坑里，一具腐烂的尸体，淌着污水，爬满蛆虫……

她几乎是脱口而出：难道有死尸埋在底下？

13

三天后，此案大致尘埃落定了。

在河岸以东大约两百米的稻田底下，从四尺多深的土层里挖出一副完整的人体骨骼，系女性。据法医勘验，其他部位完好，唯头骨后侧被钝器多处重击，呈破裂状，头骨附有少许头发。又从出事河道里捞出一把木柄铁锹，铁质略有锈斑，木把与铁器嵌接处夹着几根头发，与稻田底下挖出的女性尸骨残留的头发 DNA 检测一致。

十天后，闻讯潜逃的章宝法在外地落网，被押解归案。证据面前，他不得不交代了犯罪的全过程。

章宝法在桐山黄沙码头结识了船主段荣柱夫妇，对有几分姿色的段妻心生邪念。某天夜里，章宝法邀段荣柱等数人一起喝酒，有意把段荣柱灌醉，然后独自寻去段荣柱的货船，钻入船舱。睡在被窝里的段妻以为丈夫归来，没防备，章宝法趁机钻进被窝，对她强行搂抱。孤单的一条船上，夜黑人寂，胆小的段妻不敢反抗，只能屈从，让坏男人占了便宜。此事她没敢告诉丈夫。章宝法得了便宜，又没被告发，心思越发邪了，竟想出更坏的招：撞船。夜里的撞船事故是章宝法预谋的。载重货船被撞，快速沉下，段荣柱困在驾驶室被水淹死，后舱的段妻落水后大声呼救，章宝法伸过撑杆救她上他的船。段妻催促章宝法下水救她丈夫，他却说，男人死了不更好吗？我喜欢你，我就是为了你才撞船的。以后你就跟我过，做我老婆。段妻醒悟过来，大骂章宝法害人谋妻，手段毒辣，不是人，是畜生，扑上去要跟他拼命。章宝法恼羞成怒，骂道，老子是为你才犯法害人，你还要闹，你也去死吧！他用铁锹猛砸女人后脑，将其击倒，而后拖到河沿上。见不远处有一块荸荠田，刚挖完了荸荠，章宝法即在田里用铁锹挖下数尺深，将未必已死的女人扔下去，填上土……

这案子简单，刑警队派去几个人，很快就结了。

这几天，他们三人哪儿也没去，安静地待在中心办公室里，也没有谈论任何有关案子的话题，只埋头看材料，填写表格，按表格打电话，将一些材料整理归档。到中午，他们放下手头工作，去食堂吃饭，傍晚准时下班。

这天吃罢午饭，从食堂回到办公室，艾静和陆晓飞面对面在办公桌边坐下。吴佑斌还没过来。两人对视了一下，似乎都想说什么，陆晓飞忍住了，艾静没忍住，说，哎，这个案子结了，你怎么看？你说，段荣柱老婆是不是死得挺惨、挺冤的？本来，也许……

陆晓飞愣愣地看着她：你说也许，是不是想说，如果段荣柱老婆当初没有屈从姓章的，不肯被占有，反抗了，没让姓章的误以为她会顺从自己，也许他就不会那么想，案情也就不会发生，你是这样想的吗？

艾静说，是的，我是这样想的，如果她，那个女人不是那么懦弱，章宝法强迫她时，她喊叫起来，或许会有人路过，跑过来救她，制止坏人对她的强行占有。她一时胆怯，屈从了，反让姓章的以为她或许心里是愿意的，或许很懦弱，可任由他摆布，这才滋生更坏的念头，起了恶意来撞船，害死她男人，然后想得到她。不是这样吗？

陆晓飞说，不对，艾静，你把逻辑颠倒了。

怎么是逻辑颠倒了呢？

是的，你不能这么假设的。现实中，女人遇到歹徒时，反抗若有效，当然是好，但如果她怕有生命危险，不得不屈从，能怨她吗？罪犯要做坏事，会不顾一切的，他只遵从犯罪的逻辑，总是一厢情愿的，善良的人们不可能预料到会有怎样的恶果。我们主持正义，不能去埋怨甚至责怪受害者。沉船后丈夫遇险，当段妻得知姓章的施用的恶劣手段，她被激怒了，宁死不从，不愿苟活，要与罪犯拼命。你想想，这时候这女人有多硬气、多了不起啊！还能怪她吗？你说，是不是？

可是……艾静还想说什么，却想不到合适的反驳之词了。

不知什么时候，吴佑斌已经坐在他那边的办公桌前了。

他或许听到艾静与陆晓飞的讨论，但他什么也没说，脸上表情十分平静。

有关案子的进展情况，都是兼着中心主任的俞处长过来通报的。每次过来通报，俞处长都带一脸喜气，手上也不拿茶杯，说话时辅助一些手势，语气表述很有感染力。

这天俞处长又来通报有关案情的消息了。

呵呵，上午开会，局长又提起这案子，说我们中心的两个年轻人，在前期案情侦查上出了力，要给予通报表彰。我说是啊，小陆和小艾，工作表现一直很好，脑子灵，反应快，是难得的人才啊。

听到好消息，艾静脸上顿然有了笑意，局长也表扬我们了？

陆晓飞却有点着急，局长怎么不表扬吴主任？这案子主要靠他，光我们两人哪能成？

俞处长笑道，那是，老吴是老刑警嘛，还能没两下子？

他们说话时，吴佑斌仍在看材料，头也没抬一下。

俞处长走近陆晓飞，拍拍他肩膀说，经侦队那边有人问我，你愿不愿回去，我说，他现在是我们中心的骨干。不过，小陆，你要是很想回去的话，也可以考虑调动的事。

艾静朝陆晓飞眨眨眼睛，对啊，你不是很想回经侦队吗？

陆晓飞认真地反问，谁说我想回去？我在这儿很好。又仰起头对俞处长说，我们中心人少，事情多，缺了我不行啊。嘿嘿，是吧？

艾静朝他扮个鬼脸，捂着嘴笑了。

回家吃晚饭时，艾静高兴地把受表扬的事跟她妈说了。又说，吴主任这人有点怪，查出这么大一个案子，好像没他什么事似的，其实功劳还是他最大呢。

那是他谦虚，有领导风度，让你们年轻人多受鼓励多进步。艾静妈说，我早看出来了，你们这个吴主任很不错的。我就是有点想不明白，这案子明明是你们查到最重要的证据，为啥不由你们中心去破案，功劳都让给刑警队呢？

艾静解释说，吴主任说了，我们中心的工作重点是材料审核归档，发现有疑点，查找可能的线索，破案结案工作让人家刑警队去做，这叫各司其职，不可越位。

噢，原来是这样啊。艾静妈表示理解。

艾静又说，我和陆晓飞私下里谈到，吴主任那天清早开车去桐山，肯定先去过河道旁，察看过那片稻田，已经看出那丛长势特别的稻子有蹊跷，后来特意让我们再去侦查，我们一说，就算是我们的功劳了。还有，女孩手里的那截断皮筋，我先还问过，她说是她妈的，我没当回事。可吴主任一下就问出来，真是她母亲扎头发的，她捡到了。吴主任判断，尸体被倒着拖上河道斜坡，脑袋拖过时，扎头发的皮筋被扯落在斜坡的灌木丛里了。陆晓飞说，那是证据链中很重要的一个环节呢。

艾静妈感叹道，你们吴主任真不简单呢！

艾静说，妈，你说我傻不傻？我以前以为吴主任是干后勤的，不懂行。可听陆晓飞说，吴主任原先在刑警队干过多年，挺能干的，因为一桩案子办砸了，才被调去搞后勤的。

是吗？艾静妈一脸惊讶。

是的。艾静神秘兮兮地说，妈，这事是小米私下对我说的，你可别外传。那桩案子涉及有人被杀，是一个大领导的亲属，有个外地人是主要嫌疑人，以吴佑斌为主侦查这个案子。上面要求尽快结案，他认为证据链始终对不起来，要求给时间再侦查。上面不同意，要他尽快结案，他顶不住，只好服从。案子很快结了，那外地人被认定为凶手，判了死刑。谁知后来真正的凶手抓到了，坦白了杀人的事实经过，DNA检测完全一致，证据链很完整。听说此案的善后处理，有关部门做了许多工作，赔了不少钱，冤死者家属才没提出申诉。

这次重大失误内部追究责任，吴佑斌受的处分最重，行政记大过，调离刑警队。

艾静妈愕然，是这样啊。吴佑斌他本来是没错的，只是因为没有坚持……我看他有点吃亏呢。

艾静说，他干公安二十多年，只是二级警督，这把年纪才提个副处，亏大了！

艾静妈感慨地说，难怪他破案这么厉害。原先就是有本事的人，窝窝囊囊搞后勤这么多年，真可惜了！

就是嘛。艾静又说，我和小陆商量，过两天再去桐山一趟。

可是……这案子不是结了吗，还要查？

不是，为那个女孩去的。艾静说，你说她多可怜啊，父母都没了，世上只剩她一个人。我们去，看看能不能帮着她什么。吴主任说可以工作日去，算出差呢。

这倒是好事。艾静妈说，哪天把吴主任，还有小陆，请来家里吃顿饭，怎么样？

艾静眉毛抖了一下，看着她妈：咦，你什么意思？

艾静妈说，为你们中心这次成功破案小小地庆贺一下，不好吗？

艾静认真想了想，摇摇头说，不是很合适。

是小陆不愿来吗？

他呀，巴不得有白食吃呢。艾静抿嘴笑了，我是说吴主任，恐怕他不会来呢。要不，你把刘槿也请来？

艾静妈拍了下大腿说，哎，我还真想问你呢！他跟刘槿，两人处得怎么样啦？这些天也没听你再提起呢。

艾静说，我也不知道啊！明天我问一下。我看他还是挺喜欢刘槿的。

第二天上班，趁陆晓飞去卫生间的空当，艾静朝吴佑斌的办公桌那边走去。他正站在窗前看着外面，两只手习惯地搓着。艾静用两个手指在桌上轻敲一下。

吴佑斌转过来看她，有事吗，小艾？

艾静朝他诡异地一笑，问，吴主任，你怎么老搓手？

吴佑斌愣了一下，有点尴尬，呃，也没什么，习惯动作。当年下乡当知青时，冬天在外面大田干活，天冷手冻僵了，捏不好锄头，学农民这样搓一会儿手，能放松一点。嘿嘿，成改不了的习惯了。

艾静噢了一声，这才说到了正题：吴主任，昨天在家，我妈问起你和刘槿的事，进展到什么程度了？是不是该喝喜酒了？

吴佑斌愣了一下，这事，你妈还惦记着啊？

哎，吴主任你怎么说话的？艾静佯作生气，我妈好歹也算是你们的介绍人吧，怎么，这就不认账啦？

你妈真是个热心人。吴佑斌说，我和刘槿有一阵没见面了。上回，她打电话给我，到我家来过一趟，一起吃了晚饭，谈了各自的一些情况。有些特殊原因，使她不敢接近男人，不愿意结婚，我能理解她……

艾静有点急了，吴主任你什么意思，打退堂鼓了？你可不能随便放弃噢！我妈说的，其实女人拖到这年纪不结婚，肯定有这样那样的原因。你想想，她都主动约你，愿意上你家门了，说明她对你动心了呢。这还不好？你是男人，不能端着架子，得主动出击才行。

吴佑斌说，我打过两个电话，她都说有点忙，没时间。恐怕……

艾静更急了，你得想别的招啊！想想看，中秋节快到了吧？可以送月饼去。对了，她什么时候生日，查一下嘛。

吴佑斌脱口而出，她生日是九月十八日。

艾静笑了，是吗？这不没几天就到了呢。就给她送生日礼物吧。你得好好想一想，给她送什么礼物。

吴佑斌面露难色，那你说，送什么合适？

艾静笑道，这还用我教啊，女人喜欢什么，就送什么呗。

吴佑斌问，那要是你，喜欢什么？

艾静说，我喜欢的东西可多了，鲜花、巧克力、漂亮衣裳、名牌包包，这些都喜欢。还有，是女人都喜欢香水。

　　吴佑斌有点为难，她好像不用香水吧？我也不懂香水，要不你帮我买一瓶？

　　艾静说，香水很难代买的。每个女人都有自己喜欢的牌子和香型，送了不喜欢，反而不好。算了，不如买花吧，送花不会错的。记着，要买玫瑰花，红玫瑰。这可不能错。

　　吴佑斌笑了笑，看来给女人送礼还很有讲究呢。

14

从图书馆正大门进去，上台阶走过门庭，直对的大厅就是借阅部。吴佑斌手上拎一个大硬纸袋，径直朝借阅部走去。

借阅部的姑娘见是熟面孔，朝他笑笑。吴佑斌说了要借的两本书名。她略微一怔，开始翻目录，翻了好一会儿，又进里面的库房找了好久，才捧了两本书出来，说，你要借的这两本书，入库好几年了，从没有人借过，你是第一个读者。

吴佑斌歉然地说，让你费心了。这种专业书比较偏门，难怪少有人读。

他把两本厚厚的书放进纸袋，问姑娘去古籍修订部怎么走？

姑娘用手指了指，从那儿绕过去，沿走廊往里走，拐角里面一间就是，门上有牌子。

吴佑斌谢了一声，往所指方向走过去。拐来拐去，果然就看到一间屋子门上方，挂有"古籍修订部"字样的牌子。

门虚掩着，室内只有刘槿一个人。她正在使用一台铁制装订机装订古书，弓着身子，很认真的样子。看到吴佑斌拎着个纸袋走进来，她有些吃惊，你？你怎么……

吴佑斌笑笑，我来图书馆借书，顺便过来看你。

他在随带的大硬纸袋里掏了一会儿，拿出一个长筒纸包，拆开外包的牛皮纸，是一束鲜花，红玫瑰。他有点羞怯地把花束递上，这个，给你。呃，生日快乐。

刘槿一下愣在那儿了。

她身上穿一件过膝长洗得半旧的蓝布工作衫，两只胳膊上戴了袖套，头发有点凌乱，有一绺披挂在额前，全然像个干粗活的女工，根本不具备一个过生日接受男人献花的女人应有的仪态。她显然是意识到这一点，整张脸涨得绯红，你怎么……想起给我送花了？

吴佑斌语带怯意，今天是你的生日吧？我听艾静的建议，说送花最合适，还得送红玫瑰花。我是不是弄错了……

刘槿犹豫了一会儿，还是把花接了过去，手都有点抖呢。你怎么知道今天是我生日？我好像没跟你说过吧？

吴佑斌说，想知道的话，还不容易。

刘槿手上捧着花，有点失措，看看花瓣，闻闻香味。

一束新剪下来的玫瑰花，红花色艳，绿叶鲜嫩，在这间极简陋的屋子里格外惹眼。

她忽然发觉吴佑斌还站在那儿，急忙说，你坐，请坐吧。我给你泡茶……

吴佑斌说，不用泡茶。你有工作，忙你的。

刘槿歉意地说，那你先坐一会儿，我把这个弄完。快下班了。

屋里就办公桌前有一张老式木靠背椅，刘槿平时坐的，吴佑斌只能坐那儿。办公桌上散乱地放着一些待装订的旧书，还有装订用的几样小工具。没有相框、装饰性文具之类。唯一的摆件是一本月份台历。台历的本月日期中有几处用笔勾画的标记。

噢，台历空白处手写的一行字，引起吴佑斌的兴趣。

这行字是这样的：

　　隔河而笑，相去三步，如阻沧海。

字体端庄，笔法流利，是刘槿写的吧？四字一句，十二个字，是古诗，怎么只有三句？看似简单的字句，却有点费解，像有什么隐含的意思。吴佑斌自愧文学作品读得太少，对此竟无法解读。他想问一下刘槿，见她全神贯注地用那台陈旧的装订机修整一册旧书，也不便打扰，忍住没问。

　　刘槿对手头这工作很认真、很专注，每个细微处都不疏漏。或是使了些力气的缘故，抑或旁边坐着个人看她做事有点紧张，鼻尖与额角竟沁出星星汗珠。吴佑斌暗自想，她为什么要离开学校，离开天真可爱的小学生，来这儿整天一个人关在小屋子里干这累活？她真喜欢这种工作？这很有意义吗？

　　吴佑斌给刘槿递去一张纸巾，轻声问，要不要我帮忙？

　　刘槿说，不用不用，很快就好了。

　　等她把这册书装订好，到下班时间了。

　　刘槿站起身，抹一下额头的汗，歉意地笑着招呼一直还坐着的吴佑斌，对不起，让你久等了。我们走吧。

　　还是走侧门。走出门外，刘槿站在那儿，神色犹豫。

　　吴佑斌拎着他的纸袋，也站着，看着她。

　　刘槿怀里斜抱着那束红玫瑰，花色映着她的脸，泛出些微红晕。她轻声说，要不，你到我那儿去坐坐吧。

　　刘槿的住所离图书馆不远。一幢旧居民楼的二楼上，一室一厅，加上很小的卫生间和厨房。室内布置较简单，但很干净，可见她是个爱整洁的女人。刘槿说住房是从熟人那儿租来的，几年前调来图书馆工作，住这儿上班近，方便。吴佑斌点点头，没再问什么。知道她不会做菜，家里的冰箱经常除了牛奶就是空的，他把随带的那个纸袋子提起来，说带了些吃的，有熟食和蔬菜，只需借她的锅碗用一下。

刘槿诧异地看着他，原来你……算好了要来我这儿做吃的？

吴佑斌笑笑，没说话。接着，他在刘槿家里动手做起菜来。不多时，几样色香味俱全的菜端出来。他还带了一瓶红酒。这回刘槿没推辞，过生日，应该喝点酒。没有红酒杯，找两个喝水的拉丝玻璃杯，盛上酒，灯光照映下，红艳艳的，色调蛮好。

两人面对面坐下，对视一下，拿起杯子轻轻一碰。

吴佑斌说，生日快乐，先一口把杯中酒干了。刘槿迟疑了一下，也把酒喝了。她显然不善饮酒，一会儿，脸上就泛出桃红色，刚换上一件绛紫色条纹的衬衣，更能映现面颊的红晕。此刻看去，她比在办公室时年轻许多，也漂亮许多，竟有几分妩媚。吴佑斌看着她，心底微微一颤，没说话。

刘槿羞涩地低下头，又倒上酒，敬吴佑斌，低声说，不管怎么说，一个男人愿意送花给我，陪我过生日，心里总是快乐的。谢谢你。

吴佑斌轻声问，是不是好些日子没这样了？

刘槿看他一眼，轻声说，不是好些日子，是很久很久了。

最后一次是什么时候？你还很年轻的时候？

刘槿一怔，慢慢把头扭过去，半天才说一句，以前的事，我不想说。

吴佑斌说，好，那就不说。只说今天，说以后的，说高兴的。

刘槿抬起头看着他，以后？你还真有那样的意思？

吴佑斌微笑着看她，那意思，不是早就有的吗？

刘槿忽然脸色变了，没有了笑意。她起身疾步走向卫生间，过好一会儿才出来。吴佑斌看出来，她眼睛揉过了，有点红，眼角细微的皱纹也乱了。

重新坐下，两人对视着，一时却不知说什么好了。

哎，我想起来了，吴佑斌说，刚才在你办公桌的台历上，看到有手写的一行字。记得是"隔河而笑，相去三步，如阻沧海"，十二个字。是你写在上面的吧？我文化水平低，想了好一会儿，没想明白是什么意思。

刘槿愣了一下，噢，是那天我随手写上去的。

哪天？是个特别的日子？

就那天到你家，吃完饭后回来。刘槿看了吴佑斌一眼，那天我们说了好多话，你我说各自的家事，你没忘吧？

噢，我当然记得。

那天晚上我很久没睡着，忽然想起这几句话，第二天上班，随手写在台历上了。前些天我修订一本旧书，是但丁的《神曲》。这书以前读师范时看过，这是另一个版本，文句译得更好。午休时我又读了一些章节。这三句是书上摘录的句子。意思是说，两个人隔条小河，笑脸相对，看着很近，似乎仅隔两三步，可是真想要走在一起，却如隔着大海大洋。现实生活好像也是这样的。这意思你大概懂了吧？

吴佑斌想了一会儿，点点头，我好像有点明白了。

刘槿看他一眼，你明白就好。

我明白这句子的意思，不等于同意你的说法。吴佑斌笑了笑，又说，对了，忘了告诉你，我把你送的那个绿松石饰品拍了照，发给女儿看，她说很喜欢，要我谢谢漂亮阿姨。

怎么？她说漂亮阿姨？刘槿有点吃惊地说，你有我的照片？

吴佑斌忙说，没有。我哪有你的照片？我对她说，这是一个认识不久的漂亮阿姨送你的。我这话说得没错吧？

刘槿用手捂着脸，怯怯地说，你这话说得……我的脸很红吧？

吴佑斌笑了笑，你喝过酒会脸红，好看。

刘槿拿起酒瓶给吴佑斌倒酒，轻声说，我不能喝了，还是你多喝点吧。

吴佑斌顺从地端杯喝了，放下杯子，看着刘槿，又说，以前我在家周末会喝点酒，妻子也陪我喝两口。她酒量也不大，喝了也会脸红……

刘槿看着吴佑斌有点神伤的眼睛，说，你妻子很漂亮，也很贤惠，可惜了……我早就想……问问你，呃，要是你觉得不便说，就当我没问……

吴佑斌说，你想问什么？我能说的一定说。

刘槿迟疑着，那天你说了她过去那事……她早先，是小时候吧？受过坏男人的侵害，你们结婚时……有没有什么障碍？我这样问，可以吗？

吴佑斌愣了一下，点点头，我明白你的意思。是的，一开始是有障碍的。结婚那天晚上，她紧张得不得了，坐在床边，脸色都不对，煞白煞白的。

刘槿问，那你……怎么样？

吴佑斌说，我也很尴尬，不敢碰她，更不敢问。实际上，过了好些日子，我们才有了真正的夫妻生活，后来有了孩子，夫妻关系才慢慢融洽起来。

刘槿低声说，你是说，后来你们就好了，没有障碍了，你是怎么做到的？

吴佑斌看着她，轻声说，你想知道吗？这我得细说了……

刘槿的脸一下臊红了，不，不要……她有点慌乱了，急忙抱起酒瓶给吴佑斌倒酒，也给自己倒了酒，脸仍是赤红的。你请……喝酒吧……

吴佑斌端着酒杯，偷眼瞄着慌乱地拿着玻璃杯大口饮酒的刘槿，觉得她此时失措的举动像羞涩的少女，让人不禁生出一丝怜爱。

他这么想着，心里又泛出一种难言的感叹，即想到刚才问她的那三句十二字的诗，"隔河而笑，相去三步，如阻沧海"，细细回味过来，还真是有道理呢。

没来由的，脑子里便闪出很久以前的那桩事。

那年在农村当知青，邻近朱村一个中年妇女在山上自寻短见，村里许多人到处寻找，找了三天都没找到。有人把他叫去帮着找。他去了，很快就正确判断，找到那女人，已吊死在山上一棵杉树上了。

说来也很简单，他只是在村里找几个人打听了一番，一个邻居说的话，让他听出缘由，豁然开朗了。邻居说，这家丈夫实在太小气，老婆但凡跟外面男人说句话，他都要吃醋，要生气，有时还要打骂，甚至赶老婆出门，恶声恶气的，叫她寻野老公去。唉，夫妻这么多年了，还是改不掉这毛病！

他再找这家丈夫问话，问出事由。妻子前一天进山里抠笋，回来发觉衣裳前襟钩破一块，露出皮肉，让丈夫生出疑心。丈夫对妻子提出疑问，妻子辩解说是让杉树枝钩破的，妻子的话丈夫不信，反而越发生气，对妻子有过很严厉的打骂，又说狠话，叫她"寻野老公"去。吴佑斌便猜测，那妇女可能受不了丈夫的气，真去山上"寻野老公"了……

　　吴佑斌想，世上有不少男女，做了多年夫妻，同床共枕那么久，可是心还是隔着的，彼此不相通的，如同"隔河而笑"，一旦遇上什么事，半点都沟通不了，虽"相去三步"，却如遥距千里，"如阻沧海"了。

　　又想，车祸去世的妻子，又何曾不是这样？结婚十多年，夫妻相处看似和睦，相敬如宾，从未争吵，甚至没有红过脸，但她的内心仍有部分对丈夫是封闭着的。小时候被性侵的事，她一直隐瞒不说，内心则对他怀有歉疚与恐惧感，床上行夫妇之事也很拘谨，身体僵硬，放不开，难得有情浓意切的时候，她的身子柔软湿润起来，忍不住发出低吟声，即将进入更快活的意境，猝然又僵住了，冷却下来……原以为是妻子冷僻的性格所致，天生的性冷淡，直到遭遇车祸离世后，妻子的闺蜜说出她幼小时被性侵的事，吴佑斌前前后后想了，心里才渐渐透亮。他为妻子的固执和愚钝感到悲哀。只不过几句话的事，早说出来，又怎样呢？硬是藏着憋着，结果把一生都弄得面目全非，把自己逼进了死胡同，逼入一条死路……

　　你在想什么？喝酒，来，我敬你。

　　刘槿举着玻璃酒杯，对着他笑，笑得很灿烂，还有点妩媚。

　　夜有点深了，外面静悄悄的，连汽车喇叭声都没有。

不知不觉，一瓶红酒喝完了。

刘槿话不多，酒喝了不少，明显有醉意了。

醉意中的女人好看，白里透红的脸，眼眸里闪动着晶莹的光色，微微晃动的柔软身子，还有，平时不一定说的话会脱口而出，这些都会无意中撩动男人的内心。吴佑斌后来想，那时他确实对这个女人心动了，甚至有那种男人本能的冲动。

醉意中，刘槿神态有点迷离，看眼前之物似乎晃动不稳。她直直地对着吴佑斌的脸，看了好一会儿，感叹着：哎呀，你好像还挺能喝的，脸色都没怎么变。天有点晚了，我不能留你的。这样不好。我送你出门吧。

她起身站起时，身子晃得很厉害，吴佑斌本能地伸手扶住她。

刘槿没有拒绝，也许是真站不住了，绵软纤弱的身子一下靠向他壮实的胸口，嘴里柔声说，哎呀，我喝多了，头很晕，好像有点醉了，不能送你出门了……

吴佑斌轻声说，不用送，你歇着吧。我自己可以走的。

刘槿轻声说，好的，听你的。我想躺一会儿。哎哟，我的脚怎么软了……麻烦你扶我一下，好吗？

吴佑斌迟疑一下，看出刘槿确实醉得很厉害，她真的迈不动腿了，绵软无力的身子完全贴靠在他身上，软绵绵如一团温热的湿面。他只好用力扶着她，朝里面卧室走去。

卧室不大，整洁，干净。一张不太宽的床，素白的床单，一条浅色被子。

吴佑斌双手用力挟着刘槿几乎不能动弹的身子，有点费劲地将她扶至床边。刘槿的头低垂着，整个脸软软地贴靠在他的肩膀上，能感觉到女人脸庞被酒精激发出来的温热感，一些凌乱的发丝触及他耳边的皮肤，有点痒。他听到刘槿稍带急促的呼吸，还有断断续续的话音，不好意思……让你受累了……

吴佑斌确实有点累，尤其手臂酸得厉害，待刘槿的身子软软地坐在床上，便撒开了手。不料，她软绵绵的身子一下子往后倒去，后仰的脑袋眼看要重重地磕在床头挡板上。吴佑斌下意识地伸手过去，想要揽住刘槿。她后仰的身子与脑袋太沉，一下没能拉住，竟带着他往后倒，使得他只得以手挡着床挡板，以免她脑袋撞上，而他的身子也不可避免地失去平衡，朝前扑倒，重重地压在刘槿的身上，脸贴上女人略感烫热的面孔，感觉到她唇间的带酒味的热气……

刘槿如同触电似的猛地抽动了一下，身子急促地缩紧，双手用力扳开他的脸，一双瞪起的眼睛呈愤怒与惊恐之色：你想干什么……走开，你走开！

15

因为要去桐山小镇帮助那女孩，这两天艾静有些兴奋，也添了点烦恼。

她与陆晓飞意见不合，发生了一场小小的争执。照她的想法是穿正装去，也就是着警服。这回不是去查案，不必那么躲躲闪闪，应大大方方的，穿着警服，很精神，很正气！可是陆晓飞不同意，说我们这次只是个人行为，去帮助一个弱者，不可以那么张扬，应该穿便服，悄悄的，做好事一定要低调！两人辩说好一会儿，艾静的脸涨得通红。最后还是拗不过陆晓飞，答应按他说的做，低调，穿便服去。

你可以尽量挑漂亮衣裳穿噢。辩论得胜的那人又不无讨好地对她说。

哼，我才不呢！艾静没好气地顶了一句，不理他了。

说归说，出门前她还是费了好长时间躲在房间里挑选衣裙。最后挑了一套以前很少穿的藕荷色套装裙。她穿着这身衣裙在车站跟陆晓飞碰面，他好像被惊到了，张大了嘴，好一会儿没说出话来。

怎么了你？我这套裙子很难看吗？艾静有点紧张了。

陆晓飞嘴里啧啧两声，难怪人家说人要衣装马要鞍，你穿这套裙子真是……比平常好看多了。噢，要说漂亮。

这话让艾静心里美滋滋的，嘴上说，哼，你这是夸我还是夸裙子？

两人也有观点一致的时候，这次去桐山看望女孩，应完全自费，也不占用工作时间，周六去，周日回来。他们认为这是他们个人的一份诚意，不能当作本职工作。

临出门，艾静妈弄了好多吃食，装进一个云南产有蜡染图案的漂亮布包里，让女儿带着路上吃。理由是，乡下路边店的东西不干净，不如自己带上吃的。

艾静大声抗议，我的亲妈呀，当我去远征啊？这么多，几天也吃不完啊！

艾静妈振振有词地说，一个人吃不完，你不能让别人帮着吃？不是还有小陆一起去吗？

艾静从她妈闪烁的眼神里隐约读出这话背后的意思，有点哭笑不得：哎呀妈呀，这是几个意思啊？

一上车，艾静就不客气地把蜡染布包直接交给陆晓飞，用几乎是命令的口气说，你拿一下吧。里面全是吃的，肚子饿了，随便拿出来吃。也是，你就一个双肩包，闲着一双手呢，正好拎这个漂亮的大布包，哈哈，应该的！

途中，长途车在服务点暂歇，他们把蜡染布包打开，嗬，里面的食物还真丰富呢，中式西式吃的喝的应有尽有。

同行旅客见了，笑着说，你们小两口真不错！这是出门去哪儿度假吧，带这么多好吃的，再不用买吃的了。

陆晓飞乐呵呵地朝艾静挤了挤眼，她一下臊红了脸，赶紧把头扭开了。

一路顺风顺水，阳光普照，午后没多久就到桐山小镇了。

两个穿便装的年轻警察，背着包拎着袋，像一对恋人或一对度假的小夫妻，重新踏进这片前不久来过的土地，格外兴奋，还隐约有得胜而归的自豪感。艾静轻声对陆晓飞说，哎，我真想大声喊，亲爱的桐山，我们又来了！

可是，兴奋很快就变成了沮丧。他们找到那女孩干活的小吃店，女孩却不在那儿。店里有几个跟她一起干过活的女孩，正闲着没事干，就围拢过来，七嘴八舌地说开了。

哎呀，你们这时候才来？晚了！人家早好几天就来过了！来好几批人呢！来了就问这问那，有的还带来衣裳送给她，有的还送钱呢。

他们问：那她去哪儿了呢？

几个女孩说不清楚，又说有人开了小车过来，不知道是她家亲戚还是有钱的老板，反正把她接走了。那小车很高级的，坐这种车去，肯定是好事，她是享福去了！

艾静和陆晓飞站在那儿，走也不是，不走也不是，有点尴尬。

没想到会这样呢。他们想来做好事，帮女孩做点什么的，可是竟来晚了，早就有人想着来这儿关心女孩，来帮她了。女孩已有好去处，以后想必不会再受苦了。唉，只可惜他们的一番好心善意，空落落地飘在这傍晚微微飘忽的凉风中了。

几个女孩面带疑色，揣测着他们略带失意的脸，哎，你们是干什么的？是写文章的记者吧？前几天有好几拨记者来过这里了。他们问东问西，问那桩沉船的案子。你们也是为这个来的吧？

陆晓飞勉强地应着：是啊是啊……

唉，你们怎么才来啊？这事镇上人人都知道啦！撞船案子早破了，从稻田底下挖出了一副死人骨头！谁会想到还有这种事？那天我们都赶过去看呢。是啊是啊，好多人跑去那儿，警察来了不少，警车有十几辆，谁都不让靠近。对了，那个撞船的姓章的坏蛋被抓前两天，还来过我们店，没走进来，鬼头鬼脑看了两眼又溜了，恐怕是想看她吧？肯定心虚呢！这个坏蛋害人精总算被抓起来了，一定要判他死刑，枪毙了才好。你们还想知道什么？会写文章登在报纸上吗……
几个女孩争先恐后叽叽喳喳说个不停。

艾静有点受不了，差点把一些话冲口说出来，拜托！我
们可不是什么挖新闻写文章的记者！这件案子没有谁比我们
更清楚的！我们就是前不久潜伏在这儿查案的警察呢！这案
子就是我们破的……看到陆晓飞一再递来的眼神，她才硬把
到嘴边的话咽下去了。

艾静觉得奇怪的是，想帮助的女孩不在，陆晓飞仍然兴
致很高，精神抖擞。

他带着她跑去黄沙码头转了一圈，指着那些装满黄沙和
没装黄沙的货船，说，你看看这些船，好些我都上去看过，
跟船主聊过，拿到了最有力的证据！又非拉她再去走一趟河
边那条小路。在那个河道拐弯处，站了好一会儿，他手指河
面不停比画着，看那儿！说不定就在那儿捞起的铁锹呢！

他又叫她一同去看那块挖出白骨的稻田。那儿的大坑已
被重新填上，现场只有那些翻起的黑土，半枯发黄的稻草，
这样也还是让陆晓飞感慨不已。他又着腰立在那儿，可着嗓
子啊啊喊了好几声。

艾静忍不住讥讽道，陆晓飞你酸不酸？才过去几天啊，
就来吊唁古战场了？

一大圈走下来，人也乏了，肚子也饿了。陆晓飞带她又

去那家店吃大肠面。还是头回来桐山吃过的那家店。不知为什么，艾静现在再吃这大肠面，并不觉得有多好吃。看陆晓飞抱着大碗呼噜呼噜吃得那么畅快淋漓，额头绽出油亮的汗珠，她不由得暗暗好笑，又揶揄一句，这碗大肠面你是吃出庆功宴的味道了吧？

不觉中，天已暗下来了。得去哪里住店吧？陆晓飞潇洒地一挥手，去那儿啊！艾静就明白了，他说的还是那家小旅店！唉，又要看到男店主那张阴阳怪气的长脸了！

店主看到他们，一张长脸竟笑得成了一张圆饼！拉着陆晓飞的手，摇了又摇，哎呀，你们又来啦！真好，真好！他又想来拉艾静的手，被她及时躲开，没拉着。

你们真是好运气啊！刚好有一间房空出来，再来晚一步就没了！

只有一间房？艾静几乎要叫起来。

陆晓飞赶紧拉她一下，先住下再说吧。

走进房间，艾静又几乎要跳起来：只有一张床？

店主的驴脸上溢出道道光色，这是本店唯一的大床房，平时想订都订不到的！

店主走后，艾静把陆晓飞逼到墙角，厉声质问，姓陆的，你动的什么歪脑筋？不会是想制造一桩新案情吧？

陆晓飞一脸无辜地看着她：艾……艾静同志，我向天发誓，这绝对不是预先设置的！要不，我们连夜回去？可是这么晚了，恐怕连租车都困难了。怎么办？他一副苦巴巴的表情，这样行吗，我睡地上？我保证，绝不会碰你一下……

还能怎么样呢？艾静恨得直咬牙，吼了一声，让我先洗个澡！随即把陆晓飞赶出房间，锁住房门。她累了，乏了，恼了，急于要洗澡换衣裳，要把这一整天的风沙汗水和一腔怨气都洗刷掉，然后把自己裹进被子睡觉，再不搭理那个讨厌的家伙，才不管他睡地上还是钻到哪个角落里呢！

洗完了澡，艾静在拎包里寻找自己的粉红色睡袍，冷不防从内衣包里抖出一个小物件，拿起看了看，顿然愣了，脸上一阵燥热，赶紧把它扔开。我的亲妈，想什么了你？干吗往我包里塞这个……真以为我会跟他做那事啊？

穿着睡袍舒服地躺倒在大床上，艾静犹豫着是不是把陆晓飞放进房间。忽然听到外面有异样响动！零乱的脚步，杂乱的话音，甚至激烈碰撞的钝重声响……有人在争吵？打起来了？哎呀，好像有陆晓飞的嗓音！确实是他在喊叫，就在门外，好像喊了一声"哎哟"。糟了，这家伙是被人打了吗？怎么回事？跟什么人吵架？啊，等等，会不会是有人心怀恶意，为那桩案子对他寻衅报复？

艾静心急如焚，在房间里团团乱转。怎么办？怎么办？陆晓飞孤身一人遭到坏人攻击，会受怎样的伤害？我能只顾自己躲在房间里，见死不救吗？她身上顿然阵阵燥热，脸额上爆出颗颗汗珠。不行，我得出去帮他、救他！

外面似乎越闹越凶，叫喊声、撞击声不绝于耳！急切中，艾静看见门角落有一个破拖把，那粗笨的木把握在手上，顿时增添了力量。她用力拉开房门，冲了出去！

果然，就在楼道上，昏暗的灯下，陆晓飞和几个五大三粗的男人扭在一起，有人倒在地上，有人在叫喊……艾静举着木拖把勇敢地冲上去，用尽全力喊叫着：不能打人！放开他，快放开他……

艾静的出现，还有她这番高声喊叫，真起作用了。几个人立马停止了手上的动作，站立着，目光齐刷刷地朝她看过来。其中一个满面通红的男人嬉皮笑脸地说，哎呀，这位穿着粉红睡袍的美女，你找谁呀……

陆晓飞赶紧走过来，拉下艾静手上高举的拖把柄：哎呀小艾，你怎么出来了？没事，快进去吧。这里没事。

艾静懵懵懂懂，不知所以，被拦进房里。

随后，陆晓飞也进来了，皮肉完好无损，并无半点损伤。他解释说，几个做黄沙生意的住客喝多了酒，回旅店为点无聊小事吵闹起来，他只是从中劝架。而且，艾静裹着睡袍一出现，顿然让他们"惊艳"了，酒都醒了，于是各自回房间，嘿嘿，没事了！

真没事了？你不是哄我吧？艾静脸上尚存余悸。

怎么会哄你？真没事了！不早了，你快睡吧，睡吧。陆晓飞催促着，随手拖把椅子坐在房门边。有我在，你什么也不用怕。

艾静呆呆地坐在床边，看着坐在椅子上那人。那你呢？你怎么办？

陆晓飞做出轻松的样子，拍拍椅背，我没关系，靠着椅背都能睡得很好。嘿嘿，我跟你说，在经侦队经常连续几天查案子盯人，人困了站着都能睡着呢！

那怎么行？艾静认真地说，不能我一个人占个大床睡觉，你却不能睡。好像我在欺负你，这不行！

陆晓飞于是跟她商量，那么，我睡地上好了。

那也不行！艾静仍不同意，说这种简陋客房地上没铺地板，是水泥地，怎么能睡。现在是秋天了，寒气重，会伤身体，得关节炎的。以后你会说是我害的……

那……怎么办？陆晓飞看着艾静，一脸无奈的表情。

艾静手指着床，隔空画了一下，这样，这张大床，我一边，你一边，我睡这头，你睡那头，你我井水不犯河水。怎么样？

陆晓飞愣了一下，表示顺从，好好，听你的，就这样。你尽管放心，我保证井水不犯河水，保证，保证！

好在这张大床够大，摊放一男一女绰绰有余，足以井水河水，各不相扰。艾静把自己裹进一条薄被子里，面向床外侧身睡着；陆晓飞更是小心翼翼，半边身子挨着床沿，两只脚搁在床边。两人都尽量避开床中间那条无形的界线。

毕竟这种情况太过特殊，艾静的心一直悬着，久久未能入睡。而那位同床者，起初尽量克制，缩在一边，毕竟难以抵挡住睡魔，很快睡着了，还打起了呼噜。一入梦乡，脑子里的防线便松懈了，手脚再无任何约束，大大咧咧地摊放在绵软的床上，一只粗壮的手臂，还有一条长腿，早就越过界线，严重"侵入"艾静这边了。艾静又好笑又好气，只能收缩防线，乖乖让出自己的地盘……

天快亮时，艾静才迷迷糊糊地睡去，做起了荒诞不经的梦。她和陆晓飞四处奔波寻找那不幸的女孩，天很黑，还下着瓢泼大雨。他们费劲地走来走去，在长满树木的山林间，在泥泞不堪的稻田里，走得很累、很乏。忽然看见那女孩孤零零在河边，木桩似的站着。她兴奋地呼喊着奔跑过去。那女孩转过脸来，却是另一个女人，一张漂亮得几近妖艳的脸，似笑非笑，指着她问，你是什么人，你来干什么？又指着陆晓飞说，他是我的人，你干吗和他搅在一起？她窘迫地看着陆晓飞，问那女的是谁。陆晓飞狡黠地说，你怎么不认得她了？这就是孟淑英。那女人却大叫着，我不是，我不是，我叫刘槿，我是刘槿……猝然一道闪电，刺啦一声，她被惊醒了！

窗帘拉开，灿烂的阳光直刺过来。艾静赶紧抬胳膊挡在脸上。

陆晓飞手上拿着热气腾腾的早点——豆浆和煎饺，满脸带笑地站在床边，这位大小姐，可以起床吃早饭了吗？

16

　　一小时后，两人在车站分手了。

　　情况有变。陆晓飞一早接到吴佑斌的电话，临时交给他一项任务，让他"顺便"去一趟离桐山不远的一个叫新街的小城市，找人了解一些情况。

　　他接电话时艾静正睡着，还说梦话呢。陆晓飞轻声问吴佑斌，是否让艾静一起去？大概吴佑斌有点犹豫，电话静默好一会儿，才听他说，不用了吧，你一个人去，行动方便。陆晓飞看一眼熟睡中的艾静，有点不忍，问一句，就让她一个人回去吗？吴佑斌不以为然，大白天的，坐车回家有什么害怕的？

　　陆晓飞把电话内容一五一十地转述给艾静。尽管这样，她还是生气了。

　　是的，我有意见，很生气，对吴主任，还有你，陆晓飞！

为什么？陆晓飞有点委屈地问。

为什么？艾静简直是一腔怒火，怨声不绝。你们两个，凭什么不征求我的意见，把我撇开？睡着了，不能把我叫醒吗？哼，上回用得着，非让我过来帮你，现在又让你一个人去，不让我跟着，是不要我沾边，让你们吃独食！你们两个，你们男人，一个个都自以为是，看不起女人，简直就是兔死狗烹，卸磨杀驴！

陆晓飞低声下气，好话说了一大堆，才让艾静稍稍消了点气。

她把那个装吃食的蜡染布包重重地甩给陆晓飞，大声说，你走吧！我不管！这些没吃完的东西你得把它带走，爱吃不吃，随你便！不过，这个蜡染包你还得拿回来，这可是我妈的心爱之物。

艾静独自坐上长途车，一路上郁郁寡欢，百无聊赖。回到家，想偷偷溜进房间补个觉，却被她妈截住了，面带笑意地盘问了半天，怎么，小陆没和你一起回来？你们为什么分开走？你们没吵架吧？噢？是重要工作，怎么不叫你一起去？那个蜡染包你让他带走了？看你眼皮有点浮肿，你不会是……你们昨晚没睡好吧？

妈你好烦人噢！艾静能答的答，不能答的闭口不应，终于找着个机会，一下溜进房间，钻进被窝里，再不开门，连晚饭也不出来吃了。

第二天一早，艾静早饭不吃，拎个包快速冲出家门，比往常早半小时到办公室。她惊讶地看到，吴佑斌已稳稳地坐在那儿，手上捧着一本厚厚的书，正看得入神呢，对艾静进来像是根本没看到，连眼皮都没抖一下。

又在读这本厚厚的书？艾静不时偷眼望过去，有点好奇。这几天看到吴佑斌的桌上摆着几本书，有的很厚，有的略薄。一回吴佑斌走开打手机电话，她靠近那张桌子，瞄眼看过去，有本书的书名叫《普通昆虫学》，另一本被叠在下面，露出一角，书名只看到后半截"性蝇类"三个字。她有点惊讶，他为啥看这类书？这是要干吗？

有关昆虫的知识，艾静所知少得可怜。只知道它们都是六只脚的小生物，譬如蝴蝶、蜻蜓、蜜蜂这些可爱的小动物，苍蝇、蚊子等可恶的小东西也在此类。另外还知道一点，它们都是由幼虫变成蛹，再蜕化为成虫，长出翅膀来，会飞的。她不明白，吴佑斌为啥喜欢看这种书呢？

当然，这样一些话她是不会当面问他的。各人有各人的爱好，也许吴佑斌有这方面的爱好，研究养蜂，还是收集蝴蝶标本？艾静有个远房伯伯就是"蝴蝶迷"，家里收藏着好些个蝴蝶标本，宝贝似的藏在柜里，不让外人看一眼。对了，还有"蝇类"，是苍蝇吗？这种传播病菌的脏东西也有人会感兴趣，专门研究它吗？

在食堂吃中饭时，艾静碰上小米了。

小米的胖脸上跳跃着一大堆问号、惊叹号，怕咬了舌头似的发问，咦，小艾，我怎么从市局内网里看到有你的名字？另外还有你们中心那个姓陆的男同事，你们两人好像跟什么案件有关，居然受表扬了？哎，真有这事吗？

艾静装作没听清，闷头吃饭不说话。

装傻吧你？小米眯起一对细眼盯着艾静的脸，看了又看，哎，你老实说吧，你们两个红男绿女凑在一起，到底办什么案子？是手挽手假扮夫妻那种吗？

艾静憋不住，脸一下就红了起来，嘴里分辩说，只是一起办案子，正常工作嘛，哪有你说的那种事。赶紧把话扯开去了。

吃完饭，小米邀她一起外出，去一家手机专卖店逛逛，看了几款刚上市的手机。两人逛完店回来，走过门卫室，门卫把艾静叫住，递给她一份快件，说，寄给你们中心吴主任的，你带过去吧。

艾静看一眼信封，下面有一行印刷体的小字"上海昆虫研究所"。

艾静回到办公室，走近吴佑斌办公桌，把那封"上海昆虫研究所"来的快件摆放在桌上。

快中午时吴佑斌接到电话，匆匆出门，参加一个部门负责人会议去了，回来估计得下午。艾静从没在这张桌子前多停留过。她有点好奇，好奇这位沉默寡言的上司，一天到晚坐在这张桌子前，到底在想些什么，又在做些什么。

她顺势在吴佑斌的办公桌前坐下了。

老实说，第一印象不太好。桌上有点杂乱，材料叠放得不整齐，几本书杂乱地堆放着，有的翻开一半没收起，一边有个黑不溜秋的长方形塑料盒子……台式电脑的键盘勉强夹在中间，桌前几乎再没可安置一本书的空隙了。凭这张乱糟糟的桌子，主人就不像是个久坐办公室有条不紊处理事务的人。给差评！

艾静这么想着，脸上露出一丝得意的窃笑。

得意了一小会儿，她又想到，也许是这几天工作太忙了吧，傍晚下班时间到，他好像连站起来的意思都没有，不是在看书，就是手上拿把小镊子，在摆弄什么。刚才又是接了电话匆匆离去，这才来不及收拾桌上东西的。实际上，以往她不是没见过这张办公桌，好像也不是这样杂乱的。

他这些日子在忙些什么呢？当真是在破案子吗？

她随手翻了翻桌上的几本书，《普通昆虫学》还在，那本翻了一半的书，翻过封面，噢，原来这本书的全名叫《中国尸食性蝇类》，咦，有点奇怪噢！

尸食性蝇类？哎呀，苍蝇与尸体有关吗？这么说，我想错了？吴佑斌不是喜好昆虫，也不是业余爱好，他研究尸食性蝇类，是跟杀人、死尸之类的有关？莫非在做与侦破有关的专门研究？对了，他让陆晓飞去那个叫新街的小城市找人了解情况，会不会也跟这有关？啊呀，这事……有点复杂了！

艾静的目光又被一边的那个扁平盒子吸引了。拿近来细看才发觉，盒子内分好些小格子，那格子里有一些细小的东西，灰褐色，颜色有浅有深，像是稻壳，或是虫卵，好像也不是。盒子很轻，格子里的东西像是没分量的。

隔着塑料盖板实在看不清楚，她把盖板小心揭开了，又将盒子移至窗前。

现在看清楚了。这些细小的东西，形状相似，略有大小，但能看出来，它是某种小生物的空壳，啊，她明白了，他在看《中国尸食性蝇类》这本书，这细小的东西肯定是苍蝇的前身，蛆虫成蛹后，蜕变成苍蝇留下的空壳！

这个盒子里的，全都是蛆虫蛹化后的空壳。

原来这些天，吴佑斌看这些有关昆虫的书，弄这一盒子的蛆虫壳，还与上海昆虫研究所联系，有往来邮件，他一直是在研究这些蛆虫的壳啊！

艾静想不明白，吴佑斌为什么要研究这些蛆虫壳，这跟什么案子有关？

她忽然又想到，莫非在桐山小镇，陆晓飞被临时指派任务，撇下她去某个小城了解情况，跟吴佑斌在潜心研究的蛆虫的壳有关联？

下午三点多，吴佑斌回到办公室。艾静已坐在自己的办公桌前认真工作多时。她抬头对那边说，我帮你收了个邮件，放在桌上。

吴佑斌哦了一声。之后，两人再没说什么。

当天傍晚陆晓飞也回来了。刚巧艾静去洗手间了，回办公室时，她看陆晓飞正跟吴佑斌说着话，一脸兴奋的样子，瞥见她进来，忽又把话音放低了，神情有点异样。这让艾静有点奇怪，干吗？两个人鬼头鬼脑的！又有什么秘密的事要瞒着我吗？

艾静坐回办公桌前，闷着头做事，不理睬走过来坐在对面的陆晓飞，他几次面带笑意向她递眼色，她也装作没看见。

下班时间到了，陆晓飞看吴佑斌走出办公室，赶紧站起来，把一个云南蜡染包拎起很高，在艾静眼前晃了几下，哎哎，看到没有？我把这个包包带回来了。还给你们买了新街的土特产，很好吃的！

艾静不屑地撇了一下嘴，哼，这是我妈的包，要不要送去，你自己看着办。

啊？陆晓飞一脸惊讶，你是说……请我去你家吗？

艾静把头昂起，瞪着眼说，谁请你了？不是早说过，要你自己去还我妈这个包的吗？你去不去？不敢吧？

陆晓飞连声说，去，去，谁不敢去谁是小狗！

艾静未作任何预告就把一个大小伙子带回家，把她妈着实吓了一跳。不过她很快回过神来，面呈热情的笑容，大声招呼陆晓飞坐，请他喝茶。转身过去，她把女儿拉到一边，小声呵斥道，你这鬼丫头，也不先说一声，冷不丁就把小陆带来家里，一点准备都没有，让我怎么办？毕竟是第一次来，不能怠慢的。你看看，下班刚回来，我什么都没买呢！

艾静故意大声说，有这啥关系？人家吃了你的东西，是来还你心爱包包的。又不是啥大客人，随便弄点吃的，能填饱肚子就行。是不是，陆晓飞？

艾静妈笑着在女儿屁股上轻拍一下，放你的狗屁！转身跟陆晓飞商量说，小陆，来不及买菜做了，你喜欢吃面食吗？要不我给你包饺子，好吗，小陆？

陆晓飞忙说，好的阿姨。我很喜欢吃面食，水饺当然很好啦。

包水饺还是方便的，很快和了面，拌好馅，就包上了。陆晓飞表现积极，主动上前帮着包水饺，居然还是熟手。艾静妈一阵猛夸，说他比艾静强多了！艾静则故作生气，对陆晓飞又是撇嘴又是翻白眼。

等妈妈去厨房煮水饺了，艾静开始向陆晓飞发问，好吧，言归正传，你老实告诉我，去那个叫什么新街的地方干什么了？还有，说清楚，为什么不让我一起去？

陆晓飞支吾两下，还是说了实话：小艾，你记得你拉的那张单子里，不是有个二十年前的案子吗？有个叫何自强的男青年失踪了，这事一直没有结案，挂着，现在联系电话也打不通。记得不？

艾静哼了一声，怎么不记得？为这份材料，我还打过电话，在内网上查了呢。本市有三个同名姓的，都对不上。哎，你是说，查到那人了？他去新街了？

陆晓飞说，不是那人。找的是报案人——失踪者的姐姐，叫何自慧。报案材料上留的那个传呼机号码是她的。她现在住在新街市。我这回去见到她了。十年前她随丈夫迁居新街，她母亲也随她过去了，所以本市找不到她们。

是这样啊。艾静问，怎么样，那桩失踪案是不是……有眉目了？

陆晓飞摇头说，没那么简单。二十年了，那个何自强到底去哪儿了，死还是没死，家人至今一无所知。何自慧说，她母亲五年前去世了，可怜老人临死还叫着儿子的名字呢。

艾静又问，你在他姐姐那儿，有没有得到什么线索呢？

陆晓飞迟疑了一下，也算有点收获吧。这事吴主任很重视的。不过，他说，这种时间很久的存疑案情，恐怕一时很难查清，让我不要对外乱说，以免引起不必要的麻烦……

艾静表示不满，我是外人吗？上回去桐山查撞船那个案子，你还说要借用女人的直觉呢，这回又把我当外人，对我保密起来了？三个臭皮匠抵个诸葛亮，中心总共才三个人，你们两个男人还把我一个女的撇在一边，搞消息封锁？哼，分明是重男轻女，瞧不起女同胞！你觉得这样做，有意思吗，是不是很没劲？

陆晓飞有点慌了，伸手拉一下艾静的衣角，不要生气，小艾。我想吴主任不是那个意思。他办事一向很仔细，很慎重的。要不，我再跟你透露一点情况吧。

艾静故作姿态地背过身，淡淡地说一句：你想说就说吧。

陆晓飞说，小艾，你知道的，原始材料上记着，何自强失踪那天正好是那年的元宵节，最后见到他的是几个自小要好的朋友。他们约好来市区看元宵灯会，然后又去喝酒，说是那天喝了不少酒。不知为什么，何自强先一个人离开了。据朋友回忆，看上去他心情不太好，闷声不响就走了。那天晚上他没回家，他姐姐何自慧好几次呼他传呼机也没回应。第二天何自慧再问约她弟弟的朋友。那几个人也着急了，都打他的传呼机呼他，还是没回音。直到第三天晚上，何自慧的传呼机才收到弟弟的一个消息，说他已到南方 S 市。他的两个朋友也收到差不多意思的信息，另外又说，他暂时住在某小旅店，刚找好工作，明天去公司上班，到时再给消息。他们以为没事了。可从此以后，就再没有他的任何音信了。

艾静转过身来说，你没问何自强为什么跑去南方 S 市吗？

这个我当然问了。陆晓飞说，何自强是一年前辞职下海去 S 市的。他在那边干得不好，据说过年回家的钱还是借的。母亲和姐姐都劝他不要再去，那么远，人生地不熟，做事不容易，不如留在家里，托人说说情，还回原单位上班，生活过得下去就行。但何自强不愿意，执意要再去 S 市，说他是男子汉，非干出个样子来不可。为这事他和母亲、姐姐吵得很厉害。家人以为是这个原因，他才赌气不回家，直接去 S 市了。后来何自慧专程去了一趟 S 市，在那边四处打听，问了好些人，还通过当地派出所查询是否有何自强的住店和工作记录，都没有，哪儿都没找到他。从此再没有他的任何线索。

这事还真是奇怪呢！艾静想了想，说，哎，你有没有想过一种可能，何自强根本就没去 S 市。那天晚上他就在本市遇到什么特殊情况了。

陆晓飞说，是的，他们也这么想过。还到一些熟人朋友那儿打探过。都说没见过他。

艾静又问，他有没有女朋友，或是女同学？

陆晓飞说，有。何自慧知道她弟弟追求过一个姑娘。他很喜欢她，但对方好像不那么看得上他。两人不是很合得来，家里人早就劝他放弃了。何自慧说，她去找过那姑娘，还去她家附近打探，都说没见过他。

那姑娘是本市的吗？她是做什么工作的？你没去探访过吗？

陆晓飞看一眼艾静，没说话。

艾静不解地说，你怎么不说话？

陆晓飞说，吴主任给我的任务就是去新街走访何自强的家人。我的工作已经结束，其他的，吴主任说我不必多管。

艾静张着嘴，好一会儿没合上，沮丧地摇摇头，没劲，真没劲！说半天，这桩失踪案还是一团迷雾。二十年过去，仍然一点线索也没找到。陆晓飞，你这次鬼头鬼脑一个人去新街，看来是白跑一趟呀。早知这样，就不让你来我家吃饺子了！

陆晓飞惊讶地说，原来你让我来，就想要我说出这件事啊？我还以为你……

艾静一撇嘴，你以为什么？当我看上你了？做梦吧你！

不管怎样，艾静妈做的饺子还是很好吃的。热腾腾的饺子一端上桌，陆晓飞便眉开眼笑，大声说，香，真香！艾静妈高兴了，说喜欢就多吃点。他也不客气，放开肚子吃起来，一口气吃了不下三十个，边吃边说好吃，真的，我从没吃过这么好吃的饺子！

听到顶级夸赞，艾静妈高兴得满脸发光，说，再吃再吃，还有呢，够你吃的！

艾静在一旁笑骂：真是个馋鬼，马屁精！

吃完饺子，艾静妈拉着陆晓飞聊了好一会儿，问这问那，把他家祖上数代都问了个底朝天，甚至把他父母想让儿子调回家乡工作的实话也问出来了。看时间不早了，她才让女儿送陆晓飞出门，临走还让带走一大盒水饺，让他明早当早餐吃。艾静看着直皱眉头，表示不满，说，姓陆的，又吃又拿，太便宜你了吧？

两人走出住宅楼，至楼房间的林荫甬道，前后无人，艾静伸手拉一下陆晓飞拎盒子的手，轻喝一声，嗨，陆晓飞，你站住！

陆晓飞不解地看着她：怎么，你不会是想把饺子拿回去吧？

艾静说，谁要这几个破饺子？我是跟你说正经事。

陆晓飞笑了笑：是不是想听听我对你妈的评价？

艾静斥道，放屁！我妈还用你来评价？陆晓飞，今天让你来我家，你可捡了大便宜了！作为交换条件，你得答应我一件事。

还要交换条件？什么事？

你得告诉我，当年那个跟何自强谈恋爱的女人是谁，她叫什么名字？

陆晓飞有点吃惊，退了半步：你什么意思？为什么要告诉你这个？

还不明白吗？你们两个男人可能没想到吧？艾静不无得意地说，我刚才想了半天，想到寻找这个案子线索的一个重要路径，就是从这个女人身上细细探查，也许能找到有用的线索。不知道这是不是女人的直觉，但我感觉应该是一条线索。你看，我把这个特好的想法无偿贡献出来了。表现不错吧？现在你说吧，愿不愿意跟我合作，一起去追查这件事？

月光从林荫道枝叶的缝隙透下斑驳的微光，陆晓飞发觉艾静的眼眸在夜间宝石般熠熠生辉，心想她真是很敬业，对案子这么在意、这么用心，也是难得呢。他轻叹一声，小艾啊，这个案子有我们在办，你就不要那么关心，不必参与了吧？

为什么不要参与？艾静有点急了。

因为……陆晓飞支吾起来，这本来没你什么事……何必费这种心思？

艾静有点恼了：你这是什么话？我不是中心的人吗，不该关心吗？

　　陆晓飞赶紧补充说，我的意思是，你不是学刑侦的，这方面的专业知识几乎是零，没必要介入这桩复杂的案件。这个嘛……也是吴主任的意思。你懂了吧？

　　艾静不出声，看着陆晓飞：当真？

　　陆晓飞说，是的。我没说谎，真是吴主任的意思。

　　那好吧。这事我再也不管了！艾静真生气了，掉头就走。

　　陆晓飞看着她的背影，又一声轻叹。

17

过了好几天，吴佑斌才接到刘槿的电话，对那天晚上的事向他表示歉意。电话里，刘槿的声音有点虚弱，带点怯意：对不起，那天我喝醉了，记不清自己说了什么，做了什么……你生气了吧？也不给我打个电话。

吴佑斌用轻松的语气说，那天？也没什么呀。我也喝多了，记不太清楚了，好像也没什么事啊。那天挺高兴的。我这几天也忙，刚想给你打电话呢。

哦，那就好。谢谢你……停顿一会儿，刘槿把电话挂了。

吴佑斌当然清楚地记得那晚的事。他喝了不少酒，但没有醉，头脑还是清醒的。他扶刘槿进房间，不小心扑倒在她身上，而后她过激的身体反应，对他的推搡，还有愤怒的呵斥，细想起来令他暗暗吃惊。他猜测，那是她一个单身女人的本能反应，也许是这几十年她从未让男人贴近过自己身体的缘故。

隔天，他又主动给刘槿打去电话。

手机铃声响了好一会儿，她才接起来，是你？有事吗？

她似乎在办什么事，身边有其他人，有不止一个男人的说话声，环境也有点嘈杂，好像在什么茶馆或是饭店。

停了一会儿，吴佑斌想了个理由：昨天听你电话里声音很虚弱，是不是身体不舒服？感冒了？

刘槿说，没有哇。就是有点忙。上班事情多，另外还有点私事。谢谢你关心。

吴佑斌随即问，忙什么……私事？我可以帮忙吗？

刘槿迟疑了一下：呃，这件事有点复杂……我过两天再告诉你，好吗？

其实也没过两天，第二天傍晚，刘槿就给他打来了电话。

你快下班了吧？有空吗？她的声音很温和，甚至是有点柔情似水的味道。哎，我想请你过来一趟，商量点事，就是上回我说的那件事，行吗？

吴佑斌毫不迟疑地说，我有时间，可以过来。你在哪里？

我在河口镇自家老屋。你能不能现在过来，可以吗？

好。我马上过去。

吴佑斌开"现代"车出城，没多久就到河口镇了。刘槿在她家老屋等着。另外还有一人，季伯伯，养鹩哥的老人。

进屋时，刘槿似乎还有点拘谨，只是朝他点了点头，算招呼过了。老人热情地上前来跟他握手，小吴，你来啦。嘿嘿，你好，你好！

吴佑斌赶紧应声，你好，季伯伯。

忽又一声清亮的叫声，你好！

吴佑斌一看，是那只鹩哥宝儿，在一旁鸟笼里欢蹦乱跳，叽喳乱叫，像是认出他来似的。他笑着朝鹩哥摇手招呼：你好宝儿。

季伯伯像主人一样指着座椅说，小吴请坐。坐下吧，小吴。

老人一口一个小吴，让吴佑斌反觉不好应答。这年岁还叫我小吴？也不便辩说，就含糊听着、应着。

刘槿不声不响地端着茶杯走过来，把茶杯递到吴佑斌手上，对他笑了笑，表情温柔，略带一点怯意。她今天穿一件浅蓝色的短袖衫，配米色裙，看上去蛮素雅的。

吴佑斌看着刘槿，你说有事商量，什么事？是不是因为修高速公路，老屋要拆迁？

刘槿点点头，是的。呃，也不全是。有人想买这幢老屋……季伯伯，要不你说吧。这事全靠你一手操办，还是你说得清楚。

季伯伯笑着说，好好，我说。小吴啊，这可是好事啊。

你想，高速公路往河口这边修来，这幢老屋总归是要拆掉的，与其把它捣烂毁掉，不如让人买了去，是吧？

吴佑斌有点意外，问，有人愿意买下这幢老屋？

季伯伯说，是啊。小吴你可能不太清楚，这幢老屋有近百年历史呢！小槿的前辈年轻时留过洋，开过眼界，当年他自己设计建成这种中西合璧的样式，用的那些材料，水泥、红砖、木料，都是很不错的，不光实用，现在还很有历史文化价值呢。是我女婿的朋友，人家看上这点，才出了好价钱买它，要原拆原建，放在一个晚清民国建筑群的主题景区内，可以完整地保存下来。小吴你说，这算是一桩好事吧？

吴佑斌此前注意过屋内那些精美的雕花窗板，还有外墙带西洋格式的窗台和彩色玻璃的装饰，便认真地点点头。又对刘槿说，有人愿意买去保存下来，当然是好的。这事不用说，我肯定赞成。

刘槿脸上露出喜色，你觉得好，我就跟他们签协议了。

季伯伯高兴地对刘槿说，小槿你看，我就知道小吴会赞成的。要卖，就快签协议，把老屋卖了，一了百了，再不用记挂它了。以后就在城里买房子安家，踏踏实实，好好过日子。呵呵，小吴，你说是不是？好不好？

一旁鹩哥宝儿歪着头说，好不好？

吴佑斌看一眼鹩哥，又朝刘槿看过去，随口说一句，城里房价现在涨得厉害呢。

刘槿正看着他，是啊，我也听说了。

季伯伯说，所以啊，要你来商量这个事呢。小吴，我出个主意，你看看行不？你城里不是有套小房子吗？小槿卖了老屋，手里有这笔钱，合上你的，就可以买一套大的。你们两个人，就是你女儿读书回来，三个人住也绰绰有余了。你说，这样好不好？

哦。原来是这样。吴佑斌明白了，刘槿不好意思说出口的，是这老屋卖了以后的打算。她是把与他合在一起过日子的想法，以这种方式婉转地由季伯伯说出来。他暗自想，原来她心里早把这事想定了，比他预料的想得更多、更久远呢。

吴佑斌虽然没看刘槿，却能感觉到她此刻一定关注着他的神情。他平静地说，这样应该蛮好吧？你说呢？

说这话时，他把目光朝向刘槿，看她脸上那略感紧张的神态，一点一点地漾开了，而后，两颊涌起一丝红晕，嘴角咧开，无声地笑了。

可他心里却泛出一丝苦涩，我这样说，合适吗？

帮刘槿办成一桩大事，季伯伯很开心。他将着下巴一绺白胡子说，好了好了，就这样说定了。小吴，听小槿说，你是在城里公安局搞后勤的，对买卖房子的事一定内行，地段啦，格局啦，还有价格，以后这些事你得多操心！小槿嘛，就托付给你啦，你们好好过日子！小槿没别的亲人，这些年一个人孤零零的，蛮可怜……这下总算有人可依靠照应了！

这些话让刘槿听着暖心，一会儿抿嘴浅笑，一会儿又差点落下泪来。

稍后，刘槿拿了碗筷到桌上，又端出一盘盘炒好的菜。

吴佑斌笑道，原来早就准备着晚餐啦。

刘槿说，我没这手艺，是季伯伯女儿给炒的菜。又招呼季伯伯，你们边吃边聊吧。

季伯伯抱来一个尺把高的圆玻璃瓶，是那种老式的雪花膏瓶，兴奋地说，小吴，你看，我把自家泡的杨梅酒都拿来了。今天是好日子，大家高兴，我们放开了，好好喝一回！小槿，你别走，你也坐下，陪我们喝点！

吴佑斌有点为难，两手搓了搓，说，季伯伯，晚上回城，我还要开车……

季伯伯一边倒酒，一边说，喝吧小吴，没关系的，晚上就歇在这儿了。小槿这么大一幢房子，还怕住不下你？小槿你说是不是？

刘槿悄然挨近吴佑斌，两只手悄然搭在他肩上，轻声说，我这儿能住的。

后背能感觉出她小腹的柔软和温暖。

季伯伯自家泡的杨梅烧酒，不冲不辣，加了冰糖，很好入口，入喉很顺溜，咽下后还带点回甘。季伯伯好酒量，也很能劝酒，吴佑斌没能抵挡住他的劝，只好跟着喝酒，一边听老人不停地说话。

季伯伯说的大多是刘槿家过去的一些事，有说对的，也有说不对的。她家的事似乎还是吴佑斌知道得更多更准确。刘槿也陪着一起喝酒，面带笑容，嗯嗯地应声，并不纠正季伯伯一大堆话里的谬误之处。

吴佑斌慢慢喝下一口酒，朝向面色已泛红的季伯伯，问：说起这老屋，我看屋顶上有根细长的杆子，孤零零地竖在那儿，我一直想不明白，它是做啥用的？不会是避雷针吧，还是别的？

季伯伯嘿嘿笑道，你这算是问对人了。这事恐怕连小槿都不太清楚呢。

刘槿点头说，我还真是不知道呢。

是的，我估计这镇上除了我，没一个人知道。季伯伯得意地喝了一口酒，放下酒杯，慢慢说道起来。

这东西，这幢老屋刚建时就有了，是个风向标，嘿嘿，外国学来的东西。上端是个可转动的指针，做成一个龙头的形状。风刮过来，哗哗作响，那龙头会一抖一抖地动，顺着风改变方向。下面悬挂着东南西北四个方向的标记，是几个英文字母，E啊N啊什么的。嘿嘿，是不是有点不中不西不伦不类？你猜那些东西怎么没了？那个龙头，是日本兵开枪打掉的。那是很早以前，抗战那时光，我还很小，刚有点记事。下面挂着的四个英文字母，一九六六年"破四旧"，说是崇洋媚外，给砸掉了。你看到的，就剩一根光光的铁杆了。

吴佑斌点点头，噢，原来是这样。

季伯伯忽然拉了一下吴佑斌的手，小吴，我想起来，跟你说一件事。小槿跟我说，前不久这幢旧屋进过人，是她不在的时候。不知道是谁，不知道是偷东西的贼，还是那种……有句话怎么说的，见色起意的坏男人。小槿有时候一个人住这屋，镇上人大多知道的。现在想想，这事还有点后怕呢。是不是，小槿？

吴佑斌没说话，看着刘槿。

刘槿笑笑说，季伯伯，也没你说的那么可怕。我只是自己瞎猜猜的，也不一定真有人进来过。那天我看屋后墙上一些藤蔓有点乱，折了几枝，蔫了。就想，会不会有人爬墙上到二楼的窗口进屋了？可屋里没少东西，也没见有脚印这些。也有可能是猫啊狗啊捣乱弄的。季伯伯，我只是说说，你别当回事。以往我一个人住着，也不害怕的。

季伯伯噢了一声，也是，都过去了，反正以后这房子要卖了，你也不会再来住，用不着害怕什么，是不是，小吴？

吴佑斌点点头，没说话。

季伯伯又说一句，不管怎么样，世上总是好人多，好人总会有好报的。来，小吴，喝酒，在这个老屋里，你我是第一次喝酒，只怕也是最后一次喝酒了。这也可以说是辞旧迎新的酒，旧的不去，新的不来，是不是？嘿嘿，来，小槿，我们三个一起碰一下。

轻轻地一响，三人的酒杯碰在一起。

吴佑斌看了看刘槿，她脸上眼里满是喜气。好像从没见过她这样快乐吧？他心想，终于要离开这幢老屋，将要摆脱不堪回首的以往的一切伤心事一切烦恼，之后，还将迎来许多个美好的日子，她真是满心欢喜了……

话多了，酒也多了。虽是一小盅一小盅慢慢地喝，但也会醉人的。季伯伯明显有些醉了，满脸通红，开始说醉话了。当然，酒后吐真言，醉话中流露的是真情。

季伯伯醉眼迷蒙，一只手捏着酒盅，一只手指着鹩哥，对吴佑斌说，你猜，我为什么喜欢它，为什么叫它宝儿？是有缘故的。除了我自己，别人谁都不知道！今天小槿在这里，我就把这秘密和你们两个说开了。

刘槿也好奇了，这还有秘密吗？

当然有了！季伯伯扭头对吴佑斌说，小吴你说，小槿漂亮吧。我跟你说过，她相貌随她妈呢。小槿妈当年可漂亮了，在河口镇算得上数一数二的美女啊。多少男人明里暗里喜欢她！我也喜欢她，是实话，喜欢得不得了，嘿嘿，简直是日思夜想呢！那时候，她经常端着脸盆去屋后的河埠头洗衣裳、洗头。我家在河埠头边上，我常常在屋子窗口看她。她家屋后有条小路通往河边，路旁栽两排木槿树，夏秋时节开着红的白的花，很好看。对了，木槿树的叶子可以洗头发，小槿，这你应该知道吧？

噢，是的，刘槿连忙点头，说，记得小时候，我妈给我用木槿树叶子洗过头，就在河埠头。青青的树叶揉搓起来有滑爽的汁水，洗头发时滑溜溜的，很舒服。木槿花天天开花，红的白的，满树都是，整个夏天都开不败呢。我妈还把木槿花摘下来，晾干了做菜，炒鸡蛋，烧豆腐，可好吃啦……

吴佑斌恍然道，我说呢，为什么别人取名，用的是言字旁的谨或是王字旁的瑾，你的名字偏是这个槿呢。看来是你妈特别喜欢木槿树，喜欢乡野常开不败的木槿花呢。

醉意十足的季伯伯撑不住身子，软炽炽地伏在桌子上，两个指头捏着酒盅，挨近嘴唇慢慢呷酒，眼睛笑眯着成两道细缝，沉浸在对往事的美好回忆中。

……那时候，她十六七岁，正是个花季少女，穿一件白底蓝碎花的布衫，腰身细细的，身后甩两条黑油油的长辫子，走一步晃两下，天仙似的，多好看、多迷人啊！那时我也年轻啊，比她大不了几岁，刚参加工作，在镇里做一个不起眼的打字员，天天夜里做梦想娶她呢！

哎，你妈，叫什么名字？吴佑斌轻声问刘槿。

她叫宝姝，季伯伯抢先说，又拉过吴佑斌的手，在他手心一笔笔写着：是这个姝，女字旁，未撇朱，读作姝，跟特殊的殊一个音，美好的意思。她父亲，小槿的外公是读过书有文墨的人，他取的名字，有讲究的。宝姝，好听吧？意思也好。嘿嘿，我仔细查过字典，不会错的。可是你知道吗，我们小镇上的人都宝珠宝珠地叫她。没文化，不认得这个姝字呢。只有我晓得这个姝字，就我一个人叫她宝姝。每次我叫她宝姝，她都会朝我微微一笑，轻轻唉一声。我们还说过几回话，没什么特别的，就是家常话。她很害羞，低着头，脸红红的，说话时眼睛只敢偷偷瞟我一下。我敢肯定，她对我是有好感的。可惜后来还是刘柏年本事大，调来当供销社主任，近水楼台，抢先把她弄到手了。现在你明白我为什么把这只鹩哥叫作宝儿了吧？对了，就是想着念着当年的宝姝呢……嘿嘿。

老人说完这一长段话，清瘦的脸上笑纹织了一堆网，眼窝里湿湿的。

噢，我明白了。吴佑斌认真地点头说，季伯伯，这么多年过去，你还没忘记当年自己最喜欢的女人。所以，也格外关心照顾刘槿，是这样吧？他看一眼一侧的刘槿，她似乎也在看他，遇到他的目光，即羞怯地避开了。

季伯伯说，是的，我心里一直是把小槿当自家女儿看待的，这些年看她孤零零一个人，无亲无眷，活得这么可怜，心里难受，能帮就帮一把……

刘槿站起来，恭恭敬敬给季伯伯的酒盅里斟了酒，季伯伯，谢谢你！

天色早就暗下来了，窗外黑黑的，什么也看不清。屋里亮着灯，喝酒的人眼睛也迷糊着，看不太清物件了。玻璃罐里的杨梅烧酒喝得所剩无几。季伯伯完全醉了，趴在桌上，嘴里还嘀咕着，头已抬不起来了。

吴佑斌喝了不少，感觉头有些晕，站起来走动了几步，脚下感觉软绵绵的，踏在棉花上似的。他怕自己会醉倒，暗自用力地拧大腿上的肉，拧得很疼。

刘槿酒喝得不多，只是脸上微微泛起红晕。她手脚麻利地收拾桌上的碗筷，又给两个男人泡了茶端过来，俯身对吴佑斌柔声说，喝点茶，解解酒。头很晕吗？要不，进里面房间躺一会儿？

季家女儿快步进门来，见季伯伯那副醉态，不禁皱起眉头，过来把老人慢慢扶起来，轻声怨道，阿爸，看你，又喝多了。

季伯伯嘴里含混不清，难得，难得……今天高兴……

女儿扶着老爸往门外走，嘴里的口气重了点：你心脏不好不知道吗？不能这么喝酒的。好了，小槿姐的好事办完了，你酒也喝够了，回家吧，安耽困觉！

鸟笼里久不出声的鹩哥忽又来一句，安耽困觉！

季伯伯扭头叫起来，等等，还有宝儿。不能把它落下了！

呵呵，宝儿真聪明，自己会提醒呢！季家女儿笑着把鸟笼提了起来。

走至门边，季伯伯拉着门框，转过身来说，小槿，明天，我把这几把旧椅子搬去，行吗？反正你是要进城去过好日子了，用不着这种旧木头家什……

刘槿扶着吴佑斌往里间走，扭过身笑着说，好的，季伯伯。明天你过来拉，我不要了，都拉走吧。

噢，楼上还有一只大木桶！季伯伯走出门了，忽又扭过头大声说话。

小槿，我再交代一声，明天楼上搞卫生，都弄干净了，破破烂烂都弄走，扔掉，就剩一些旧农具，还有那只大木桶，过去装稻谷的，恐怕还能用呢。嘿嘿，我喜欢那种老样式的木头家什，摆那儿看看也舒服……对了还有，小槿，明天过来挖竹园的人，一早就到，你招呼一下……

走啦走啦，有事明天再说吧。季家女儿把啰里啰唆说个不停的老人硬拉走了。

刘槿扶着走不稳路的吴佑斌进了里间，让他在床上躺着，又把茶杯拿过来。她半蹲在床头，看着吴佑斌，用手掌轻抚在他额头，轻声问，你没事吧？

吴佑斌无力地说，不好意思，酒喝多了，头有点晕。还好，估计不会吐。

刘槿说，看你的样子，不会有事的，不像有的人，喝了酒要闹事……好好睡一觉，明天就会好的。

毕竟是乡下偏僻地方，隐在竹林里的老屋远离村镇和公路，入夜后就安静极了。屋子外面，除了偶尔的小虫唧唧，没有人声机器声，也没有其他杂音。吴佑斌身体绵软地仰躺在床上，脑袋仍然有点晕乎，心已渐渐清醒。他开始仔细回想来这老屋聊天喝酒的过程，回味季伯伯、刘槿以及与他的一些对话，细辨其中的意思。

季伯伯毕竟老了，思路跟不上了。他说起有人可能进了刘家老屋的事，却没能联想到，那天有人来过镇上，还跟他见过面，送过他东西。当然，季伯伯也许根本就不会想到这一点，不会想到，那个人会是他吴佑斌。

那个休息天，吴佑斌开车去了河口镇。他给季伯伯带去一包药，是一种中成药，治疗心脏病的辅助药。与往常一样，小镇空空荡荡的，狭窄的街上并无行人，连闲逛的狗也没有，只有季伯伯摇着扇子，与伙伴鹩哥孤寂地守在闷热的街边。他把药给了老人，老人再三道谢。两人说了没几句话，他推说有事要办，要赶回城里，匆匆离开了。

　　他是有事要办，但不是回城。出了镇子的窄街，转了个弯，看着四下里无人，便往竹林老屋的方向快步走去。一会儿，已在屋后墙边了。屋后竹林稠密，不走近根本看不见人影。

　　此前他已细细观察过这幢古老的房屋结构，外墙的红砖虽经百年，风吹日晒，却依然结实坚固。二楼窗口距地面丈余高，没有梯子上不去。非常有利的是，用砖块铺就的窗沿，突出有数厘米宽，便于攀爬时抓捏。他在下面观察一会儿，估计了一下墙的高度与自己的能力。多年前他练过攀爬功夫，应该可以试试。

　　往后退了几步，然后往前猛地一冲，想借助那股冲力，往上攀爬。但是，没能成功。接着又试了两次，手指头快挨着窗台突出的砖块了，还是没成功。他让自己冷静下来，想了想，脱下脚上的皮鞋，然后，尽可能地往后面的竹林多退两步，猛地往前冲去，身子尽量腾起往上提气，赤脚蹬着砖缝往上急蹿，两手刚好可扒着窗台外突的砖块。他把身子悬挂着，稍歇了一会儿，接着，硬是靠着手指头和臂膀肌肉的力量，把整个身体一寸寸提升上去，终于攀爬到窗台上了。

等到将整个身子滚进窗里，一下仰倒在挨着窗台那堆软绵绵的稻壳上，有好一会儿，他竟累得不想动弹了。毕竟上了些岁数，不比当年了。

猝然，他像被人抽了一皮鞭似的，猛然惊坐起来。

他想到了，许多年前，很可能就是在这堆稻壳里面埋着那个……男人！

日光正斜照进窗口，落在稻壳堆上。鲜亮的光线让这一堆不起眼的稻壳变得醒目了，恐怕也是他主观上格外关注的缘故吧。放得很久的稻壳已呈暗灰色，但夹杂其中的那些小生物的空壳，比稻壳颜色更深，还是能分辨得出。这回看清楚了，这种掺杂在稻壳中的深褐色的细小蛹壳有很多。

接下去要做的事，很简单，只需把它们弄进一个随身带的薄塑料袋里。他在这堆稻壳的多处分别捡出一些，装进塑料袋里。这个书本大的塑料袋装了有一半，他停止了工作。已经够多了。他内心差不多已有较大的把握，收集这些东西，能为他原有的猜测与判断提供最有力的证据。

他把收集的一部分深褐色物品用快件寄至上海昆虫研究所，确定它们是一种典型的尸食性苍蝇的蛹壳。他们用精密仪器分析出，这些蛹壳不是同时期的，这种苍蝇已在那堆稻壳中，不间断地经历了二十几代的繁衍。也就是说，按苍蝇的繁殖周期计算，这些嗜尸的苍蝇一代接一代地，在那个特定的地点，不间断地经过了三个轮回的春夏秋冬……

他记得很清楚，离开稻壳堆和窗台时，曾极其仔细地抹去所有的鞋印。尽管如此，还是让细心的刘槿看出了异样，因为后墙根那些受损伤而蔫掉的藤蔓枝叶……

隔着门，屋子另一侧有些声响，应是刘槿在做事。过一会儿，有淅淅沥沥的声响，莫非她在洗澡？

又过一会儿，听到咿呀的摇门声，再两三下钝重的撞击声，应是老屋大门关了，上门闩的声响吧？

这么说，她都已收拾完毕，关门上闩，准备睡觉了？

猜得没错。稍后，有轻微的脚步声，女人走进这间屋了。

看得出她刚洗过澡，换了衣衫，一件宽松的浅色丝质带蕾丝边的睡袍，腰间系着细带，很好地衬出她身材的优美曲线。头发也刚洗过，蓬松地披散着，用一条玫红色丝带扎起。柔弱的光线下，女人飘飘然走过来，窈窕可人的形象看着很美，甚至有点诱人。

吴佑斌把目光移开，不看了。

女人把一侧那张竹榻双手端起，轻轻搬到床前，款款坐下，俯身挨近床头看吴佑斌。她才发觉他眼睛睁开着，是醒着的。

你没睡？好些了吗？要喝水吗？她柔声问着。

吴佑斌说，我没事了。谢谢你，刘槿。

晚上这会儿有点凉了，稍稍盖点。女人温柔地说着，拉过一条薄被巾搭在吴佑斌身上，又把右手轻按在他的一只手腕上，嗯，心跳还稳，应该没大问题。嗳，你就安心睡在这儿，别担心，我在旁边，等会儿睡在竹榻上，陪着你。好吗？

吴佑斌闻到一股好闻的气息，是玫瑰的幽香。噢，是从这个女人身上散发出来的。

他低声问一句：你用香水了吧？

她把脸挨近过去，柔声说，这香味，你喜欢吗？我很少用香水，喜欢玫瑰香味……

玫瑰香味确实很好闻，不很浓郁，漫散着，如细沙间涌泉般无声地浸润过来。屋里光线暗淡，朦朦胧胧的，能感觉到她的脸跟他挨得很近，几乎挨着他脸了。她柔声说话时的气息，带丝丝热气，萦绕在他脸颊与唇边。吴佑斌感觉到体内有些冲动。此时，若用一只手轻轻伸过去，很容易就可触碰到她温热的脸庞，揽住她弥散着诱人香气的柔软身子，想必不会被拒绝……他忍住了。

刘槿，我想问你一件事。可以吗？

吴佑斌发觉自己说话时，声音有点奇怪，有点虚。说话间，他用手支撑着身子，慢慢坐了起来。

你……怎么了？刘槿不无惊讶地看着他，你不睡了？

我想跟你谈谈，有关这幢老屋的事。

怎么，不是都谈好了，你赞成卖它的，对吗……

不，不是卖房的事。吴佑斌用手支撑着，把身子坐正了，两只脚平放在床下，把脚穿在鞋里。这时，他说话的声音平稳了许多。

刘槿，我想问你，刚才季伯伯临出门时，听他说，明天叫人把楼上都打扫干净？

哦，是的。楼上都是一些破旧的杂物，不值钱的。刘槿轻声说，季伯伯要的那个木桶，是过去装稻谷的木桶，杉木的，不值钱……

也不为那个木桶。吴佑斌口齿清晰地说，我问的是，那些稻壳，堆在地板上的那些东西，是不是都要弄干净了？

暗色里，刘槿微微抖动了一下，看不清她的神色。

停顿了好一会儿，才听她低声问，你怎么想到这些稻壳了？那东西不值一点钱的。季伯伯说，年头太久了，连孵竹笋都派不了用场，他做主，都弄走，可以烧灰做土肥。

你们的意思，那些稻壳，连混杂在稻壳里的那些苍蝇蛹壳，都烧掉，处理掉？

呃……这些都没用了……

那么，明天是不是还要叫人来，把竹园都挖掉？那些竹子，地下有许多竹鞭，另外，或许还埋着别的什么东西，是不是也都要清理掉？刘槿，你是打算这样做吗？

吴佑斌的问话不紧不慢，却能感觉到语气中的丝丝冷意。

怎么……你连竹园也……以后修高速路，这些竹子迟早要砍掉的……刘槿的声音听起来有点发颤，吴佑斌，你问这些，到底想知道什么？

吴佑斌不由得提高了声音：我想知道，在这幢老屋里，过去是否发生过什么事。譬如，一桩不为人所知的……案子。是的，我没说错，是一桩案子，许多年前的一桩案子。你告诉我，有没有这事？

什么……案子？你、你怎么会……问这个？

是的，这应该是一桩很久以前的案子。确切一点说，是二十年前的一桩失踪案。你肯定还记得那个失踪者的名字。尽管过去那么多年，你应该不会忘掉他吧？

吴佑斌慢慢说出这个人的名字：何自强。

尽管看不清刘槿的面部表情，但吴佑斌确信，此刻她脸上应是一种极为惊惶的神情。她身体在微微颤抖，年份已久的旧竹榻难以掩饰地发出了嘎吱声。

静默良久，才听到她一声低语，你让我怎么说？

18

　　二十多年前，市属师范学校还在本市东郊的旧址上。校园不大，屋舍不多，西区是教学楼，东区多为学生宿舍，两排二层砖瓦房，男生在一楼，女生在二楼，一间住六人。宿舍楼外面有围墙，墙中间有一扇小门，晚饭后至熄灯前，会打开一段时间，通向外面的小道。

　　这条被学生们叫作"夜宵之路"的小道，也就七八十米长，道旁栽有夹竹桃、杨柳和桃树，春夏时节绽芽抽枝，开出美丽的花朵；深秋时地上铺撒着或黄或紫的落叶，脚步落在上面，窸窣作响，颇有意境。走过一座低矮的石桥，就是附近小镇的一条窄街，开着数家小吃店。师范生们晚饭后，会走出来散散步，或晚自习后到这儿吃夜宵。小吃的种类很多，有馄饨、汤圆、葱油饼、煎饺等。男女学生们夜间常在这儿走动，时不时地会有点意外事件，或是情感故事，或惊，或奇，或喜，或悲。

譬如那回，师范女生刘槿就遇上了。

晚上九点多，刘槿与同宿舍的范同学相伴，出宿舍旁侧门去小街吃夜宵。热气腾腾的馄饨刚端上来，范同学的 BP 机忽然响了。她看了一下，神情有变，起身对刘槿说，我家里有急事，我得赶紧回学校打电话。刘槿说，那馄饨怎么办，你还没吃呢。你帮我吃了吧。范同学说罢，急急走了。

刘槿只好坐那儿，一个人慢慢吃着两碗馄饨，一边就着微暗的灯看一本小说。不知不觉中，别的吃夜宵的学生都走了，小吃店只剩下她一个女生。这时来了两个本地男青年，流里流气的，见刘槿独自坐着，就凑过来搭讪，说着说着没边了，开始用下流话调戏她。刘槿生气了，回击了两句，拿起书起身回学校宿舍。谁知那两人尾随而来，嘴里说些不干不净的话。刘槿有点害怕，脚步加快了，那两人也飞快地追上来，在那石桥上挡在她前面，厚皮贼脸，疯话乱说，又拉拉扯扯，在姑娘身上曲线毕露处乱摸。刘槿吓得惊叫起来，想挣脱身逃走，不料脚下一滑，身子失去平衡，竟从桥上跌落，重重地落在水里。两个坏家伙见势不妙，溜之大吉。所幸有人看见，喊叫着赶来，勇敢地跳下水把刘槿救起。

要说那人是救命恩人，其实也算不上。石桥不高，距水面也就数尺。水也不深，只及胸口，淹不死人。刘槿是吓坏了，昏了头，软了手脚，以为跌下去必死无疑，等到被人救上岸，自然是要声声感谢的。就此也结识了相救之人。

此人是邮局送报纸信件的青工，比她大两三岁，名叫何自强。

有了"英雄救美"的前缘，顺理成章，就有进一步发展的机会。此后，何自强经常借送报纸信件的机会在师范学校的校园里走动，找刘槿说话，送这送那，请看电影，或请吃饭，那意图很明显，是要与她谈恋爱了。

在别人眼里，两人也很般配。小伙子模样不错，高个儿，浓眉大眼，城里人，邮局正式职工，工资福利好，旱涝保收。刘槿长得漂亮，在学校算得校花级的女生，获得不少男生青睐，但她性格内向，暗地里被叫作"冷美人"，从未与哪个男生有过深度交往。近来因母亲病逝，又与父亲交恶，心情很不好，临近毕业，越发感到前途迷茫，不知方向。这时候身边忽然有个大胆热烈的追求者，向她献殷勤送温暖，递一束鲜花，给点小礼品，在她，就像无助地漂浮在一片浊水中，不经意抓到一块浮木，算是有了点依靠，有了点精神寄托，心情也好了许多。

过些日子，情况却起了变化。

一回两人去看电影，是一部外国的爱情片。放映时影院内很黑，银幕上的一对恋人正相拥着互诉衷肠，刘槿忽感腿被一只湿热的手掌按住了。是何自强的手！她下意识地伸手阻止，却未能成功，那只手坚决又快速地往大腿内侧侵进！她羞恼成怒，大叫起来，你干吗？她猛地站起身，大步走了出去。

何自强一脸愧色地追出去，拉着刘槿，再三向她道歉，请她原谅，说他是因为爱她，一时感情失控，才做出失礼举动，保证以后再不会对她有冒犯之举。

刘槿读过一些爱情小说，对爱情有内心向往的标准尺度。想象中，它是美好的，浪漫的，表达情感应循序渐进。水岸边或林间执手漫步，羞涩笨拙的初吻，相依相偎中互诉情话，情深意浓时相拥相吻……没想到何自强全然不懂这些，只会用这样下三烂的流氓手段粗暴地袭向她的隐私处。这让她怎么承受得了？

同学中，刘槿与同宿舍的范同学关系最好，情同姐妹，有心事会跟她说。范同学原先没反对她与何自强交往。这天刘槿一脸幽怨地跟范同学说起影院里发生的丑事，问她怎么看，范同学犹豫一会儿，才跟她说起一件事。她说偶尔看到何自强与两个流里流气的男青年在一起喝酒，听他们说到刘槿，言谈中好像是他们帮何自强把她骗上手的。她接着说，如果真是这样，你还得想想，这个人到底值不值得交往下去呢。

刘槿疑虑重重，第二天约何自强见面，直截了当问起范同学所言之事，质问他，那天夜里是不是你们一起设的局？何自强见瞒不住，只好承认了，又辩解说，我早就喜欢上你了，只是没办法接近你，才不得不用一下特殊手段，要不你这个师范学校的校花怎么会跟我好？他嘿嘿地笑了，有点得意。

刘槿很愤怒，重重说了一句，你真卑鄙！

她站起来要走，何自强把她拦住，说了许多好话和软话，乞求她的原谅，又是一连串的保证。但刘槿内心已不想跟何自强进一步发展了。

不久，刘槿拿到师范学校毕业证书，面临分配。按规定他们这批师范生都要回原籍工作，不少同学不愿回去，就想办法找门路争取留城。刘槿也不想回河口镇，不想看见父亲那令她厌恶的面孔。何自强主动提出帮她去走门路，信誓旦旦地说，他有关系，有亲戚在什么什么位置上掌权，一定让她拿到留城名额。刘槿起初还抱有希望，可是一段时间过去，却什么结果也没有。

何自强根本没那能力操办这档子事。一个初中没毕业的邮递员，父亲病逝才有机会抵职进邮局，只能干骑车送信的活儿。也没什么社会背景，所谓掌权的亲戚也是八竿子打不着的，想托关系走门路找不到门槛。母亲与姐姐是普通职工，何况她们并不赞成何自强找外地学生做女友。何自强为刘槿的事确实出了力，找过人，花了钱，也碰过钉子，仍然无着落，心里有些憋屈。

他不得不将无奈的结果告诉刘槿。她抱怨说，明明办不到还瞎吹牛。何自强一下子火冒三丈，黑下一张脸，很凶的样子，用很刻毒的话斥骂刘槿，那一连串带地方口音的骂人脏话，哗啦啦如污水一般泼出来。

刘槿顿时如傻了一般，你骂这么难听的话……简直是个浑蛋！

刘槿决意与何自强分手，不再搭理他。她断了留城的念想，收拾行李回河口镇了。

师范毕业生刘槿服从县教育局分配，在河口镇小学做语文教师。

不久，她发觉自己很喜欢教师这个职业，与天真稚朴的孩子们在一起，虽然有点忙有点累，但是很快乐，很充实。她的努力工作得到了肯定，受到了嘉奖，心也渐渐定了。

她几乎把何自强这个人忘了。

但是何自强不想把她忘掉。缄默一些日子，他给她写了一封信，说了一些道歉的话，请她原谅。这封信写了不满一张纸，态度似很诚恳，但有点词不达意，另外还有好些个错别字。刘槿回了信，指出他信里多处错别字和语法错误，不无讥讽之意地建议他去上个文化补习班。何自强自知无趣，再不敢写信，就给刘槿打电话，学校传达室周大爷的小喇叭时不时地喊她接电话。刘槿不得已接过两次电话。两人在电话里好像也没啥可聊的，说不了几句话就放下了。后来校传达室喊她接电话，她都不接了。有一回何自强跑来学校找她，偏巧她去城里培训，就无趣地走了。之后那人再没打电话，也没再来。刘槿感觉轻松许多，暗自庆幸这种鸡肋式的尴尬关系就此无疾而终。

临近寒假，一天放学后，刘槿回家正做晚饭，何自强忽然找上门来，提了个大包，一脸兴奋的神情。刘槿很意外，不知该如何拒绝他。犹豫不决中，那人已不请自进，看到做好的饭菜，说肚子很饿，坐下就吃。看到桌旁柜子里有喝了一半的瓶装酒，他问也不问，拿过来就喝。刘槿在一旁着急，却也没办法。

喝着酒，吃着肉，何自强脸上泛起了潮红，大声对刘槿说起来意。

他有个朋友两年前辞职下海，去南方 S 市，开了公司，赚了大钱，手握大哥大，又买车又买房，成了大富翁。他心动了，不想再干送报纸这无聊差事，下决心辞职，去 S 市找那个朋友，要去商海闯荡一番。又问刘槿，敢不敢跟他一起去南方闯荡。

刘槿懊恼着，听了何自强这一番不着边际的夸夸其谈，很想损他几句：你又没什么文化，也没专业特长，辞职下海去南方，能有什么大作为？但她有点怕，不敢那样说，只说自己一介女子，没有下海的胆量，还是当老师教小学生过安耽日子算了。何自强说，也好，女人和男人不一样。我先走一步，在那边干好了，站稳了脚跟，再带你过去。嘿嘿，将来我们就在S市办公司买房子，过好日子！怎么样，你能答应我吗？

刘槿根本不愿意，嘴上含含糊糊，只想着催他走，说，你吃完饭了，快走吧，天黑下来了，还得赶去南方的火车吧。

何自强不想走，觍着脸说，火车是明天上午的，天这么黑，又这么冷，你家房子这么大，让我借宿一夜总可以吧？

刘槿害怕了，急忙说，那不行，我爸就要回来了。他会骂我的，对你也不会客气。你快走吧，走吧！她很坚决地把何自强往外推，那人无奈，只好退了出去。

走出门外，何自强又不肯走了，拉着刘槿的手不放，话语里夹带幽怨：姓刘的，你就这么狠心赶我走？你不想跟我好，不就是瞧不起我，嫌我没本事吗？你不想想，我这回可是为了我们的将来，才不顾一切地辞职下海，去南方打拼，去冒险，去拼命的！说句老实话，这一去，能不能成功还很难说呢！临要走了，你也不说声再见，祝我好运气，你这样无情无义，说得过去吗？至少给我一个告别的拥抱，这总可以吧？

刘槿看到何自强眼里闪出欲念的光色，有点害怕，想退身，却被他猛地一拉，强行抱住。她刚要喊，那人的嘴巴已重重地压在她的嘴唇上，浓重的酒气熏得她几乎要吐出来。她拼命挣了好一会儿才挣开，斥道，何自强你流氓……

遂了愿的何自强一脸得意，嘿嘿，不流氓你愿意吗？好了，我们这就算是吻别了。我走了，听你的，马上就走！不过请你记住了，也许一年，也许两年，我一定会成功的！会有大哥大，会有房有车，还会有自己的公司。我要坐飞机过来接你去南方！说好了，那时你可得跟我走，跟我去好好享福！

刘槿很想愤怒地朝他大吼，你滚吧，我再也不想看到你了……但她不敢出声，不敢再惹他，怕他会做更出格的事。她压着火，默然看着眼前这个喝多酒面色赤红的男人，希望他赶紧走开，离开她的视线，从此以后再不要出现。她永远也不想看到这张可憎的面孔了！

直至何自强摇摇晃晃的背影慢慢消失在暗夜之中，刘槿才重重地吐出一口长气。

以后好多个夜晚，刘槿都睡不好觉，脑子里不时地会闪出何自强那副丑恶嘴脸，感觉那人黏糊糊臭烘烘的口水涂抹在她的脸上唇边，怎么擦也擦不干净，令人反胃的污浊酒气让她想起来就要吐！她在肚里一次次地咒骂那个男人，一遍遍地发誓再也不想看到他，不再跟他说一句话！

半瓶被喝掉的酒，让父亲产生了怀疑。他一再追问，是什么人来过，还喝了酒。刘槿不敢说出何自强的名字，之前她从未对父亲提过他，只说有学校的几个同事过来，有人过生日，一起吃了饭，喝了点酒。父亲用严厉的口吻警告她，不要随便跟男人交往，学校的同事也不行！我已经听到一些风言风语了！个人问题要十分慎重。你交朋友，谈婚事，要听我的，我会安排好的。听清楚没有？

学校年轻男教师中，确有几个对她怀有爱慕之意。但是，无论优秀的，或不那么优秀的，她都没有接受他们明里暗里传送过来的情意。她的内心世界已被何自强这可恶男人搅得如同一池浑水，还需要一些时间慢慢平复下来，暂时不能容纳一个新住客。

让刘槿高兴的是，何自强再没对她有任何骚扰，没打来电话，也没写信，仿佛从这个世界上消失了。她暗想，也许那天酒后对她粗暴下作的强行冒犯，他自知失态和无礼，已无颜面对她，再不敢搅扰她了。也好，就此了断了。她这么想着，就释然了，轻松起来，内心渐渐趋于平静。

　　这一年，刘槿心无旁骛，对教学工作更加投入，赢得了更多的好评与褒扬。聪慧与勤奋，还有对小学生的真诚爱心，让这位美丽的小学女教师名声飞扬，登上了市级优秀教师的名榜。由此对她明显表达好感的男青年也越来越多。学校的同事，本地青年才俊，借各种机会向她献殷勤，但她表现得很淡然，极少回应。后来一些城里的青年也托人来说合了。她父亲有一天拿回来一沓照片——好几个小伙子的照片，说他们个个是青年才俊，要她从中选择一个做对象。刘槿没有认真地看那些照片，随意往抽屉里一塞，对父亲说，我还年轻，不着急找对象结婚。父亲很恼火，却奈何她不得。女儿毕竟长大了，已有一份可以让她独立生存的工作，他再也不能像过去那样随意支使她，让她绝对服从了。

　　这是一个相当不错的初春的夜晚，不冷，无风，空气凉爽，夜色澄净。天黑后，天边挂有淡白的圆月亮，朦朦胧胧的有点诗意。刘槿随便吃了点东西，就上楼了。

　　热热闹闹过了年，过完元宵节，寒假就要结束，新学期要开始了。元宵节在乡下还是讲究的，这天父亲又被河口镇上的朋友请去喝酒，刘槿不想去，独自在家。在自己安静温暖的小房间里，她脱了外套，里面是一件漂亮的枣红色马海毛毛衣，坐在书桌前，认真整理教学笔记与各种文具，准备迎接即将到来的新学期。

忽听嘎的一声怪响。

静夜里，古老的木门被重重推开的声响，有如一匹柔美的锦缎被人用双手猝然扯裂，钝重而刺心。

春节期间父亲时常外出去亲友家喝酒，不定什么时候回来，门总是虚掩的。以往每每古老屋门被推开后，随即就有滞重的脚步声。她先以为，去亲戚家喝罢酒的父亲回来了。咦，这时候回来，似乎早了一点。然而，没有滞重的脚步声。

她试着叫一声，爸。又高叫一声，爸？

怎么没回应，也没动静？她猜想，会不会父亲酒喝多了，醉了？进屋后靠在门边，不方便行走了？以前有过这种情况，她不得不下楼去扶他进屋，端茶弄水，服侍他睡下。她嘴里嘟哝一声，一边起身，打算从自己的房间出来，下楼去看看怎么回事。

然而这时传来钝重而快速的脚步声，又有上楼梯咚咚咚的响声。而后，有个人已在楼上，咯噔咯噔地踏着楼板，一步步朝她的房间走来。

刘槿满是狐疑走出房门，一下愣住了。

来人竟是何自强，这个已有一年多未见的男人！

她几乎是脱口而出，你来干什么？

对方的回应是冷森森的，我就来了！怎么，不欢迎吗？

因是逆光，看不清楚那人的脸，当他逼近她时，浓烈的
酒气让她禁不住往后仰了一下。她恼恨地说，你喝醉了吧？
这么晚了你来干什么？请你出去……

刘槿没防备，被那人猛地推了一把，往后倒退了好几步，
差点被房间半开的门撞伤腰。她的一只手拉着门，想站直身
子，却又被那人当胸重重推了一下，这下她整个仰倒在地板
上。也在这时，倒在地板上的刘槿把闯进房间的男人看清楚
了。

这还是她原先交往过的那个男人吗？原本乌黑的头发剪
得很短，几乎成了光头。不知是不是喝多酒的缘故，那张红
得发紫的面孔膨胀开，显得很大。眼珠子鼓出，充满血丝。
穿一件脏兮兮的黑皮衣，敞着怀，腰间的方形皮带扣闪着冷
光。几乎挨着她脸庞的是一只沾满泥灰的黑皮鞋，散发出难
闻的污泥气味。

刘槿站了起来，拢了拢面前散乱的头发。她愤怒不已，
感觉一腔怨愤顶在胸口，快透不过气来。可恶的家伙，这是
来干吗呀？这可是在我家，是我自己的家呀！她猛地站起来，
尽管面前这个男人比她几乎高出一头，一脸凶相，她还是不
怕他，她什么也不欠他的，为啥要怕他？

她尽量压着火气，说，何自强，我好好跟你说，今天是
元宵节，这是我家，我一没得罪你，二不欠你钱财，你这时

候来，到底想干什么？

何自强脸上掠过一丝冷笑，是啊，今天是元宵节，是走亲戚的好日子，我难道不可以过来拜个年吗？

刘槿愤然地说，你这样，像拜年吗？你是……存心来闹事的，是吧？告诉你，何自强，我和你早就没有任何关系了！请你不要来了。我，我家不欢迎你！

何自强冷笑着，把脸压低下来，散发着酒气的嘴巴逼近刘槿的脸，咬牙切齿地说，刘槿，你说没关系就没关系了？有这么简单吗？这两年，我为了巴结讨好你，花了多少心思，费了多少力？单单为你留城托人走门路，我跑来跑去，花冤枉钱，遭人白眼不算，还被你耻笑，说我瞎吹牛！这些你他妈的不会全忘了吧？还有，我为啥辞去好好一份工作，跑到南方去闯荡，还不是为你。这一年多，你知道我吃了多少苦，遭了多少罪？到现在我还像条丧家犬似的，靠着别人的恩赐勉强活着，连回来过年的钱都是借的！我还不敢跟家里人说，还得装大款充好佬，请别人喝酒说假话撑面子……所有这一切，这一切的一切，都是你害的，是你这没良心的臭女人害的！

何自强说话时，嘴里的唾沫不停地飞溅过来，直喷刘槿的脸面。他的一根手指头又直直地戳过来，戳着她的半边脸颊，一阵火辣辣的疼。

刘槿捂着被弄疼的脸,大声分辩:何自强,你不要把自己的过错都赖到我身上!是我让你去的南方吗?是你自己要去的!你干吗要辞职,下海有那么容易成功的吗?当初我就想说,你不要以为去南方就能挣钱发大财……

何自强大声吼叫起来,不要说了!就是你害的!你这个臭女子,害人精!你把我害惨了,又跟别的男人勾勾搭搭,寻欢作乐,是不是?以为我不知道吗?我他妈全知道了!跟朋友喝一场酒就全弄清楚了!听说你现在名气很大,好多男人排着队由你挑,都挑花了眼。能不能向我展示一下,你挑中了什么男人?他们是不是一个个都他妈很有钱?模样都帅,很了不起,是吗?能让我欣赏一下吗?

刘槿大声地辩说,我没有跟谁谈恋爱,我就是好好工作,没有谈朋友……

你说谎!谁相信你。何自强一把推开刘槿,目光扫视着房间,又走至书桌前,眼珠子往桌上乱扫,两只手粗鲁地在桌上摆放的书本及用物间一通乱翻,桌上并没有任何男人的照片。他嘴里说,你把相好男人的东西藏哪里了?拿出来看看!

刘槿叫了起来,你干吗乱翻我的书桌?

何自强根本不听她的,又擅自拉开书桌的抽屉。一只抽屉里摆放着她的个人相册,还有一些散乱的照片,她父亲拿来的几张男青年的照片也在这里。何自强伸手就把这些照片拿出来了：嘿嘿，还说没有？这是什么？

刘槿一时语塞，这是我爸拿来的……我跟他们什么事也没有……

你还想骗我是吧？何自强斜着眼睛把几张照片看了看，老实说吧，你看中谁啦？你跟他们哪个好上了？没准已经让哪个浑蛋操过了吧？尝到被男人操的好滋味了吧？是不是？是不是这样？你这个贱货，臭婊子！

他用两只手狠力将几张照片撕得稀烂，将满把碎片砸向刘槿的脸！

你干吗……你无耻……

刘槿整个身子都在发抖，因为极度的愤怒，还有，极度的恐惧。

她看出来，这个喝醉了酒来到她家的男人，完全处在一种疯狂的状态中，就像一条疯狗，是无法跟他说理沟通，用什么话也劝说不进的。她害怕极了，屋里仅有她一个弱小的女子，这幢宅子又远离村镇，就是喊叫也未必有人听得见。该如何面对这个疯狂的男人？怎么办才好？她不敢上前，也不敢说话，只能退一步，想法子离开这儿……

何自强又去翻她的箱子，把盖板弄得啪啪作响。刘槿慢慢地往后撤步，想倒退着离开房间，逃下楼去喊人……她退出房间时，脚后跟不慎被绊了一下，发出了声响。

何自强转过身来，显然看出刘槿的意图，大叫起来，你想干什么？想跑出去打电话报警？想叫人来抓我吗？你休想！给我回来！说着，朝刘槿冲过来。

刘槿吓坏了，不顾一切地往外跑。房间外的楼板上有一堆前不久运来的稻壳，平常走道时她会绕着走，但此时心慌意乱，一下就把脚踏进稻壳里，脚下被重重地绊住，身子收不住，顿时扑倒在稻壳堆上。

后面追出来的何自强随即赶到，猛地扑上来，把刘槿按倒在稻壳堆上。他吼叫着，你想跑到哪里去？今天休想从我手里逃脱！

刘槿被死死按在稻壳堆里无法动弹，身上那件枣红色马海毛毛衣沾满了稻壳，脸上沾着不少，嘴里也有，难受极了！她努力想挣起身子，叫喊着，何自强，放开我，让我起来！你这个疯子，你这流氓，你放手啊……

在暴怒与酒精的作用下，何自强已经疯了，对被他强力按压的小女子，全无一丝一毫的怜惜，唯存暴力宣泄与邪恶欲火。他放肆地狞笑，大声咒骂着：老子就是疯子，就是流氓！老子这两年被你害得这么惨，今天要你连本带利还回来！你想找别的男人，没那么容易，老子咽不下这口气！老子先把你操了，看他们谁愿意捡被我操过扔掉的烂×女人！

　　他用力撕扯着刘槿的衣裳，马海毛毛衣被扯开扯破了，里面的衬衣也扯破了。他又去拉扯她的裤子，下狠力地拉扯。刘槿恐惧不已，用手护着，试图阻止这个疯男人，她大叫起来，你想干什么？你放手，放开我！何自强，我求你了，快放手，求你让我起来……何自强根本不听，也不应声，呼呼地喘着粗气，继续用两只手强行撕扯着。醉酒的男人就是一头狂暴的野兽，肆意蹂躏着身下的弱小生物。

　　刘槿根本无法对付这样的暴虐行为，身上的衣裤都被扯烂、扯散。她想挣扎想反抗，被男人的拳头连连重击，又被钝重的巴掌掴得嘴角流血耳根生疼，细嫩的脖颈被扼住，发不出叫喊声。她被剥光衣裤的身子陷在稻壳里，因拼命挣动，嘴里呛进不少稻壳，连呼吸都困难了！她绝望了，意识到自己已濒临死亡。她只能放弃无用的抵抗，任由重重压在身上的男人狂野无羁地对她施以暴行……直至下身那儿一阵刺痛像触电般传至四肢及大脑深处，才从喉咙内爆发出一声撕心裂肺的惨叫……

19

艾静觉得办公室的氛围最近忽然有点怪异。

陆晓飞连续几天没来办公室，不知去哪儿了。吴佑斌也经常离开办公室，久久不回，不知忙些什么。就是在，也是坐着闷头看书看资料，或是站在窗边，搓一搓手，皱着眉头呆呆地朝外面看一阵，对她仍是不看不顾，什么话也不说。更多时候，是她独自一人守在空荡荡的办公室里，除了偶尔的电话铃声响起，再无一丝动静！

艾静感到很孤独，有种被遗忘甚至是被抛弃的感觉。她受不了，就给陆晓飞打电话。拨了手机，响两声，被挂断了。这个不知跑去哪儿的家伙，居然拒绝接听她的电话！

艾静生气了，把话筒重重地往话机架上一扔。

晚上，拒听她电话的那人终于给她打来电话。

艾静在自家的房间里，坐在床边没动。她让手机躺在床上，可怜巴巴地微微颤抖着。等铃声停了，过一会儿再响起来，她才懒洋洋地接起来。

陆晓飞先说了一声对不起，急切地向她解释，她去电话时，他正在发掘现场，工作很紧张，不能接电话。

艾静有点吃惊，什么，你在发掘现场？又有什么案子吗？

陆晓飞说，是的，就是那个何自强失踪案，已经有重大突破。现场正在发掘被害人的尸骨。这事……你自己知道就行，不要说开去。案情还没有完全查清，吴主任让我一定要保密。

怎么，那案子破了？艾静很生气，哼，你们的保密工作做得真好！我可什么都不知道呢！吴主任呢？今天一整天没看见他。你是跟他在一起吧？

没有。吴主任不在，就我一个人参与刑警队这次现场勘查。陆晓飞显然有些兴奋，说话语速很快，哎，小艾，这回我可开了眼了。干刑警还真有意思，真刺激！你没在现场，没有这种身临其境的体验，不会有这种特殊的感受……

哼，挖死人骨头这种事，我才不感兴趣呢！艾静嘴上这么说，好奇心还是让她忍不住发出了疑问，哎，查清楚是谋杀吗？到底是谁杀死了何自强？

这个，陆晓飞犹豫一会儿，说，这个还没完全弄清楚，我不能告诉你。说不定过几天就会知道了。

艾静又问，你在哪里？还得在外面多久？

陆晓飞没有回答她的提问，只说，现场发掘这边很快就会结束，我可能还要参与后期的技术勘验。小艾，别着急，我会回来一趟，到时再跟你联系，好吗？

艾静没好气地说，我有什么着急的，你爱回不回！

把电话挂了。她还是很不高兴。主要是对吴佑斌厚此薄彼的做法很不满意。陆晓飞不光参与"何自强失踪案"的前期调查，现在又按吴佑斌的指令，参与到刑警队的现场勘查中，对她却是全封闭，不让参与这桩案子的任何工作！这算什么意思？太不公平，太欺负人了吧？

第二天上班，办公室也还只有她一个人。

吴佑斌办公桌上的电话响了。艾静迟疑了一下，走了过去。电话是俞处长打来的。艾静说吴主任不在。俞处长也没问去哪儿了，就说我打他手机。

艾静放下电话，留意看了一下桌上。她发现原先摆在桌上的两本书不见了，放着另外几本书，看书名，有《人体解剖图谱》《法医损伤学》，还有一本书，古代一个叫宋慈的写的《洗冤集录》，都是法医学方面的。忽又看到一旁还有一张白纸，上面用笔草草地写了几行字，像是从书本上抄录的语句，有一段是古文：

验尸并骨伤损处，痕迹未见，用糟、醋泼罨尸首，于露天以新油绢或明油雨伞覆欲见处，迎日隔伞看，痕即见。

艾静不明白了，他原先不是在琢磨苍蝇的吗，怎么又研究起法医学了？

中午吃饭时，她一个人躲在一边，闷头吃着。

小米端着盘子走过来，挨着她坐下，眯着细眼，一脸诡笑，低声说，哎，一个人向隅而食，神情寡淡，好像有点孤独哦？那位姓陆的男同事没在办公室待着，又一个人跑外面去了吧？

艾静不禁吃惊：咦，你怎么知道的？

胖姑娘得意地说，那是。我有内线呢。

小米认识刑警队的一个小伙子，姓狄，自称是神探狄仁杰的后代。用她的话说，小狄近来一直向她献殷勤，一天起码给她打三回电话。说他最近参加一起刑事侦破案，是一桩时隔二十年才查获的杀人案，昨天随队发掘被害者的遗骨。他跟小米说了发掘现场许多有趣的事和细节。小狄告诉她，有个叫陆晓飞的也参与了这次行动。

艾静问，他们在哪儿发现的？

小米说，就在郊外的河口镇啊。怎么，你那位小陆同事没说吗？

他说他在发掘现场，没说在哪儿。艾静悻悻地说，还说要保密呢。人家刑警队的人不照样说出来了吗？

小米说，哎哟，有啥可保密的？这案子市局大院的人差不多都知道了吧。凶手是个女的。小狄在现场见过那个嫌疑人，警车押送过去指认现场的。说是一个弱小的中年女子，四十来岁，看上去很清秀很文静的。事情过去二十年了，她现在来自首，承认是她杀死了那个男人，把他的尸骨埋在自家屋后的竹园里。你说这事怪不？一个瘦小体弱的女人，怎么可能杀死一个身强力壮的大男人？

艾静心里咯噔一下，一个四十多岁的女人，清秀、文静、弱小的身子，会是谁呢？

哎，小米，你听说这个女人叫什么名字吗？

听小狄说，好像姓刘，或是姓楼，他没说清楚。是个单身女人。

河口镇？姓刘？单身女人？不知为什么，艾静脑子里忽地一下就闪过刘槿的面孔。一直单身的刘槿，老家不是在河口镇吗？莫非是她？她怎么可能……杀人？

这天下午，艾静一个人坐在办公室里，冷冷清清的。

她好几次拿起电话，想给陆晓飞打过去，最后还是忍住没打。她走到吴佑斌办公桌前，翻找她早先送去的那些存疑材料。单单何自强失踪的那份材料不在，她想，肯定是列入专门调查了。

她呆呆地坐在椅子上，努力回想那份以前看过一遍的报案材料，当中是否提到过刘槿。有"刘槿"二字吗？好像是有呢。不过，可能写的是刘瑾，或刘谨，不是刘槿……

快到下班时间了，艾静收拾着桌上用物，正准备要走，忽见陆晓飞急匆匆走进来，戴墨镜，背着双肩包，很兴奋的样子。她脱口说，陆晓飞，你跑哪儿去了？

陆晓飞咧开嘴笑起来，我就猜着你快下班了。快快，帮我个忙，给我去买两盒泡面。忙了一天，连午饭都没顾得上吃，肚子饿坏了！

艾静说，你这是干吗？是想让我领你到我家吃饭，故意的吧？真要是嘴馋，想吃我妈包的饺子，就跟我去吧。

陆晓飞摆摆手，不行，今天不行。我有急事。

他快步到办公桌前打开电脑，嘴里说，我急着要写一份勘查犯罪现场的材料，等着上报呢。小艾，麻烦你帮我跑一趟吧。

艾静看出他真是饿了，且急于写材料，赶紧跑出去买了几盒泡面，泡开两盒，端到陆晓飞桌上。想想，又泡一盒，放在自己面前。

陆晓飞果然是饿极了，还没等泡面完全泡软，就不顾烫嘴呼呼啦啦地吃起来，看艾静坐在对面，面前摆了一盒泡面，拿筷子慢慢搅拌着，即说，哎，你怎么不回家？不用陪我。估计我写完这个材料会很晚呢。

艾静不作声，看着他吃泡面，看他吃得热出一脑门汗，扔过去两张面巾纸。

陆晓飞把两碗泡面都吃完了，站起来舒服地伸了伸腰，用纸巾揩着嘴巴，笑着对一直默然看他的艾静说，你怎么还不走？噢，我知道了，是想听我说些什么吧？

艾静故作平静，说，你说不说无所谓，其实我早就知道了。

什么，你都知道了？陆晓飞有点惊讶。

是啊。艾静淡然地说，你们是在河口镇挖被害人遗骨，对不？还有，那个害死何自强的是个身体瘦弱的单身女人，姓刘。你看，你还说保密，我在办公室坐着，什么都知道了。哎，姓陆的，你还能告诉我什么？

啊，你也知道是河口镇的刘槿？陆晓飞越发吃惊了，你是怎么知道的？

刘槿！果真是她……艾静心里忽地一沉。这么说，二十年前，是她杀死了何自强，此事一直隐匿不报，如今她主动自首，成犯罪嫌疑人，将面临刑事法庭审判，有可能因故意杀人而被判死刑。怎么可能呢？刘槿怎么可能杀人？这般柔弱的女人怎么可能那么凶残……

还记得七八年前，她第一次见到刘槿的情景。那年她读初一，初夏的一个周末，她随母亲去河口镇的农家果园摘枇杷，母女俩在河口镇小街上走。不经意间，艾静瞥见街边站着个身着浅蓝色套裙的女子，个子不高，身材匀称，气质很好，言谈举止很优雅，在小街的人丛中有点显眼。母亲也看见那人了，兴奋地大声叫：哎，刘槿，你在这儿啊！

那时刘槿才三十多岁吧，看上去还相当年轻，面容清秀，衣着素雅，说话细声细气的，给艾静留下最初的好印象。刘槿那时还在小学当教师。她很客气，送她们一篮枇杷，又邀请她们去她家坐坐，喝杯茶，歇一会儿。天有点热，人也有点乏，她们就去了。

在小街上走，街边好多人都亲热地跟刘槿打招呼，小槿小槿地叫。连路边大大小小的狗也一个劲地朝她摇尾巴，她还笑着叫着它们各自的名字，小花、阿黄、招财……

艾静对刘槿家那幢老屋有较深印象。竹林间的一幢古旧的屋子，幽静阴凉的厅堂，喝茶用的青瓷杯和旧锡壶，茶分两种，一种是普通绿茶，还有一种是农村自制的"六月霜"茶，味道有点苦。还有，坐在古旧的座椅上，硬硬的，硌得屁股很不舒服……以后这些年，也只见过刘槿两三回。印象中，她一直是那么文静内向，甚至有点怯懦，说话总是很低声的……这样的女人怎么可能杀人？简直不可想象！

陆晓飞没注意艾静的神色，只顾自己说下去，我们在河口镇发掘被害人遗骨时，来了很多附近的村民，现场围了一大圈人，好像有媒体记者。这种新闻肯定传得很快，说不定过两天新闻媒体就会发出来了。现在跟你实说没关系。吴主任一直没告诉你，是因为你和那个犯罪嫌疑人刘槿认识，她以前是你妈的同事，而且你们关系不错。从保密角度考虑，不想让你参与此案，真没有别的意思。

艾静肚里顿然生了怨气，说，你们也是，让我知道了又怎么样？难道我还不知道有纪律，不保守秘密吗？

陆晓飞认真地说，小艾，你不是学刑侦专业的，不懂，刑事侦查期间严守秘密是非常重要的。你知道吴主任为这案子费了多少心力？这可是一桩沉冤二十年的杀人案啊，平常人根本就不可能破得了。他是从一点点蛛丝马迹，找出此案的线索的。是什么，你知道吗？就是那些苍蝇的蛹壳！你想得到吗？犯罪嫌疑人把人杀死后藏在哪里？就掩藏在自家楼上的一大堆稻壳里，这样神不知鬼不觉地藏了整整三年！整具尸体被无数的蛆虫蛀食，一代又一代的蛆虫，无声无息地把尸肉吃掉化解掉，最后成了一副白骨。

艾静果然被惊到了，这是真的？一个人死了，藏在稻壳堆里三年，最后化成白骨，这……可能吗？

是啊，想想也有点不可思议。陆晓飞压低声音，凑近艾静说，你知道，吴主任是怎么弄到这些苍蝇蛹壳的？他是趁刘槿不在时，偷偷从屋子后面的二楼窗台爬进去，弄出半塑料袋蛹壳。这些蛹壳成了最有价值的证据。后来，吴主任当面质问刘槿，她一下就崩溃了。

艾静不敢相信，刘槿她，当真会做这样的事？

起先我也不信，可这是真事，确凿无疑。陆晓飞又说，不过，毕竟杀了人，刘槿有很重的负罪感。她把白骨埋在屋后竹园里，装在一口上好的樟木箱里，死者的衣物等都在，箱子外面还包了几层塑料纸，开启时，箱内干燥，遗骨和其他物品都还保存完好，包括死者的身份证和 BP 机。你相信不？那只 BP 机居然没坏，装上电池还能显示出汉字，能读出以前发送的信息。这让我们的勘查工作便利多了。

这是为什么？艾静想不明白，别人犯罪都把所有证据毁掉的，她还保存得好好的？

陆晓飞说，是啊，我也觉得奇怪呢。吴主任分析，可见她内心一直很悔疚，很矛盾，没准曾多次想过要自首。听说她每年清明和鬼节还给屈死的人烧纸钱，乞求宽恕。那回烧纸留有未烧尽的碎片，露出一点破绽，让吴主任发觉了。小艾，我真是很佩服吴主任，单凭一些蛹壳，还有一点烧纸的碎片，就能破案，查出凶手！这回我有机会参与刑警队侦查工作，也亏得吴主任。知道吗？他跟刑警队方队长关系可不一般，十几年前方队长还是吴主任的助手呢。嘿嘿。

陆晓飞后面几句话，又让艾静心生不满了，朝兴奋地说个不停的陆晓飞投去个白眼，又撇一下嘴，冷冷地说，借用苍蝇的蛹壳查找线索，也不是什么了不起的事，好像早就有这方面专门的技术专著了吧？根本算不得吴主任的独门绝技。再说，他是借着跟她谈恋爱的机会，接近那女人，趁机套出她一些私密事，当中也许还使用了某些不大说得出口的特殊手段吧？

陆晓飞有点吃惊，你怎么知道他跟那个女人谈恋爱？

艾静更恼了，我怎么不知道？还是我和我妈牵的线呢！我们介绍他跟刘槿认识，帮他谈对象。我对这事还特别上心，一次次催他去跟刘槿联络感情，给他出主意，以为他们会结成一对好夫妻。真没想到，他谈对象是假，只是找个借口，目的却是为查他的案子，把我们母女都蒙在鼓里呢！哼，我看他这样做有点不……不够光明正大吧？

啊？陆晓飞愣了一下，又摇摇头，小艾，你不能这么说。你是文科生，完全不懂我们这一行。侦查案情时，必须使用一些特殊手段，这是工作需要。你看过那些谍战片吧，地下工作者为打入敌人内部，取得信任，得用多少手段？假夫妻，假恋爱，不是很多吗？我们警官学院还有一门伪装学专业课呢。主课教授讲伪装学定义时，说它是一门拥有独特技术的应用科学，涉及心理学、行为学及多学科的交叉运用，在实际侦查中有广泛的应用。尤其是深入敌人内部的情报获取，搞特情做卧底的，隐藏伪装有重大作用……

好啦好啦，你就不用给我讲课了！艾静不耐烦地说，你要这样为他辩解，我也没话说了。干这份职业，什么手段都可以用，就没必要考虑别的？借谈朋友的名义，搞秘密侦查，还私入民宅，攀墙入室，有搜查证吗？难道不违反纪律？这样好吗？

陆晓飞想解释又不敢多说，只好嘿嘿干笑，其实……有时候也不得不这样……

反正这种事没什么好炫耀的，我感觉不舒服。艾静气呼呼地坐下，板着脸，不说话了。

陆晓飞偷偷地看一眼艾静的脸，哎，我跟你说，小艾……后来，我们又在物证上有重大发现。你想不想听一下？

艾静眼皮不抬地说，你想说就说吧。

陆晓飞说，昨天，刑警队方队长让我们去刘槿那幢老屋，寻找本案一件重要的物证，击打死者后脑的凶器。法医对白骨进行勘验后认为，死者的颅骨后面有一处凹陷，约八厘米宽，呈内圆形，明显是被击打形成的裂痕，是导致他死亡的主要原因。必须找到这件凶器。如果少了证据链上这一最重要的环节，就无法形成完整的犯罪过程。队长再三叮嘱我们，这是至关重要的事，你们一定要极其认真地检查，找出这个物证，千万不能搞错了！

他看了一眼艾静，发现她的头虽然没转过来，却听得很认真。

我们同去的一组三个人，其中有小狄，就是那个胖胖的喜欢小米的哥们儿。我们一起在那屋的楼上，从早上七点多起，待了整整一天。那上面乱七八糟的，有各种各样的农家用具，锄头、两齿钉耙、扁担、铁锹、粗粗细细的木条，还有一堆散落的长长短短的床挡板。这些东西，从理论上说，都能用来砸伤人，主要看尺寸是否对得上。

艾静慢慢把头转过来：你们找到没有，究竟哪样是真正的凶器？

陆晓飞说，我们三个人，坐在楼板上，把锄头、扁担、床挡板这些东西，比画来比画去，有一把锄头拿来比照一下，锄头后面的铁箍比颅骨上的撞击面略微窄了零点五厘米，小狄坚持说，一定是它。他说锄头的重量，又是铁箍，砸在人后脑，才会有这样的撞击伤，至于头骨内陷的尺寸，只有零点五那点差异，应该不是问题。但是，吴主任坚决否定了小狄的说法，不予采用。

艾静冷冷地说，看来是吴主任法力无边，他在遥控指挥你们。

陆晓飞说，也不是。碰到难题了，是我打电话给吴主任向他求教的。他对我说，比对尺寸不能有丝毫差错，让我们一定要把法医鉴定后的颅骨遭撞击的内陷形状看得非常清楚，必须与它严丝合缝地对上，才能确定为凶器。他要我们扩大思路，不要局限于楼上那些杂物，到别处再找找，整个屋子，包括屋外，都仔细搜索一遍。结果我在楼上的一个角落，一根屋柱子后面找到它了。不知是有意还是无意，它被放在屋柱的后面，隐藏着，一点也看不出来，不仔细找根本发现不了。这是一根挑柴用的木棒，当地人叫它"冲杠"。方队长确认，它才是真正的凶器。

艾静急问，怎么就认定这根木棒是凶器？是合上尺寸了？

陆晓飞用力点头说，对。合上了。比对后，一丝一毫都不差。可以确信，当初凶手就是用这件凶器砸在死者的后脑上，致其颅骨破裂，造成严重内伤，出血致死的。

艾静又问，那么，跟她……刘槿核实过吗？她承认是用这个打的那男人脑袋？

陆晓飞说，方队长让我们去了，我和小狄一起去的。我们拿手机拍下图片，去了一趟看守所。刘槿看过图片，想了一会儿，点头说，想起来了，那时确实拿棍棒样的东西打过何自强……

艾静脸色都变了，你是说，刘槿承认了？她怎么就承认了呢？二十年过去了，她哪里还记得这么清楚？你们不会是用特殊手段，对她进行审讯了吧？

陆晓飞急了，怎么会呢？不是我们逼她说的。真的不是！

艾静不相信似的看着陆晓飞，真不是？

陆晓飞急得脸都红了，真的！我以人格担保不是！对了，我刚才忘了说，我们还在这根木棒上发现了死者细短的头发。这根冲杠是杉木的，外面还留有一点杉树皮，头发是夹在树皮上的。做了 DNA 测定，头发是死者何自强的。这更能证明，这根冲杠确实是凶器，刘槿用它打了死者的头部，造成颅骨破裂，出血至死。证据链完全成立了。

陆晓飞说完，停下来了，两眼看着艾静，看她的反应。

好一会儿，艾静只是呆呆地看着桌上，没说话。

陆晓飞忍不住问，你怎么不说话？还有问题要问吗？

艾静慢慢地摇了摇头。你都说得很清楚、很完整了，没什么可问的了。

她朝陆晓飞苦涩地笑笑，这下刘槿杀人的罪名在你们的不懈努力下，完全成立了。接下去等着她的，就是接受法庭审判，一个杀人犯，重则判死刑，一命抵一命；运气好点，还勉强能保住性命，她这辈子已经完了。

陆晓飞想劝她几句，我听吴主任说，这个案子有减轻罪责的情节，找个好律师或许有可能……

艾静并不听他说，缓慢地站起来，头也不回地走了。

艾静一回家，就把自己关进卧房，晚饭都不出来吃。她妈有点急，问了两次，艾静没开门，在房里回答说，肚子不舒服，不想吃，睡了。夜深时，她妈又过来敲门，叫她起来吃点东西，说饿着肚子睡觉，会伤胃的。艾静不作声，也不开门。她妈隔门小声问，出什么事了？是不是跟小陆……闹意见了？

艾静在房间里大声说，我跟他没关系，也没闹意见！

第二天上班，艾静心情依然很糟。办公室仍然只有她一个人，感觉空气沉闷得要命。她默然做事，也没人可说话，肚里积了越来越多的怨气，像在酒缸里酿了多日的红曲酒，憋不住要往上翻气泡了。

这时，俞处长进来了，手上端着茶杯，很悠闲的样子，又想寻吴佑斌闲聊？

艾静没好气地说，他不在。好几天了，都在外面忙事呢。

俞处长说，那个何自强失踪案不是已经交刑警队去办了吗？前期侦查都快结束了，他还忙个什么？

艾静说，这回不一样。为这桩大案子，吴主任费了这么大气力，眼下是最紧要关口，还能歇得下来？这回肯定是要立大功了。

噢？俞处长有点疑惑，小艾，你这话怎么说？

艾静冷声说，俞处长你不知道吗？吴主任这次是经过长期伪装潜伏才破了案的。他假装跟女嫌疑人谈恋爱，谈了很长时间，都快谈婚论嫁了，她家老屋也去侦查过，还趁她不在家，爬墙上二楼，闯进屋里找到最关键的物证。这才戳破嫌疑人的巧妙伪装，找到线索，把这个沉积二十年的案子给破了。多不容易啊，还能不立大功，是吧？

你是说，他跟那个女嫌疑人谈恋爱，还私自爬墙进屋？俞处长脸上没了笑意，小艾，真有这事吗？

艾静没好气地说，俞处长你真健忘！当初还是你让我帮他找对象的呢！那个名叫刘槿的女嫌疑人原是我妈的同事，我们介绍他们俩认识的。假谈恋爱真探案，听说这就是刑侦专业的伪装学？我看吴主任的伪装学学得超级棒呢，一下就把一个积年大案给破了呢。很了不起吧？

俞处长神情严肃起来，小艾，这件事你给我详细说说，到底怎么回事？

艾静把她所知道的吴佑斌与刘槿交往的那些事一下全说了。

隔天早上，难得办公室三个人都在。吴佑斌走过来，像往常那样向两个属下布置近期工作：小陆有外派任务，有情况要及时汇报；小艾嘛，继续做好整理材料的工作。他说话还是那种四平八稳、不温不火的语调，脸上也看不出一丝异样的神情。

艾静看着他，没说话。她肚里的怨气又鼓了起来，心想到这时候了，还不对我说那件事，不提她的名字。你可真能保密，真能装啊！这不会也是伪装学吧？她怕自己憋不住火，把头扭过去，哼，这种人，不想多看他！

没一会儿，陆晓飞戴着墨镜，背着双肩包，朝她潇洒地摆摆手，迈着轻松有力的步伐，执行他的"外派任务"去了。办公室就剩下艾静和吴佑斌两人。除了偶尔翻动纸张的窸窣声，再没别的响动。这种沉寂让艾静感到窒息般难受。但她心里暗暗发狠，决不主动跟他说话，决不！

那边，吴佑斌坐那儿不停地翻阅桌前的那堆书，有时会凝神沉思片刻，然后再埋头下去。许久，或是乏力了，眼睛看酸了，他站起来，默然看着窗外，像往常那样，搓一搓手，再呆呆地看好一阵。

艾静朝那边瞄去一眼，心里愤然想，哼，案子全都弄清楚了，该很开心了，何必还站在那儿装模作样地看外面，装深沉？真不知道肚里想些什么！

忽然听他在叫她，小艾，你过来一下。

她愣了一下，有点不相信似的朝那边看，他的目光是朝向她的，还招了一下手。

艾静没有应声，好一会儿，才慢慢站起来，一步一步挪过去。站在那张桌子前，她眼睛也没看他，低垂着，说，叫我，有什么事？

吴佑斌说，你应该已经听说那件事了吧？

她说，什么事？她的头还是低着没动。

就是……刘槿的事。你不会还不知道吧？

艾静把头抬起来，眼睛直直地看着吴佑斌：你说呢，吴主任？恐怕整个市局大院，连门卫大叔都知道刘槿杀人这桩大案奇案了！我就是聋了瞎了，多少也该知道一些吧？

吴佑斌好像没有听出她话里露骨的讥嘲味，依然语气平静地说，知道了，我就不多说了。这几天我和小陆都在忙这案子。嗯，是这样，那天刘槿去自首，走得急，她只有身上穿的那一套衣裳，没有替换的。你大概也知道，她身边没有亲人，我不知道她还有没有别的亲戚朋友。你看，能不能跟你妈说说，给刘槿找两套换洗衣裳送去？

没想到吴佑斌说的是这事，艾静一下愣住了。

吴佑斌又说，她现在人在看守所。这种性质的疑犯一般是不让亲友探视的，不过托带衣裳是允许的。小艾，这件事，你们可以吗？

虽说是他提出来的，但这事能拒绝吗？艾静心里郁闷，也只好点了点头。

下班回家，艾静跟她妈简短说了刘槿的案子，又说，案情已经查清了，估计用不了多久就会开庭审判。艾静妈白天已听同事讲起，刘槿出事了，是杀人罪，把她吓得不轻，再听女儿这样一说，越发地伤感、难受。她叹着气说，真想不到刘槿会出事，怎么会这样呢？唉，好好的一个人，怎么会出这种事？我真是想不通！那么柔弱的一个女人，怎么可能杀人？其中一定有原因的，一定的……

艾静口气生硬地说，什么原因，那不是你瞎猜能猜到的。查清案情真相，有专业的刑警队呢，他们这些天都忙着现场勘查，陆晓飞整天在忙这件事，找罪证，审问嫌疑犯，忙得不得了呢。还有我们中心那位深藏不露的吴主任，这次破案全靠他。假装谈恋爱，把刘槿哄得团团转，终于打开缺口，刺破她深藏多年的秘密，破了这桩大案。

艾静妈直勾勾地看着女儿，还没转过神来，你说什么？吴主任假装谈恋爱，骗了刘槿……他们不是好好在谈恋爱的吗？

妈，你是外行，这里的奥秘你不懂！艾静没好气地说，这是他们干刑警的侦查手段，叫伪装学。好了，不跟你说这些，你赶紧找找，有没有给刘槿穿的合适衣裳，没有的话，我去买几件来。明天就送过去。

　　噢，我马上找衣裳，外面穿的，还有内衣裤也要有的。

刘槿她怎么会落到这种地步……唉，真作孽啊！

20

走进这扇乌黑的铁门，听到身后哐当作响的关门声，她便想，从此将与外面的世界隔绝，再也出不去了。不知为什么，自从进了这地方，她内心反倒踏实了。如同一锅被柴火久久烧着的滚水，突然撤了火，很快平复了，澄净了。

睡了几天坚硬冰凉的铺板，慢慢适应了，躺下过会儿也能安然睡去。清早醒来，从小小的窗口望见外面的绿树和蓝天，偶尔，还能看见一两只小鸟在细长的树枝上，欢快地跳跃着，啁啾几声，她眉眼间会流溢出欣然之色，有一丝舒坦畅亮的感觉。

同在一个房间的几个女人，年岁不同，胖瘦不一，衣着各异，来自各社会阶层。彼此间偶有交谈，也只是简单问问哪儿的人，家里还有谁，等等。有关各人的案情，谁都不问，也不说。

她绝少主动与别人交谈，问她会有什么人来探望，她摇头说，不会的。我只是一个人，什么亲人也没有。别人都用同情的目光看她、揣摩她，奇怪，这个身材娇小、面容清秀的女人，居然连个亲人都没有。更奇怪的是，进了这种地方，还能保持着如此平静的心态，吃得下，睡得着，也没见她脸上有多少忧愁，更别说看到她流泪哭泣了。

连着提审了几次。起初，怕得要命，心慌得很，腿肚子都软了，答话时，声音颤抖着，说不完整一句话。再去，又再去，渐渐不胆怯了。问什么，答什么，这样那样，这事那事，该说的都说了。然后，签字，用食指蘸了鲜红的印泥，在审讯记录上按手印，按一个，再按一个。那些人对她不凶，有时还很客气，对她微笑，问她口渴不，给她递来一杯温水。有一次还问她要不要抽烟，她谢绝了。

一次次提审，让她不适的，是不得不一再地回想起那些事。至少提审后这天晚上，她会睡不踏实，闭上眼睛，脑子里没来由地蹿出一幕幕令她痛苦不堪的情景。虽说二十年过去了，那些情景还是淡忘不了，像被揭去青苔的摩崖石刻，顿然显露无遗。

大冷天被剥光了衣裳，冰凉的光身子直直地倒在稻壳上，后背光滑的肌肤与粗糙的稻壳剧烈摩擦，有种难以忍受的刺痛，还有濒死的恐惧与绝望！想到母亲当年被强行奸污，赤裸的后腰生硬地硌在柜台上，下体淌出的血滴落在玻璃挡板上，想必也是这么痛苦绝望吧？那时脑子里如鹰鹫般久久盘旋着一个念头：与其这样痛苦绝望，还不如死了的好！

被发了疯的恶魔般的男人死死按在稻壳堆里，遭受百般蹂躏，连哭叫声都发不出！那一刻她确信自己要死了。施暴者铁硬的手腕紧紧地扼在她的脖颈上，令她无法呼吸，几近窒息。挣扎呼叫时，细碎的稻壳不时落进口腔，令她止不住地急咳、干呕。她想自己很快就会窒息死去，甚至想到死后那不堪入目的丑状：像一条被剥了皮的死狗，袒胸露肚，摊展四肢，躺在稻壳堆里，头发像荒草般散乱着，嘴角歪扯，两眼圆睁，直直地瞪着漆黑的屋顶……她不能确定最痛苦这一时刻究竟要延续多久，到后来差不多已至昏厥，视觉与听觉都处于麻木状态，连伏在她身上的施暴者野兽般的吼叫与喘息声也听不见了。

或许有那一记钝重的击打声，她没听到，只是忽然感觉身上那沉重的压力一下就没了，即听到那恶魔长长的一声号叫，然后是父亲的狂吼，你在干吗？你这个畜生！你竟敢这样恶弄我女儿……

此后好一阵子，她仍如死了一般软瘫在稻壳堆里，整个人是麻木的，几乎失去意识，只是睁着眼睛，呆呆地看着。两个浑身充满酒气的强壮男人扭在一起，四只胳膊叉在一起，四只脚杂乱地蹬着地板，噔噔作响，两人嘴里都不停地咒骂，朝对方喷着唾沫口水。而后，两人又咚咚两声，重重地摔倒在地板上。年轻力壮的那个很快又占据上风，翻身骑在对手身上，一只手卡在对手脖颈上，一只手猛地砸拳头，嘴里还大声咒骂着。

这时，她的听觉恢复了，听到父亲嘶哑着喉咙急叫，小槿，小槿，还不来帮我？打这个畜生！快打他，打他呀！

父亲的喊叫又催醒了她的知觉。她费力地从稻壳堆里坐起来。借着从房间里透出的微弱亮光，她看到被按倒的父亲在作无助的挣扎，两手费力地拉扯骑在身上那家伙，嘴里叫着，小槿，小槿，快来帮我……她努力站起来，摇晃着身子走过去。父亲看见她，更大声地叫喊着，快帮我，打他，打呀！打死这害人的畜生，小槿你快打呀……

那个人，是强行奸污她的畜生，是把她按进稻壳堆害她差点窒息死去的恶魔呀！

她恨得浑身颤抖，就近有一堆乱七八糟的棍棒，她随手抓起一根，就朝那个恶魔用力打去，打了几下，也不知打着哪儿。那家伙手摸着头，扭过脸朝她大声吼叫，你个臭婊子还敢打我？看我不弄死你！他猛地站起来，饿虎扑食般伸手朝她扑过来，她吓坏了，扔开手中之物想逃。那人没防备下面的裤是脱落的，一下绊着脚，又直直地扑倒了。父亲趁机猛地一扑，把那人死命地按住，将自己整个身体压上去，双手紧紧压住他的手臂，又急叫着，小槿，快，快打他，快打！对，找根绳子把他捆起来，快点呀！她听着父亲不断的喊叫，拿起家伙去打，想想又把手中家伙丢开，去找绳索，可是，黑咕隆咚的，哪里找得着绳子？

那人的身子和手被压着，很不甘心，野兽般吼叫着，拼命挣脱，屁股用力往上拱，两只脚死劲乱蹬乱踢。父亲快按不住了，又大叫，小槿，小槿你快来压住他的两只脚，快点，我压不住了！她赶紧扑过去，用尽全力把那恶魔两条光溜溜的腿脚压住，不让它乱踢。父亲还在一声声叫喊，用力压住！别松手，让他翻过身来，我们都要死在他手里了！她将整个身体扑上去，死命地压着那两条腿。她仍感觉难以制伏，又把脑袋抵压上去，张开嘴，恨恨地将牙咬在那人酸臭的皮肉上！

被他们父女死死压着，那人不停地喊叫、咒骂，楼板被脚踢着蹬着，咚咚乱响……忽然，她觉出，压在身下的两条腿一下子不动了，不再蹬踢，猝然软塌下来，也听不到叫喊与咒骂声了。

过了很久，确定这个作恶的男人已经死了，她整个人都软瘫了，一动也不能动了。

深夜里，四周如死一般寂静。她把自己浸泡在厨房那只大木盆里，泡了很久，水都凉透了。她觉得自己像一条被甩上岸散发着臭味的死鱼，怎么洗也洗不干净了。忽然，她一直浑浑噩噩的脑袋闪电似的亮出一道亮白的缝隙，哎呀，那人死了，我们杀人了！

她从木盆里爬起来，裹着毛巾被的身子哆嗦不已。她喃喃地对父亲说，闯大祸了，我把他打死了，只好去自首，去抵命了。

父亲坚决阻止了她，不行，不能去自首！那样的话，我们两个都完了。以命抵命，打死了人，我会坐牢，你可能会被枪毙。我已活了大半辈子，无所谓了，小槿你还这么年轻，生活才刚刚开始啊！你清清白白一个姑娘，被这么个无赖害成这样，还要为他承担死罪，犯不着啊！

父亲说他已想出隐瞒此事的办法，让她什么也别管，一切由他处理。

天还没亮，父亲外出了，手上拎一个黑皮包。她被父亲关在屋里，门外一把大锁。父亲叮嘱她，把门闩顶上！谁来也别开门，千万别出声，别让人看见。

被锁在家中这三天，她整个人处在浑浑噩噩之中，什么也吃不下，也睡不着，只在厅堂边一张躺椅上瘫着，默然发呆。她再没踏上楼板一步。已死的恶棍被父亲掩埋在稻壳堆里。要上楼去她的房间，须经过那堆突起的稻壳，她不敢去，也不想去。

屋外，白天不时地听到有脚步声。有人走来，找她，或找她父亲。他们看到大门上的那把锁，以为他们父女外出办事，或走亲戚去了，没推门，也没朝里面看，掉头走了。

第三天晚上，父亲回来了，打开门上的大锁，拖着滞重的脚步走进屋里。他站在女儿面前，简短地说了一句，好了，去了一趟 S 市，都处理完了。

她轻声问，为什么去那儿？你做了什么事？

父亲从口袋里掏出一个 BP 机，放在桌上，说，我用他的 BP 机在那边发了几条信息，他的亲戚朋友相信他已在那边了。这样就不会再过来找你麻烦了。

她呆呆地望着那只黑黑的四方形的 BP 机，又问一声，爸，以后怎么办？

父亲说，以后就当没事一样。记着，一定要振作起精神。明天早上，你要出门去见人，去学校见校长见同事，见小学生。碰到任何人，你都要主动打招呼，脸上要笑出来，要笑得自然。懂吗？

她惊愕地退了半步，摇了摇头，颤声说，我做不到，我不敢见人，见不得人了……

父亲一下子暴怒起来，吼道，你还要怎样？我是拼了老

命把事情处理完了，你还这副死相，你是存心要我去挨枪子
儿，要我去死吗？你这死丫头，生你出来做啥？我老都老了，
还要为你吃这种苦、遭这样的罪，你对得起我吗？

　　以往见多了父亲的暴怒，听多了他的责骂，她总是怀着
敌意和无视，甚至鄙视这样的暴怒与责骂，报以冷脸冷言，
这回，忽然发觉面前这头发花白、体态臃肿的男人，已显见
老迈，有点可怜相。是啊，这次的事本不是他的过错，祸水
原是她引来的呀！他是父亲，看到自己女儿被外人如此凌辱，
才不管不顾拼上一条老命……

　　她低声说，爸，你别激动，坐下。我去给你端洗脚水，
洗一洗，早点休息，好好睡一觉。好吗？

　　父亲听她的话，不再吼了，默然坐下，语气沉沉地说，
在外面奔了几天，累死了。我想喝点酒，解解乏。他又站起
来，走进里屋，双手捧出一个小酒坛。

　　三斤装十年醇加饭酒，盛在漂亮的青花瓷坛子里，过年
时朋友送来的。白壳碗倒上大半碗，一口就喝下近一半。她
在旁边看着，担心地说，爸，你慢点喝。我去炒两个菜。父
亲不搭理她，咕噜，又是一大口。碗底空了，端起酒坛再倒。
等她端来两样热菜，一坛酒已喝了大半。

　　而后，她扶着面色赤红脚步踉跄的父亲去楼下他的房间。
人已醉得厉害，一百七八十斤的笨重身子挨着床边，即沉甸

甸倒下，咚的一声闷响。她有点担心，说我去给你泡杯浓茶来，喝下去解解酒。她端了茶杯过来，发觉父亲已呼呼睡去，脸面还那么赤红，喉头发出不匀称的咕噜咕噜的声响。

她不敢上楼，搬了躺椅过来，挨着父亲的床边躺着。几天几夜都没合眼，这一夜身边有人，她总算睡着了。天快亮时，她忽然被一种奇怪的声响惊醒过来，睁开眼睛，看到床上的父亲喉咙发出垂死的老狗般的低吼声，两只手茫然地在空中抓挠。她一下子跳起来，喊叫着，爸，爸，你怎么了？做噩梦吗？

开了灯，再看床上那人，发觉不对劲，脸面呈黑红色，嘴巴已扭歪，两眼直瞪瞪的，像两颗死田螺肉。叫他也不应，问他也不答，想扶他起来，身子重得像块巨石，根本搬不动。她大惊失色，父亲这是突发重病了！

她什么都顾不得了，披散着头发奔出屋门，大声喊叫着往镇上跑去。一小时后，被诊断为严重脑溢血的父亲已躺在市中心医院的重症监护室。医生语气凝重地对她说，能不能保住性命，就看这几天了，随即递过来一张病危通知单。

此后，她唯一的工作就是夜以继日地守在重症监护室外，一次次听从医嘱，拿着各种单子在医院这里那里的窗口跑，付钱，取药。那些天，她没吃过一顿像样的饭，也没睡过一个囫囵觉，人瘦下去不止一圈。难熬的日子里，重症监护室前来过不少人，同事、朋友，都是来探望她父亲病情，向她表示同情与慰问的。

唯有一个人例外。

记不清哪天，来了一个三十来岁的陌生女人。外面下着小雨，被斜飞的雨水弄湿了头发和半边衣衫的女人，慢慢走过来，站在她跟前。陌生女人脸上神情郁结，目光迟滞地看她好一会儿，问了一声，你是刘槿？你见过我弟弟何自强吗？

那时她手中攥着医生刚开出的病危通知单。身后，重症监护室里，医生正在对濒临死亡的父亲实施紧急抢救。痛苦和绝望像崩塌的冰雪似的紧裹着她。就差那么一点点，她就把那句话说出口，他死了，在我家里。可是最后她嘴里涩涩流出的话音却是，他……快死了，我爸……

陌生女人没听到她想要的回答，等了一会儿，慢慢转身走开，没再转回来。

以后大半年时间，他们父女辗转于城里多家大医院。父亲的命算是保住了，人已完全废了，瘫在床上不能动弹，不会说话，头脑里一团糨糊，除了要吃要喝，大声喊叫，其他什么也不知道了。

这期间，她仅回过老屋两次。头一回去时，清明节刚过，天气热了起来。离老屋还有一段路，她就闻到有难闻的臭味。她一下就猜出那是什么气味。走近老屋，那臭味更重，像冬日浓雾般迷漫过来。等进了屋里，恶臭竟如巨浪般扑面而至，几乎把她熏昏过去。她害怕极了，不敢想象楼上会是怎样的一种可怕情状。她用毛巾掩着口鼻，在楼下匆匆拿了几样急用的物品，逃命似的离开了屋子。

六月，滴滴答答雨下个不停的梅雨季节。治病的钱用完了，她不得不再回老屋，寻找父亲放在房间里的存折。战战兢兢走近老屋，那难闻气味似乎没了，但她发觉眼前不时地掠过一些乱飞乱撞的小虫子。越走近老屋，这东西越多，在青翠的竹林里，在木槿树的绿叶鲜花间，都有它们可疑的身影！当她打开房门，一脚踏进屋内，发觉厅堂内竟有成千上万只这样的小虫子在飞在撞！地上落满了这些小东西的僵尸，密密麻麻的，那么多，几乎使她难以插足！她认出来，这是苍蝇，就是以往在粪池边污水沟旁常见的绿头苍蝇。一刹那，她的脑子里莫名地掠过四个黑色大字："阴魂不散"！

这是怎样的一种以恶对恶的轮回报应啊！先是那个人粗暴地强奸了她，将她逼到绝境，而后她和父亲又联手强行剥夺了他的生命。这样的起因与结局，这样的命运对换，合情合理吗？公平吗？以恶治恶，孰是孰非？罪与恶，如何分辨？罪孽与惩罚，对内心灵魂不竭地敲打叩问，为恶行追悔赎罪，又何时是个头？

实际上，自那以后所有的日子，负罪感就像一条痛苦与罪罚交织着的长长绳索，永无止境地紧紧勒在她的脖颈上，使她难有片刻的轻松、欢愉。白天，在学校，面对那些纯真无邪的孩子，她不得不努力保持平静的神态，脸上勉强挣出一点笑容。晚上回家，在这幢幽深的老屋里，持续展演着这样的可怖场面：楼下，房间里躺着瘫了身体失去理智的父亲，除了嗷嗷叫着要吃要喝，其他什么也不知道；楼上，那堆稻壳里，是被无数蛆虫无声吞噬着的一具腐烂如泥的死尸……她就在这样的环境中一天天地活着，这是怎样的一种生不如死备受煎熬的日子啊！

许多个夜晚，躺在父亲病榻边的小床上，她两眼直瞪瞪地望着头顶上漆黑的楼板，彻夜难眠。她不止一次地想，与其这样如置身地狱般地活着、煎熬着，不如明天一早就去公安局自首，说出一切……然而，天还没亮，就被病榻上父亲的哼哼唧唧的叫声催起，得给他弄吃的，还得换掉铺在身下让夜间的屎尿弄脏的布垫子，忙完后，得赶紧去学校，今天要为全班几十个学生上考试前的辅导课……

三年后，她把楼上稻壳里的一副枯骨收捡起来，用木箱盛着，趁着夜黑埋在屋后的竹园里。又熬过多年，把终于老死的父亲送至墓地。她以为从此可以轻松了。但这时，她发觉自己不再是早先那个心里盛着美好憧憬与远大理想的年轻教师，再也回不去那些无忧无虑的快活时光，再不会有曾经的青春岁月，并且，悔恨和负罪感无时无刻不压迫着她的内心与神经，久久不得解脱。从此，她心如槁木，不复苏醒。

直到有一天，遇上一个男人。他悄然侵入了她封闭已久的内心，窥探了她居住的老屋，察觉了她掩藏多年的秘密。唉，不知该怨恨他，还是该感激他……

看守打开门，探头进来对她说，有会见。你准备一下，马上出去。

她脑子里忽然嗡地一响。是谁？谁会来看她？她在这世上没有亲人了，连远亲都没有。莫非是他？他会来看她吗？

走进会见室，她看到来的是个陌生男人。五十多岁，个头不高，平头，头发花白，西装革履，手上提一个漆黑的皮包。他自我介绍是律师，姓金，是金册律师事务所主任。此前他们律所已与她达成书面委托协议，愿免费为她作刑事辩护。今天是来与她讨论案情，还要商量其他一些事。

她说，我的案子，前前后后，都已经说过，说好几遍了。还要说吗？

金律师说，不是让你把事情再说一遍。审讯案卷我都看过了。我发现其中存在一些疑点，还想再问你，以便核实清楚。这样在庭审辩护时，可以向法官提出来，或许会对你有利。请你一定如实告诉我。每一句都要真实，不能作假，好吗？

你真能帮我？她迟疑地看着对方，那我先问你一句话，你也一定要对我说实话。

好的。我一定不骗你。

你说，会判我死罪吗？问了这话，她的脸上即紧张地抽搐了一下。

金律师看着她，说，我现在不能确切地回答你这个问题。你有罪，这是肯定的，杀人偿命，在我国是一种难以改变的民情，法律上也有相应的条例。但我认为，你犯的罪即使很重，也存有一定尺度的宽大条件：死者跑到你家来闹事，还强奸了你；你主动到公安机关坦白，又积极配合查案。这些有利于减轻你的罪责。请原谅，我现在不能跟当事人说太多承诺的话。希望我们能很好地配合，做好庭前准备工作。

她脸上仍有疑色，看着对面的陌生男人。

你还想问什么，请直说吧。金律师和气地说。

她问，你们律师不是也要赚钱吗？为什么你要免费为我作辩护？这不是亏了吗？

金律师微微一笑，这问题不难解释。我们律所可以作无偿辩护，这是法律允许的，政府也鼓励这样。以前我们也这样做过，不止一次了。你这个案子社会影响大，从案情实质分析具有一定的教案意义，我们如果通过努力，做出很好的庭审辩护，为当事人争取到应有的公正权利，那么律所的社会知名度会提升，在同业中也会受到敬重与褒誉。这或许比拿到钱更好。

就没有别的原因吗？

你是指什么？

她迟疑了一下，还是把话说了出来：比如，有什么人请你……帮忙？

金律师笑了笑，你的意思我懂了。如果你心里为此不踏实的话，我可以告诉你实话，确实有人。他是我一个认识多年的朋友，我们相互很信任。是他先找的我，请我为你的案子做辩护。我觉得这个案子确实适合我们律所来办，就答应了。

他没说他……和我有什么关系？

没有。金律师说，可能他不愿意让人知道吧。所以，我暂时也不能告诉你他的名字。

她一下就明白了。

她确信，一定是他。只会是他了。

她想着，那天夜里，他的神情，是以往从未见过的。虽是在暗夜中，光线很弱，仍能看出他的眼神，那么犀利，那么威严。他说话时语气坚决而不可违抗，瞬间击溃了她内心脆弱的防线。如开了闸似的，她很快向他说了所有的事。他问得很细，事情从开始至结束的整个过程，包括重要的环节，某些特别的细节。最后，他对她说，记住，你一定要如实讲述，不能有任何隐瞒和假话，绝不能有！

后来，天渐渐亮起。他领她走出那幢尚处于沉寂昏蒙中的老屋，坐进他的"现代"车。他开车把她带进城，"现代"车行驶在清晨尚无很多行人的街区，拐了几个弯，在一座前面有岗亭的大门不远处，停下了。

他让她下车，直朝那大门走去。

他坐在车上，再一次对她说，你一定要讲实话，不能有任何隐瞒！

21

茶馆在一幢大楼的二层，很典雅的装饰，古旧的牌匾，老式的窗棂，檀木雕的佛像，还有不知从哪儿飘溢出来的阵阵幽香，文化气息很浓郁。

吴佑斌很少进这样的场所，走进去时脚步有点迟疑。有个身着旗袍眉眼清秀的姑娘引他走进一个小间。预约见面的金律师已在那儿了，正起身迎向他。

他们已见过不止一次，今天见面只简短问候一下，即双双落座，小声交谈起来。

少时，另一位来客出现了。严格说，是两位，有人陪着一起来的。

来客是季伯伯，陪的是他女儿。

吴佑斌起身相迎，向季伯伯伸出手。

季伯伯站在门口不动，神情肃然，缩着手，满脸疑惑地打量着吴佑斌：真是你？小吴……吴佑斌，是你请我过来的？

是的，季伯伯。吴佑斌点头说，我请你过来商量点事。还有，见见这位金律师。他是为刘槿作刑事辩护的专业律师。请你来，是希望你能尽力帮她，我是说帮刘槿。

季伯伯看看一旁的金律师，律师也请来了？小槿的事，你们都清楚是吧？这都是真的？二十年前，她杀了人，真是这样吗？

吴佑斌说，季伯伯，我不知道外面传得怎么样，也许传得过分些。我只能说，她牵涉一桩杀人案件。至于她在这个案件中承担什么罪责，还没开庭，现在都还不好说。

季家女儿把父亲扶到椅子上坐着，转过身来，愤愤地说，这件事在我们河口镇传得沸沸扬扬，有些话说得很吓人，很难听，好像小槿姐是杀人不眨眼的女魔头！还有，媒体的人居然寻到我们家来打探，问这问那，当我们是帮凶了，把我爸气得……我爸心脏病都犯了，昨天还在医院输液呢。

吴佑斌搓了搓手，歉然地说，对不起季伯伯，我不知道你生病了。

季伯伯的气色确实不好，嘴唇也是暗紫的，说话声音低哑，语气沉滞：吴佑斌，你对我说句实话，小槿她，到底犯了什么罪，真是她杀了那个人吗？

季家女儿说，我们镇上人都说，那男人不是好东西！他欺负小槿姐……死得活该！

吴佑斌迟疑着：这个，详细案情我现在还不能说……

那么，有句话我还想问你，请你直说。季伯伯两眼直直看着吴佑斌，我听说，小槿这事，是你最先告发的，真是这样吗？

季家女儿生硬地插一句，他们还说，你是公安局的卧底，假装跟她谈恋爱，目的是查她的底细。是不是这样？

季伯伯又冷冷地问，你说实话，你跟她，到底是什么关系？

吴佑斌愣了一会儿，轻声说，季伯伯，这件事看你怎么理解了。你知道的，我是警察，我认为我必须这么做，这是我的职责。你一定还记得那天晚上，我们谈完了卖老屋的事，很高兴，又一起喝酒。后来，就在那幢老屋，我和刘槿谈到那件事，谈了很久。她没有隐瞒，把实情全都说了。她愿意自首。第二天一早，是我开车送她去公安局自首的。这样主动坦白，说出全部真相，对刘槿来说，也是一种真正意义上的解脱。这件事的过程大致就这样。我说的是实话。

季伯伯呆了好一会儿，长叹一声，不是不报，时辰没到……欠债还钱，杀人偿命，小槿这回恐怕连命都保不住了……

吴佑斌说，季伯伯，你请坐下，歇会儿。等会儿可以让金律师跟你大概说一下她的案情。现在我想先跟你谈谈，有关那幢老屋的事。

老屋？怎么又有事了？季伯伯一脸惊惶。

不是老屋有什么事，我是说，上次说的卖老屋的事，季伯伯能不能还帮着做下去？

季家女儿说，刘槿这幢老屋，还要卖？能卖吗？

这房子是她家的私产，可以卖。吴佑斌说。

季伯伯看着吴佑斌，疑惑地问，我想知道，卖老屋的意图是什么？

一直没有介入谈话的金律师这时插话进来了。

这是我提出来的一个想法。刘槿这案子，现在是刑事诉讼阶段，接着还会附带民事诉讼，也就是对死者的赔偿。这会是一笔不小的数目。季老先生，我听说，刘槿正准备出售她家老屋，价格也比较合适。如果有这笔钱，可以帮刘槿在附带民事诉讼时比较主动。换句话说，在民事赔偿上多作让步，取得被害方的谅解，在刑事审理上可能会少一些压力。我们，我和吴佑斌，已经跟那边亲属做过沟通，效果还不错。

季伯伯沉吟一会儿，微微点头，你们的意思，我明白了。拿钱换命，是吧？

也不完全是。金律师说，你设身处地想想，毕竟死了人，二十年了，音信全无，死者的老母亲忧伤过度，也过早去世了，做出合理赔偿是应该的。这事我去看守所跟刘槿谈过，她愿意赔偿，也出具了书面委托书。她说她很信任季老先生，希望你能帮她。

吴佑斌急切地说，季伯伯，这事很重要，也很急。这个案子社会影响大，上面要求尽快审理结案，也许过不了多久就会开庭，晚了就来不及了。希望你能倾力相助！

季伯伯的目光掠过金律师，又落在吴佑斌身上，缓缓地说，小槿落到这个地步，我当然很想帮她。你们说，她信任我，可是，我又能信任谁？小槿就这点祖传的家产，卖了是一大笔钱啊。我能相信你们吗？

季家女儿两眼盯着吴佑斌，就是啊，让我们怎么相信你呢？你把她送进了公安局，说不定还会判她死罪，现在又要卖她的屋子，别人会怎么说？我们会怎么想？你说呢？

吴佑斌一下愣住了，两只手捏在一起，说不出话来。

22

　　3号法庭内空间不大，旁听席只有七八排椅子，分左右两侧，可坐几十人。艾静和小米来晚了，前排大多坐了人。还没开庭，主角们——法官、公诉人和被告人都还没进入法庭。旁听席前排那些人，有的东张西望，有的小声说着话，法庭内嗡嗡作响。

　　小米拉着艾静在后排右侧的边上悄然坐下，轻声说，这里好，早点走的话没人注意。

　　艾静朝前面张望一番，很快看到了几张熟面孔。她妈和两个女同事在人群中，正交头接耳议论着什么。小米也看到她熟悉的人，凑在艾静耳边说了一下，用手指了指前几排当中一个圆脸男青年，那就是小狄，狄仁杰的后代。艾静捂嘴一笑，说，你们两人还真般配呢。

　　小米又指给她看，前排坐着那位西装革履的是金律师，给刘槿作刑事辩护的。

小米站直了身子四下张望一通，疑惑地说，怎么没见着你那位男同事，陆晓飞？

艾静撇了撇嘴，喊，你管他呢。

小米扮出惊讶的脸色，说，什么意思？你这种不友好态度，你们……闹意见了？

艾静故意把话岔开，对了，还有一个很重要的人物没看见呢。我们中心的那位吴主任，好像没见着他坐在哪儿吧？这回他是立大功的，看不见他，有点奇怪吧？

小米仔细扫视了一圈，是啊，怎么没见他呢？这回破案立大功的人，怎么不亲自来法庭看审案？小艾，你们这个吴主任，脾气有点特别吧？

艾静正要说什么，法警摇响了手铃。

法庭下的旁听席一阵躁动，是法官、陪审员、公诉人等陆续出来了。

小米轻声说，马上就开庭了。

法庭上方的座席上，一干人先后坐定。主审法官简短讲了几句话。接着法警宣读完法庭有关规则，随即高声传被告人出庭。

被告人出来时，下面旁听席又是一阵躁动，坐在后排的有不少人站起来了，认识她的，不认识她的，都想看看这个杀了人的女嫌犯，到法庭上是怎么个模样。

艾静也忍不住站了起来。在后排，隔得有点远，室内灯光不太亮，不太看得清。身着棕黄色囚服的刘槿，缓慢地走了出来，一旁高大壮实的法警，越显得她的弱小。她略微低着头，眼眉也是低垂的，不朝人群中看一眼，在法警的引导下，走至被告席。从身后看去，她头发梳理整洁，长发绾在脑后成扁圆的发髻，用一支米色长形发卡扎着。

一项项开庭程序后，接着是公诉人宣读起诉书。

三十来岁的女公诉人站在公诉人席前，短发齐颈，身材不高，一身制服，看上去精明干练，且眉眼清俊，声音脆亮，把一份起诉书读得慷慨激昂，很有感染力。读到犯罪过程时，下面有人啧啧作声，有人发出愤言，真看不出来，这个女人这么凶狠！该枪毙……还有人在低声哭泣。小米说，哭的那人是何自强的姐姐。

艾静看着大声读起诉书的女公诉人，忽觉此人跟刘槿有几分相似，那脸形、眉眼，还有身材，当然，说话声音和精神气质完全不同。听完这份读了将近十分钟的起诉书，她觉得有些不对劲，可也说不出不对在哪儿，问小米，你怎么看？

小米很有把握地说，这份起诉书，我估计律师主要会从两个方面提出异议，出事时刘槿与何自强是否存在着恋人关系，还有就是对刘槿犯罪的性质认定。

被告人辩护人金律师随后站起来，就起诉书提出几点异议。

奇怪，小米刚说的两点果然都有。

艾静对小米说，还真让你猜着了。

小米得意地笑着说，不是猜的，我听小狄说过，这两点很要紧的。估计等会儿法庭上控辩双方交锋肯定很激烈。

法警拿出一些物证，死者的一些遗物——几件衣裳、身份证、BP 机、皮夹、银行卡等，一一摆放在一张大桌子上。有一部分是图片，以及法医验证书、证人证言等。

法庭调查一开始，就在认定刘槿与死者的恋人关系上起了很大争议。

控诉方举出死者姐姐及他朋友的证词，证明何自强与刘槿保持两年多的恋爱关系，是因恋情发生突变，双方在争执中发生杀人事件的。

这一说法遭到辩护方的反对。

金律师提出，刘槿在校期间与何自强曾有过两三个月的交往，可视作恋爱关系，毕业后回到河口镇教书，已明确与何自强中断交往，双方有一年多没有联系，并不存在恋爱关系。那年元宵节夜间，何自强酒后突然闯入刘家，对刘槿粗暴地实施性侵，应认定是一次非恋人间的强奸行为。正是这次强奸，才导致后来刘槿对何自强的伤害致死，就刘槿本人来说，具有受到性侵及人身伤害后的自卫要素。

在这个问题上，双方都提出各自的证据。因案情发生在二十年前，当事人已死，只有被告人的口供和何自慧提出的证词，其他举证比较困难。金律师却在法庭上很自信地说，在这个疑点上，他有两位证人，可以出庭作证。

第一个出庭的是刘槿在师范读书时同宿舍的同学范某。范同学现在已是某知名小学的校长，略胖的身材，戴一副宽边眼镜，穿深色职业套裙，很有学者风范。她坦然自若地坐在证人席上，讲起同窗好友刘槿多年以前的旧事，依然思路清晰，言之凿凿，很有条理。

范校长回忆说，当初何自强唆使两个朋友恶意挑逗刘槿，害她落水，然后他假扮见义勇为者，从水里救起刘槿，此后便天天追她，又是送花又是送礼物。刘槿出于感恩，可以说是被动地与他有了交往。后因何自强欺骗之事被戳穿，看电影时他又举止不端，刘槿非常生气，对范同学说，不想与何自强交往了。刘槿毕业后回河口镇任教，与范同学有通信和电话联系，讲过何自强对她的纠缠，很厌恶，表示不愿与他交往。范同学还拿出了一封信，是刘槿当初写给她的。信中写着：我真的很讨厌何自强这个人，再也不想跟他联系，不想接他的电话，不想见他那张讨厌的面孔……

公诉人向范校长要了那封信，仔细地看了看，没有提出异议，又交还给本人了。

主审法官要求范校长将出示的这封信留在法庭，作为一份新物证。

接着，又有证人走到证人席，是河口镇小学传达室的周大爷。周大爷已退休多年，人老了，满头白发。老人从未到过这种场合，有点紧张，也有些激动。说起当年事，周大爷就愤慨起来，脸涨得通红，说话语速也很快，有点乱。

我在学校传达室多年了。那时候小刘老师刚来学校当教师，很年轻。她工作很认真，对学生对同事都很好，大家都很喜欢她。有个叫何自强的男人经常打电话到校传达室，说是刘槿男朋友，非要我喊刘槿接电话。刘槿不愿意接他的电话，听传达室喇叭一次次地喊，勉强来接过两回。我看她脸是板着的，没说几句话就搁掉了。她对我说，周大伯，以后这个人打电话来，你不要喊我，就说我在上课，或者外出开会学习了。我讨厌他，不想接他的电话。我就照她说的，回绝了几次，这个人很不高兴，发脾气了，还出口伤人，在电话里骂我是"看门狗""死老头"！我气得要命，心想刘槿老师那么好一个姑娘，哪会看得上这种品质恶劣的男人。

过段时间，我看到有个男青年，拎个装水果的塑料袋走近学校，问也不问就直往里面冲。我把他拦住了，问他找谁，他说找刘槿，是她的男朋友，说话口气很冲。我知道了，这就是老打电话来的何自强。那天刘槿正巧不在，去城里参加新教师业务培训。我对他说，你别进去，刘槿不在，培训去了。这人不信，非进去不可，还说我骗他！我拦着不让进，他就喉咙很响地跟我吵，用很难听的话骂我。我们吵得很凶，校长都赶过来了。校长对他很严肃地批评几句，让他离开。他只好走了。后来，刘槿回学校，我对她讲这件事。她说谢谢你周大伯，以后这个人再来，你就告诉他，我说的，跟他没任何关系，不想见他。从那以后，这个何自强再没打来电话，也没来过学校。我保证我说的都是实话。

周大爷说完这些话，转身离席，脚下不慎绊了一下，身子一个踉跄，差点摔倒。坐在前排的金律师眼明手快，疾步上前扶住老人。

艾静对小米说，看起来，这位金律师还真是尽心尽力了。能把这两位请来出庭作证，肯定费了很大劲。又感慨道，想想也是，当年一起读书的同学，已是有作为有声望的校长，刘槿却落到犯罪受审锒铛入狱的地步，真是……可悲啊！

在两人的恋爱关系这个重要问题上，女公诉人还不肯放弃。

她又对嫌疑人刘槿提出质询。你在供词中说，协助你父亲刘柏年使劲压住何自强的双腿，直至发觉他不动了，已经死去。这是你的原话，对吗？

刘槿回答说，是的。

女公诉人问，你有没有看见你父亲是怎样制住何自强的，有没有掐脖子，你有没有看见这一行为？

刘槿说，没有。我没看见。那时我头是低着的，用牙死命咬那人的皮肉，一直没松开。我没有抬头，也没看见。

那好。女公诉人又问，你说你用牙死命咬那人的皮肉，那人也就是何自强。那时你是不是非常恨他？

刘槿说，是的。

女公诉人说，人常说，爱之越深，恨之越切。请你向法庭如实陈述，你和何自强是不是曾经爱得很深？后来又是因为什么，才那么恨他，以致要结果他的性命，杀死他？

刘槿说，我和他交往了几个月，一起吃过饭，看过电影，他送过我鲜花、笔记本，还有巧克力。这段时间，在别人眼里，我们在谈朋友，算是恋爱关系，但实际上我们没有多少感情，更谈不上爱得很深。我后来意识到，两人在许多方面存在差距，在一起不合适，在毕业前明确跟他说，终止恋爱关系，好合好散，做一般朋友。我回到家乡河口镇当教师后，和他只有一次通信，他打来两次电话，交谈只有一两分钟，没什么可谈的。半年后，他辞职下海去南方，曾到我这儿转了一下，吃了晚饭就走了。他再次出现就是一年多以后的元宵节。这一年多内我们没有任何联系。

女公诉人说，照常理，两个年轻人有过恋爱关系，又是好合好散，为什么过了一年多，他在元宵节这天夜里来你家，你就把他杀死？你说是因为他对你有性侵行为。难道就这一点，足以让你仇恨到要把他弄死吗？现今社会里，男女青年谈恋爱，有恋人关系，异性之间相互吸引，有性关系是很平常的事，不至于要那样凶狠地对待一个以前的恋人吧？因此，我想问问你，你那么恨他，其中是否还有别的什么隐情，你没有说出来，或者，你不敢说。

静默一会儿，刘槿摇摇头，肯定地说，没有别的什么原因。我那时确实非常恨他，恨到极点了，就想要他死。

刘槿这话一说，旁听席上顿时一片喧哗，有人还喊了一声，杀人偿命。

主审法官用槌子轻击一下，安静。

艾静有点着急，对小米说，刘槿怎么会这样说？她不知道这是在法庭，有的话可不能随便说的。

小米皱起眉头，是啊，我也没想到，她这样说，就成了一种主观上的犯罪意愿，对她的定罪会产生不利影响。

女公诉人又追问一句，你非常恨他，想要他死？

刘槿说，是的。我当时是这么想的，就想他死，只有他死了，我以后才能清静……

金律师站起来说，审判长，这个问题，我作为辩护人可以替被告人作比较详细的解答。可以吗？

主审法官与左右交换了眼神，用手势表示可以。

金律师说，刘槿与何自强的关系，我前面已经请两位证人出庭，做出比较清晰的陈述了。两人虽说有过几个月的交往，但仅限于一般的恋爱方式，一起散个步、吃个饭，最多是看场电影，未有过亲近行为。前面证人说过，一次看电影，何自强伸手触摸刘槿下身私处，被她坚决推开，遭到呵斥，并被认定其品行不端，不能做朋友。后来何自强下海去南方前，不请自来，擅入刘家，又是吃饭，又自取酒喝，酒后还强行搂吻刘槿，使她十分愤怒。但当时她不敢反抗，不敢斥责他，是因为害怕他做更极端的事。因以上事实，可以确信，此前他们两人是没有任何所谓的恋人间的亲昵行为，包括性行为。两人中断往来，时隔一年多，元宵节那天晚上，何自强满身酒气地来刘家，谩骂殴打刘槿，又对她强行实施性侵害，刘槿身心遭受极其严重的摧残。她这才会说，非常恨他，想要他死。这跟公诉人说的爱之越深，恨之越切，完全不是同一含义，请不要混为一谈。

稍顿，金律师又说，我还想提及一点，鉴于被告人的特殊家境，她还另有自幼便存在的深层的心理创伤，因而对这种强暴的性侵行为产生极度的恐惧与憎恶。就这个问题，请法官允许我，请出一位证人上法庭作证。

主审法官做出允许的手势，可以。

金律师请的证人，慢慢走出来了。

艾静看到出庭的又是一位老人。她轻声问小米，他是谁？

小米说，我听小狄说，今天辩方有三个证人，最重要的一个，姓季，刘槿叫他季伯伯，是河口镇人，刘槿家的朋友，这位恐怕就是季伯伯。

艾静说，他看上去病病歪歪的，这样也赶过来作证，真不容易啊！

季伯伯行走有点困难，由其女儿扶着走至证人席。

主审法官有点担忧，说，你可以坐着说。

季伯伯说，谢谢，我还是站着吧，我只能说慢点了。

主审法官说，可以，你慢慢说。

季伯伯把目光对着刘槿，轻声说，小槿，今天我要把你家的事当众说了，可以吗？

刘槿没说话，只微微点头。

季伯伯把脸转向女公诉人，缓慢地说，刚才你说，男女青年谈恋爱时发生性行为，是很平常的事。确实，现在不少年轻人是这样的。若是两情相悦，可以理解。可如果并不是出于真情，是被男方强迫的，而且是用粗暴凶残的手段，那不是强奸，又是什么？

我和刘槿家交往很多年了，可以说，是看着小槿怎么走过来的。她家情况和一般家庭不同，曾有非常惨痛的先例。直说吧，她母亲宝姝，姑娘时就被人强奸了。那时候宝姝这样出身不好的，只能强忍屈辱，不敢声张，而强奸她的男人，趁机一再对她实施强暴，并向众人宣称他与宝姝是恋人关系，最后果然让他得逞，把宝姝弄到手了。但是，这种靠强暴手段结成的婚姻不会好的，宝姝一直生活在痛苦和屈辱中，后来得了宫颈癌，早早过世了。离世前我去看她，她跟我说了这些事，我才知道原来是这样。唉！

季伯伯说完这番话，旁听席传出啧啧的感叹声。

艾静吃惊地问小米，这事你知道吗？

小米摇头说，这个我不清楚，小狄也没跟我说过。

女公诉人对主审法官说，证人说被告人母亲早年的事，好像与本案无关吧？

金律师说，此事与本案被告人有关联性，请法官允许他说下去。

主审法官示意证人可以继续说下去。

季伯伯缓了口气，继续说，刘槿就出生在这样的畸形家庭中，尤其母亲因受性虐待而得病，过早去世，让她对父亲充满怨愤，对男人怀有很深的恐惧感与防范心理。没想到，怕什么来什么，那个男人酒后发疯，对她实施暴力，强奸她，做出早年她母亲遭受过的那种恶行！请大家设身处地想想，刘槿当时该是怎样的一种心情？她对那个施暴的男人恨之入骨，想要他死，难道不正常、不合理吗？

老人说得有些激动，心脏有点受不了，身子支撑不住，摇晃起来。身边的女儿赶紧用双手扶住，让他坐下，轻声问了两句，从随身带的药瓶里取出药粒，让老人含服。

歇了一会儿，季伯伯又慢慢站起来，深叹一声，小槿当然有错，有罪过。死了人，她应该当时就去公安局投案，去自首。如果那样，事情可以很快查清楚，哪怕有罪，要坐牢也早坐过了，少吃多少苦头？唉，也不能全怪她。那时她爸刘柏年强势，硬拦着，不让她去自首。没几天，刘柏年突然中风，瘫在床上不省人事，身边只有小槿一个女儿，怎么办？她只好在病床边服侍，这一拖就是整整十年！小槿孤身一人，无依无靠，这些年过来，只是一天天地熬日子。依我看，这样的日子过得比坐牢还难受，还痛苦……唉，真是罪过啊！

此时法庭十分安静。

主审法官说，请问证人，你说完了吗？

我，我还有一句话。老人努力站起来，转向被告人席，对刘槿说，小槿，你托我办的事，把老屋卖了，用这笔钱赔偿死者家属，这事我都办好了。钱不够的话，我可以再帮你补上一些。你放心吧。

刘槿激动得泪水直流，连连点头，谢谢你，季伯伯！谢谢……

艾静看着这场面，也有点忍不住，鼻子酸涩起来，眼窝里也湿了。她忽然感到胸口一阵难受，站起来对小米说，我们走吧，我有点受不了。

小米拉她坐下，说再看一会儿吧。最重要的还没听呢，接下来就是查验物证环节了。

法庭调查进行到最重要也是最复杂的一个疑题：根据已查实的证据，包括物证和口供，弄清何自强的真实死因，即他到底是怎么死的，谁是凶手？嫌疑人刘槿对他的死究竟该承担什么样的罪责，是不是主犯？在这个问题上，控辩双方就证据与口供，以及警方提供的侦查材料和法医的勘验结果，各执一词，交锋十分激烈。

女公诉人语气铿锵地读着一段准备好的文字：我认为，案发时在场的三个人，除了刘槿，都已离世，对于犯罪过程的描述，只有刘槿一个人的口供，可谓死无对证。幸好有被害人的遗骨，经法医勘验后，确认颅骨有严重损伤，是造成其死亡的主要原因。警方侦查现场，也已发现相应的犯罪凶器。刘槿在供述中承认，曾用棍棒击打过被害人。由此便构成完整的证据链，足以认定，刘槿与其父为共同犯罪，刘槿应为主要犯罪实施人，要作为本案的主犯承担罪责，请求法庭根据法医勘验及警方的侦查结果，给予最终裁夺。

接着金律师起身发言，语气平静而坚定。

他对刘槿共同犯罪这一点没有疑义，但坚决否定刘槿作为主犯的指控。他提出的疑问是对被害人遗骨的技术鉴定，包括头骨后部遭击打呈内陷形创伤，以及另两处，头骨左侧及肩胛骨的隐伤，存在不确定因素。

金律师说，法医鉴定认为，死者系后脑被击打致死。按骨伤内陷的尺度分析，要将一个强壮的青年男子后脑击成这样严重程度的损伤，凶手必须用很大的力气，凶器须是一件有相当重量的钝器，可能是木器竹器，也可能是金属制品，甚至砖块石头。就现有证据看，刘槿承认用物件击打过死者，并且记忆中是用的木棒，警方侦查也找到了符合相应尺寸的木棒。但我认为，这一件证物还存在着很大疑点。

金律师请求法庭出示这件被认定的凶器，即杉木冲杠，并请法医出庭做出现场技术鉴定的说明。

小米轻声对艾静说，你看，这时候才把最重要的物证拿出来呢。

法警双手捧出本案的一件重要物证，呈供在法庭上。

这是一根长约六尺的杉木冲杠，两头削尖，中间呈圆形，是普通农家挑柴用的工具。

一位法医出庭作技术鉴定。

他从随带的包里取出一些作为物证的影印图片，向法官和陪审员，及公诉人、辩护人，详细讲解对被害人遗骨的验定过程。他用一张张图片分别给予比对，做出法医学上的鉴定：死者头骨后部的内陷性骨折，导致颅内大量出血，是造成死亡的主要原因，造成这一严重骨伤的原因，是有人用器物重击。目前已收集的证物中，唯一可确定的凶器就是这根杉木冲杠。证据一，冲杠棒体的宽度与头骨凹陷形状正相符；证据二，冲杠上发现有死者的头发。由此认为，凶手曾用这根冲杠击打过死者，由此造成严重内陷性骨折，导致最终死亡。

女公诉人对法医的鉴定结论表示认可，又质询刘槿，你还记得当时用什么物件打何自强吗？是不是这根冲杠？

被告人刘槿看了看冲杠，说，我那时头脑昏昏的，楼上光线又很暗，只记得拿起木棒之类的东西打了他，记不清是不是这一根。

女公诉人接着问，那你有没有看到你父亲刘柏年用什么东西打何自强？

刘槿摇了摇头，我没看到他用东西打人。

公诉人把脸转向法官们，说，犯罪嫌疑人承认用木棒打了何自强，也否认她父亲用东西打过人，这样不是很清楚了吗？事实就是，犯罪嫌疑人刘槿用这根冲杠做凶器，击打何自强头部，造成其颅骨严重内陷性骨折，最终因颅内出血过多而死亡。

金律师起身说，我认为，公诉人的主观判断有失偏颇，存有两处谬误。

主审法官说，请说出你的理由。

金律师说，首先，嫌疑人说她没看见，不等于刘柏年没有用重物打过何自强。当时作为受害人，刘槿身处灯光暗淡的地方，被何自强按倒在稻壳堆里，遭受极其粗暴的强奸，身心正经受着最可怕的摧残，可以推测，她的感知能力及观察视线都受到很大限制。她在供词中写道，当时她被男人扼着脖颈，叫喊都很困难，又被他的身体重重压住，陷进稻壳堆里，口鼻也沾满稻壳，处于快要被扼死的危急状况。这时所幸她父亲赶来，才救了她一命。我摘录了她的供词，这里读两句：

> 忽然感到身上沉重的压力一下就没了，又听到何自强长长的一声号叫，然后是父亲的狂吼，你在干吗？你这个畜生！你竟敢这样恶弄我女儿！

金律师接着说，是不是可以设想这样的情景：刘柏年回到家，一进门，听到楼上的异样动静，感到不对劲。他急忙上楼，看到女儿被人如此糟践，他难道没有什么行动，没有作为？刘槿说，忽然感到身上沉重的压力一下没了，又听到何自强的号叫，设想一下，是不是刘柏年用什么东西重重地打了他，才让刘槿感到一下没了沉重的压力？是不是刘柏年这次用力击打，造成的严重头骨损伤？作这样的设想，不可能吗？

女公诉人反驳道，你这么说，只是一种假设，并不能证明是实际发生过的事实。

金律师按自己的思路继续说，还有第二点，这根冲杠是否能确定就是造成死者头颅严重损伤的凶器。请大家仔细看一下，这根木棒看上去又粗又长，但它是杉木的，很轻。我掂过它的重量，大概不会超过一斤，即零点五公斤。能不能请哪位验证一下？

有个女性陪审员自告奋勇走过来，拿起杉木冲杠，试了试，又用双手持棒，挥动了两下。

她对金律师说，是很轻，不会超过一斤，零点五公斤。

金律师问，如果是你，用这么轻分量的一根木棒去打人，打人的脑袋，从物理学的角度分析，你认为能造成那么严重的颅骨内陷性骨折吗？

女陪审员愣了一下，这个……我不知道。放下冲杠走回座位了。

　　女公诉人向法官提出抗议：辩护人用这种模棱两可的方式推断出一种错误的结论，试图否定警方侦查确认的犯罪凶器，进而推翻已形成的证据链。我认为这是一种似是而非的狡辩，法庭不可采纳。

　　金律师仍据理力争，坚持自己的观点，这并不是模棱两可，是有理有据的质疑。因为这关系到罪与非罪，对我的当事人究竟该承担什么罪责来说，是极其重大的问题。我恳请法官认真考虑我的这两点质疑。

　　主审法官与身旁的法官、陪审员对了对眼神，没说话。

　　金律师又说，另外，我认为今天开庭时间上有点仓促。据我所知，警方还在继续查寻可能存在的新物证，或许会有新物证，更能准确判定这个案子的真实情况。是否可以暂时停止法庭审理，等有了新证据，再开庭？

　　他这样一说，不光法庭上的法官、陪审员和公诉人面有惊讶之色，有点犹豫，台下的旁听人员一时也各有异样神情，小声议论起来。

　　小米兴奋地对艾静说，你看，这位姓金的律师厉害吧？不光公诉人让他给说哑巴了，连法官们都为难了，暂停审理，这可能吗？

　　艾静有些疑惑：金律师说，警方还在查寻新的证据，难道……陆晓飞这两天不露面，果真是在搞侦查？对了，吴主任也没见着面呢。

这时，一个法警快步走到主审法官面前，低声跟他说了几句话。

主审法官抬起头时，脸上的表情有点异样。他与左右两侧的法官、陪审员低语一番，拿起木槌轻敲了一下，说，现在暂时休庭，十分钟后继续开庭。随即起身快步往里走去。法庭上其他人也随之离去。

庭下的人顿时一片哗然，纷纷猜测，发生什么事了？

艾静问小米，你说，暂时休庭会是什么原因？

小米看着手机的微信信息，脸上露出掩不住的兴奋，哈，真是神奇！小狄告诉我，找到新证据了，刑警队队长他们带着新证据直接来法院，要在法庭上当堂呈供，揭开最后的谜底啦！

艾静也兴奋起来：新证据会不会是有利于刘槿的？要是那样就好了！

重新开庭后，主审法官简单说了几句，宣布由警方代表在法庭上出示新的证据。

全场鸦雀无声，所有的人，目光都盯着一个方向。

随即走出一个人，是刑警队方队长。他简短地说了一句，我们就此案又找到了新的物证，现在向法庭作公开展示。

接着走出来的一个人，双手捧着一件数尺长的物体。

这肯定就是新证据了！

让艾静十分惊讶的是，捧新物证出来的人是陆晓飞！

小米激动地拍着艾静的手臂小声叫着，哎呀，是你家小陆啊！走上来的样子真帅啊！

艾静两眼直愣愣瞪着，感到心脏跳得很快，嗵嗵嗵响着。她望着法庭上的小陆，感觉真如小米说的，身着警服神情严肃的陆晓飞，此时站在法庭上，真是很帅气、很酷呢！

新物证被摆放在法庭一侧原先摆物证的位置，在那根冲杠旁边。

这个猝然出现的家伙，挤进原先摆着的那些物件中间，感觉很突兀似的，不合群，很显眼。黑不溜秋的，大约四尺长，说长不长，说短不短；似圆又似方，中间稍粗，两端略细，奇怪的是，两端还包着金属，不知是铜还是铁，闪着幽光。

女公诉人和金律师都走上前去，看了又看，然后，默然退回到各自原先的位置上。

下面的人对新物证也都感到好奇，瞪大眼睛看着，有人还离开座位走上前仔细地辨认起来。但众人看了又看，仍不能认出来，也不敢叫出口，只在猜，这是什么东西呢？怎么什么也不像，既不像农用工具，也不像家用物品。

　　女公诉人也没弄明白这是什么玩意儿，着急地对刑警队方队长说，哎，方队长，你快把这个什么东西，在法庭上说说清楚。你们从哪儿找来的？它是什么呀？凶器吗？这东西有可能是凶器吗？

　　方队长朝女公诉人笑笑，别急，我叫人来跟大家详细说明一下。

　　方队长随即朝里面招招手，哎，快过来吧。等着你来说呢。

　　接着，又走出来一个穿警服的人。是吴佑斌。

　　艾静一下子愣住了，怎么是他？

　　此时在法庭上，着一身警服的吴佑斌，感觉像是变了个人似的，以往他在办公室很少穿警服，即使穿了，也从不戴帽，剪成平头的脑袋，顶着有点花白的短发，说话轻声细气的，是个很不起眼的普通公务员。今天身着正装，戴着有警徽的大盖帽，直直地站立在法庭中央，显得很威严很高大，而且，或许是灯光的缘故，他的一双眼睛看上去很大，很亮，熠熠生辉，很有神。不知为什么，以往对他的那些不满与猜疑，顷刻间便烟消云散，不复存在了。

　　小米瞧着艾静那发愣的样子，笑起来了，说，你们中心这回不得了，破了一个大案子，两个人又上法庭作证，这下想不出名都难了。可惜小艾你没机会露面……哎，你是不是不高兴了？

艾静忙说，不不，我哪会不高兴？别说话，快听吴主任的，听他怎么说。

方队长和陆晓飞已悄然退下，法庭中间只剩吴佑斌一个人。法庭上，法官、陪审员，还有公诉人、律师，以及下面的旁听人员，所有人都屏息静气，等着站在中央的吴佑斌出声。此时，整个法庭静得出奇。

吴佑斌慢步走到那个黑不溜秋的东西前面，指着它，语气平缓地说，这个东西，看似有点古怪，其实很普通，它是门闩。现在的住家很少有这样的东西。我们是在刘家老屋找到它的，就在楼下大门的背后。为什么今天把它拿过来摆在这儿，大家可能都明白，因为，它才是真正的杀人凶器。

最后这句话一说出来，法庭上上下下，便是一阵哗然。

吴佑斌略弯腰下去，用双手把门闩横着抱起，握在手中。看他那使劲的样子，看得出，这东西有点分量。

他将门闩的一端示向众人，为什么说它才是真正的杀人凶器？有三点理由。第一点，你们看，门闩的两端有包铁。这不是薄铁皮，是用大约十厘米宽、半厘米厚的铁包着的。这样用铁包着门闩两端，可加重分量，也不易磨损。我们测验过，门闩有包铁的前端，尺寸大小与死者头骨的损伤处完全吻合。第二点，因为这个门闩分量重，两端包铁，用它用力击打，足可使人头骨破裂。另外，还有第三点，到底是谁把它作为凶器，打死了何自强，我们也有了明确的判定。

说到这里，几乎所有人都屏住呼吸，瞪大眼睛看着他。艾静也莫名地紧张起来，两只手不由得紧捏着小米的一只手臂，心跳也快多了。

吴佑斌依然气定神闲的样子，看了众人一眼，语气肯定地说，我们认为，用这个门闩击打何自强，使其头骨破裂，颅内出血过多，导致最终死亡的，是刘柏年，也就是嫌疑人刘槿的父亲。

他说出这段话，不光下面的旁听席上响起一片议论声，连法庭上的法官、陪审员也都交头接耳，小声议论起来了。

小米兴奋异常，一张圆嘟嘟的胖脸涨红起来，情不自禁地用手拍打着艾静的腿，哎呀，他说是刘柏年用门闩打的何自强，不是刘槿，是她父亲！这下好了，刘槿的重罪解脱了，她是从犯，是轻罪！轻罪的话，判不了几年的！

艾静刚才很激动，这时反倒冷静了，拉住小米的手，你别激动，听吴主任把话说完，听他是怎么用技术鉴定做出这个判断的。

吴佑斌把手中的门闩重新放到原处，站到中间，缓缓地说，现在，根据对这一物证讨论分析的结论，我把当时的情景复原一下，供法庭参考。案发当晚，当何自强在楼上对刘槿实施强奸时，刘柏年回家来了。他一进门就发觉不对劲，门是开着或半开着的，又听到楼上有异常动静，很可能听到刘槿被扼压着脖颈发出的哭叫声，还有挣扎的响声。他马上警觉起来，猜测有坏人进屋，楼上女儿可能出事了。于是，他随手拿了门旁的门闩，注意，他在老屋住了几十年，天天开门关门，对门闩的位置是很熟悉的。这时拿门闩，就是当作防身及进攻武器的。他急忙上楼，看到一幅极其惨烈的情景，女儿赤身裸体，被一个凶狠的男人扼压在稻壳堆，正遭受摧残！他顿时暴怒了，双手举起门闩就朝压在女儿身上的男人头上猛击过去。就是这重重一击，造成何自强的最终死亡。从医学角度分析，当时被重击后，年轻且身强力壮的何自强暂时还没有倒下，还能支撑着跟刘家父女搏斗一阵，但不多时，因颅内出血过多，导致其猝然失去知觉并最终死亡。

说完这一长段话，吴佑斌轻轻呼出一口气，稍顿，说了最后的结语，这是我们对这件新提供的物证所作的假定性情景分析，供法庭审理案情参考。谢谢各位。

然后，他郑重地朝下面座位上的人敬了一个礼。

旁听席上的反响十分强烈，顿起一片议论声。激动不已的小米把两只手合起来，禁不住要鼓掌了，被艾静轻拉一下，别，人家会朝你看，把你认出来的。

唯独女公诉人对这个新证据的出现和吴佑斌这一番讲述

不很满意，在听他说话时，她的面孔一直是板着的。

她离开公诉人席，走向吴佑斌，神情严峻地质问，我不明白你们警方是怎么查案的，一会儿这样，一会儿那样！此前，你们把这根冲杠作为凶器，为什么现在又拿出这个门闩来？你作何解释？

吴佑斌说，嫌疑人用这根冲杠打过何自强，这是事实，法医核定过，嫌疑人也有肯定的回答。在死者的头骨与肩胛骨上，找出了两处被木质物件敲击后留下的印痕，也查验出来了。冲杠是一件打过人的工具，可以作为物证之一。门闩是一件打人致死的工具，也是物证之一。所以，这两者并不矛盾。我们在侦查中，先找到了冲杠，认为它有可能是打过人的犯罪工具。因为时间太紧，法院要开庭，我们把所有物证都交出来了，供审案用。但我们认为还可能有更准确的能判定此案的物证，因此仍继续实施侦查，直到昨天晚上，我们还在现场勘查，终于找到这个门闩。我们认为，这才是真正致人死命的凶器。

女公诉人看着吴佑斌那张十分镇静的脸，一下噎住了，没话说了。

吴佑斌对主审法官说，如果没有别的问题，我下去了。

主审法官示意没有问题，可以离开。

女公诉人忽然又叫住吴佑斌，你等等。

吴佑斌停住脚步，看着女公诉人，怎么？

女公诉人说，你刚才说了那么一大堆话，仅仅是基于一种假设推定。那么，我也假设一下，会不会是另一种情况？

吴佑斌看着她，什么情况？

女公诉人双目炯然，直视吴佑斌，说，按你的判断，这根门闩是刘柏年拿上楼的，用它打了何自强一下。我的假设是，如果那一下并没有打在他头上，而是打在另一个位置，并非致命一击，只是把他打倒了。然后何自强站起来，两个男人搏斗起来，双双倒在地上，年轻人何自强力气大，翻身骑在老年人刘柏年身上，倒地的刘柏年急叫女儿，让她用家伙打何自强。这时候疑犯刘槿拿起了这根冲杠，打了何自强两下，但没能打倒他，然后，她又捡起这根门闩，重重地打在何自强的后脑上，终于把他打倒，把他打死了……请问，我是不是也可以作这样的假设推定？

女公诉人一口气把这一长段话说完，收束了腰身，将眼睛定定地看着对方。

现场一下又十分安静了，几乎是鸦雀无声。

小米也有点紧张起来，用手拉拉艾静，轻声说，哎，这个女公诉人说的这种假设，也许存在可能性呢……

艾静反倒很镇静，拍拍小米的手，别紧张，我想我们吴主任会有很好应对的。

吴佑斌脸上依然波澜不惊的样子，似乎还微微流露出一丝笑意。

公诉人说的假设，有存在的可能性。但是，这必须有个前提条件，就是，刘槿是否能使用这件工具，用它用力击打他人。

女公诉人愣了一下，反问一句，为什么不能使用它？

吴佑斌淡然一笑，要不，你试试用它打一下？

女公诉人愣了一会儿，转过脸问主审法官，可以吗？

主审法官点头说，你愿意的话，可以试试。

女公诉人说，好。那我试一下。

女公诉人随即走至门闩前，用手去抓握它。她的一双手握在四尺多长的门闩后端，试图把它拿起来，却没能拿起来。这才发觉它很沉。她显然不服气，又将右手移到接近中间的位置，才把门闩拿起来。她有点费力地把门闩举高了，想用力往下打一下，却因手小力弱，没能掌控好手中粗笨的重物，一下滑脱了，门闩前端带铁的部位差点砸在她的脚上。

门闩重重地落在地板上，发出沉重的嗵的一声响。

下面旁听席上有轻微的笑声。

小米也开心地笑了，还笑出了声，赶紧用手捂着嘴，低声对艾静说，这位女公诉人太有趣了，真是很敬业很认真呢。

艾静得意地朝她眨眨眼，我说嘛，我们吴主任会有很好回应的。

　　吴佑斌不声不响走过去，把那根沉重的门闩用双手拿起来，放回原处。然后，轻轻地双手互搓一下，面朝女公诉人说，这根门闩很重，是用麻栗木做的，加上两端的包铁，有二三十斤。一般个子小瘦弱的女人拿它都会很费劲，不可能用它抡起来打人。你试过了，现在应该知道了，你说的假设推定，此案中不能成立。

　　旁听席上忽然响起了掌声，接着，又有几个人也鼓了掌。

　　这时，吴佑斌悄然离开了。

23

走出法庭，下台阶时，艾静开始埋怨小米，案子还没审完呢，干吗拉我出来，你急什么？

小米说，我得赶回办公室去。跟你说实话，我是偷跑出来的，没请假。

艾静惊讶地说，你怎么敢……好大胆子你！

小米嘻嘻一笑，不偷偷溜出来，今天这么精彩的庭审不就错过了？最精彩部分结束了，还留在那儿干什么？大局已定，接下来是垃圾时间，不看也罢。哎，你去哪儿？

艾静说，我今天是专门请了假的，不必回单位了。我回家。

小米扮出神秘兮兮的样子，哎，是不是那位陆警官约你见面了？

艾静装出不以为然的神态，他呀，根本就没跟我联系。

哼，我们已经有两天没见面，也没联系了。

小米说，这就对了，他们这两天都一门心思在寻找这件最重要的物证，不搭理你，这叫公而忘私，是不是应该这样理解？是吧，艾静，嘻嘻。

艾静没回话，心里莫名地有点失落，有点不安。她猜不准，陆晓飞是不是因为她前几天对他的不友好态度，真以为她不肯原谅他了。唉，还是她自己小肚鸡肠了，尤其是对吴佑斌，竟然那样去猜测他，以为他仅仅出于功利心，才去接近刘槿的，没想到，他对这案子这么执着，这么尽心，甚至法院已经开庭了还坚持查探新物证，直到找出真正的凶器……

艾静到家没多久，她妈也回来了，进家门时脚步轻盈，嘴里还哼着一段早先一支流行歌的曲调，显然很高兴。

艾静从自己房间里走出来，装作啥也不知道的样子，妈，你从哪儿回来，这么高兴？

艾静妈声音朗朗地说，我去看审案子了。就是刘槿的案子，今天在法院开庭，我们几个同事约好了一起去看的。你知道吗？今天审案子，真比电视连续剧还好看，情节曲折，跌宕起伏，高潮一浪又一浪，真是太好看，太精彩了！

真的吗？你说说看。艾静装模作样地问，刘槿怎么样，那个男人真是她杀死的吗？

别急，听我慢慢跟你说。哎，给我拿杯凉开水，口渴了。艾静妈接过水杯，一口气喝完，一屁股坐在沙发上，还盘起了双腿，容光焕发，说道起来：

今天在法庭上可让我开眼界了！一开始那个律师表现很棒，说起来头头是道，一条一条地分析，又是假设，又是推理，把那个女公诉人驳得没话可说。不过，最精彩的还是后面。真没想到，你们中心的吴主任，还有小陆，他们也出场了。他们带来新的物证，你猜是什么？想不到会是一根门闩，很沉重很古老的一根门闩。就是这根门闩，把那个强奸刘槿的男人给打死了。知道谁打的吗？刘槿的父亲，是他把那个坏男人打了。这下，案情全弄明白了，打死人的不是刘槿，是她父亲。所以，这个杀人案里，刘槿只是共同犯罪，是从犯，听他们说，只要坐三四年牢，她就可以出来了。

艾静用恍然大悟的口气说，原来是这样啊！妈，你是因为刘槿终于解脱了，重罪变成了轻罪，才这么高兴，一路哼着小调回来的吧？

艾静妈说，是啊。刘槿的事，让我这些天一直闷闷不乐。心想我跟她相处这么久，应该看得准是好是坏，这么好一个女人，这些年日子过得这么苦，这么可怜，还要背一个杀人的罪名，差不多要被枪毙了。太可怜了吧？还好，老天保佑，让她还能活下来。

艾静问，哎，刚才你说，陆晓飞和吴主任带物证上法庭作证了，没看错吧？

怎么会看错呢？艾静妈对女儿的怀疑很不满意，我在旁听席前排坐着，还能看错？小陆穿一身警服，戴大盖帽，精神抖擞，双手捧着那根门闩走上法庭的。小静，你是没看见，小伙子看上去真神气，真帅气！

艾静撇了撇嘴，表示不以为然，是吗？

当然！艾静妈又说，还有你们吴主任，真让人佩服！他把那个门闩，就是那个打死人的重要物证，一、二、三，这样那样，解说得清清楚楚、明明白白的。我看那几个法官、陪审员，都在点头呢。就是公诉人，那个小个子女人，她不服气，又瞎提什么假设，说会不会是刘槿用门闩打死那人的。你猜吴主任怎么回答？让她去试着用门闩打一下。那么重的门闩，结果，女公诉人费好大劲拿起来，想打一下没抓住，差点砸着自己的脚，让人笑死！

她越说越起劲，艾静想插话都插不进了。

小静，今天你们吴主任在法庭上的表现，简直没话说，超级棒！说话不紧不慢，从容镇定，在台上站着，真是威风八面，气势逼人，无人能敌啊！哎，还有刘槿，我在前两排坐着，一直看着她。起先她总低着头，后来，吴主任上来了，她的头就抬起来了，眼睛一下有了光彩，吴主任说话时，她就那么一眨不眨地看着他。我想，她心里不知有多么感激他。我想她一定是真心爱他的，爱你们吴主任……

忽然，艾静手机响了。艾静一看，是陆晓飞，忙接了起来，故作没好气的样子，说，你这家伙失踪两天了，整整四十八小时，这时候才想到打电话？

那边陆晓飞说，小艾同志，你不知道，这两天四十八小时，我是怎么过的。我全都泡在侦查现场，没好好睡过觉，真的很辛苦呢！刚忙完事，这会儿肚子很饿，很想吃你家的水饺啊！嘿嘿，问问阿姨，我现在过来可以吗？

哎，姓陆的，艾静眼睛瞄着她妈，嘴里向那边大声抗议，她是我妈，不是你阿姨，你套什么近乎？

艾静妈听不下去，过来夺过女儿手机，亲热地说，是小陆吗？你想要吃什么，跟我说，跟阿姨说，别跟小静说。

艾静哼了一声，这家伙嘴馋了，想吃你包的饺子。

艾静妈对着电话说，小陆，你家不在这儿，父母也照看不到，想吃顿饺子，又不是什么大不了的事。你过来，快过来，我给你包饺子。小静，去，快去揉面。

艾静嘴里嘟哝着去厨房里揉面了。

一会儿艾静妈走过来宣布，小陆就要过来了，她决定换一下花样，做葱油饼，外带熬小米粥。艾静故作不满意，鼻子里哼一声，就你花样多，我在家你怎么不做？

没多久，陆晓飞如期而至，身着警服，背一个鼓鼓囊囊的双肩包，才进门就高声喊，阿姨，我来了。

艾静妈热情地迎上去，一脸笑意，小陆你来啦，这两天辛苦坏了吧？快坐下歇会儿。葱油饼做好了，就等你来吃呢。又朝厨房里大声叫着：快点小静，快把饼端出来！

陆晓飞还真是饿了，看见香喷喷的葱油饼，眼珠子都要瞪出来了，迫不及待地用两手抓起一块，埋下头大口大口吃起来，连话也顾不得说了。那吃相真不算好看，弓着后背，缩着脖颈，因急于吞咽，几度噎着，发出呃呃的难听的声音。艾静妈叫着，慢点吃，不着急，还有呢！

艾静在一边看着好笑，冷不丁讥嘲一句，陆晓飞，就算是白吃的晚餐，把自己噎死了也不合算吧？

她妈不高兴地说，你这丫头，说话多伤人啊！你也不仔细看看，几天没见，小陆瘦了好多呢！下巴都尖了，眼睛里都有血丝呢，这两天肯定又熬夜了！

艾静悄悄用眼瞟了一下，发觉陆晓飞真瘦了呢，眼里也确实有血丝。另外，头发蓬乱，摘下帽子，脱了警服，里面的衬衫皱巴巴的，隐约还能闻到汗酸味，可见这两天确实熬得很辛苦，没怎么睡觉，更顾不上换衣了。

她故作不屑地说，不就是找一件新物证吗？有那么难吗？

也就那么一幢老屋，那么大点地方，一根那么粗那么长的门闩，还能看不见，找不着？嘻嘻，我看你是有点笨呢。

陆晓飞委屈地叫起来，嘴里塞着饼，想说又说不清，急得两只手乱舞，好容易把饼咽下，急火火说，你站着说话不腰疼，你以为找物证那么容易吗？我一个人待在那幢老屋，一整天呢，孤零零的，坐在楼上那一大堆杂七杂八的东西当中，把每一件农具，锄头啦，铁耙啦，还有木条啦，重新细细查验一遍。又到楼下各个角落，屋前屋后，找了个遍，凡是像能当打人工具的东西，都找来看过，验过尺寸。屋后有一大堆毛竹，截成几尺长，也像有好多年头的，我把它们每一根都测验了。天晓得，这一整天，我有多累啊！结果，什么收获也没有。我真是懊丧极了！

艾静妈听了，很替陆晓飞难受：没想到做刑警工作这么辛苦啊。还好，你不是正式刑警，还不如在中心做事，坐办公室，轻松点。

艾静提出疑问，怎么就让你一个人去寻新的物证？

陆晓飞说，你不知道，本来这案子的侦查工作已结束了，可吴主任对那根冲杠是打人的凶器，仍有不同看法。他跟方队长讨论半天，要求再去现场找找，看是否有新物证。方队长嘛，起先觉得有点画蛇添足，听吴主任说得有道理，就同意了，同意我们去找。吴主任本来要和我一起去的，偏偏俞

处长要他去参加一个部门会议，不得缺席。只有我一个人去
了。我找了一整天没找到，晚上，吴主任开车过来了，又和
我一起找。

艾静噢了一下，这么说，要不是吴主任坚持，原本这案
子已经过去了。

陆晓飞说，其实，对找新物证我也没那么有信心。找了
一整天什么也没有，很沮丧，更没信心了，以为不可能再有
什么新物证可寻。晚上吴主任过来，给我带了热乎乎的盒饭。
我对他说，要不算了，不可能有的。就是有，恐怕也早让他
们给弄走了，或是毁掉了。他说，我反复想过，不会。事发
没过三天，刘柏年就病倒了，想要毁掉打人凶器也来不及。
刘槿不会想到要毁证据的，她连尸骨都装得好好的，证件、
衣裳、BP 机这些都留着，对吧？再说，这幢老屋也没有外人
住过，二十年前的东西都还在，摆放位置基本没变样。我想，
物证应该还在屋里。别灰心，我们再找。

艾静妈端来一碗紫菜虾皮汤，对陆晓飞说，光吃饼有点
干，喝口汤。你慢慢说。

陆晓飞吃着饼喝着汤，接着往下说。艾静妈也坐在桌边，
支着胳膊认真地听着。

我吃盒饭的时候，吴主任楼上楼下察看了一遍，又到屋
外，打着手电绕着屋子走了两圈。回到屋里，他坐在楼梯最

下面一级台阶上，闭上眼睛，一动不动，半天没作声。我问他，在想什么？他慢慢抬起头，对我说，我在想象着，那天晚上从刘柏年进门，发现家里有异常情况，到后来何自强死亡，这一段时间里的全过程，该是怎么样的。小陆，你也想一想，现在假设，是刘柏年给了何自强那致命一击，他是怎么拿到那件凶器的？是在楼下拿的，还是上楼后拿的，是顺手拿来，还是寻找一会儿才拿到的？这些，你想过吗？我被问住了，我说，我没这么想过。

后来呢？艾静轻声问。

陆晓飞说，后来，他站起来，一边说一边慢慢朝门前走过去。他说，假设我是刘柏年，从外面喝了酒回家，走到门前。对了，这时门应该是开着，或半开着。何自强来刘槿家，怒气冲冲找她算账，猛地推门进去，见楼上亮着灯，便直冲上楼，不会转身过来好好关上门的。刘柏年看见门没关，就觉得不对劲，一踏进门槛，又听到楼上女儿的叫喊，知道出事了，有坏人进屋，正在楼上对女儿做什么不好的勾当。他这时候该怎么想？对了，他该想着，把门关上，不能让坏蛋跑了，再找个称手的家伙上去对付那狗东西……

噢，他是这样想着，然后……找到那门闩的？艾静说。

你说对了，艾静。陆晓飞点点头，继续说道，吴主任这么想着，嘴里说着，随手把门关上，眼睛一斜就看见那根门闩了。吴主任看到门闩，把它拿在手上，愣住了。我看到门闩，也愣了一下，走了过去。吴主任双手拿起门闩，握着它看着我，嘴里说，小陆你看是不是这样？刘柏年拿起门闩，起先还想着把门闩上，可是楼上动静更响了，女儿痛苦的喊叫声再次传来，让他想到，得赶紧上去救她！这门闩不正好是可打人的东西吗？于是他就拿着门闩奔上楼，看到一个个头高大的男人骑在女儿身上，正对她干禽兽之事，他毫不犹豫就对着那人的后脑壳打了过去……就这样，打人的凶器，新物证一下找到了。它就放在大门的背后，吴主任想到了，找着它了。我们拿它一比对，跟那个头骨凹陷的痕迹严丝合缝，不差一毫。没错，就是它！

艾静妈听得很入神，听到这儿，激动起来，猛地一拍大腿，哎呀，太好了！

艾静忽然提出疑问，你在那里待了一天，楼上楼下找了个遍，连外面都找了，怎么就不拉开门来看看，门闩那么大，会没看见吗？

陆晓飞唉了一声，让你点着疼穴了。这是我犯的一个严重错误。我拉开那扇门看过，只是扫了一眼，应该看见它了，但就是没看出来。

艾静有点奇怪，怎么会看到了，又没看出来？

陆晓飞说，没想到这门背后的墙上有一个长木框，恰恰可把门闩安放在里面。角落里光线暗，粗看一眼，没看出来，以为是个木头柜子。就错过了。

是吗？那老屋还真是有点奇怪呢，连个门闩也做成这样。

陆晓飞说，你大概没见过那种门闩吧？刘槿家老屋建成有近百年了，当时社会不安定，常常闹盗匪，还有到处抢劫的败兵，要防不测，老屋的两扇大门不宽，但非常结实。用的是麻栗木，很硬很沉，又很厚，据说刀劈不进，火烧不透，连枪弹都打不穿。门闩也是麻栗木的，两端带包铁，很重。以前看门人也拿它防身，当家伙打人的。

后来呢？这回急着问的是艾静妈，你们找到门闩，认定它是凶器，是新的物证，那还不赶紧回来，不会留在老屋过夜吧？

陆晓飞笑笑说，找到这根门闩，确认正是我们要找的新物证，我兴奋得简直要大喊大叫了，吴主任仍然很镇静，好像这是理所当然的事。当晚我们就回城了，要确定它是真正的凶器，接下来还有许多事要做，第二天就开庭了，已经晚半拍了呢。到市刑警队值班室很晚了，快半夜了吧，刑警队方队长匆匆赶来，还有副队长、法医也来了，还带着女助手，加上我和吴主任，值班室有六七个人。

我们把那根门闩拿出来时，在场几位都愣住了。谁都没想到会是这样一件东西，成了杀人凶器。法医仔细地做了检测比对，认为它比那根杉木冲杠，作为凶器的正确率高得多，再听吴主任一番详细的假设推定，大家的意见很快统一了。副队长提出一点疑问：原先已有那根冲杠作为凶器，头骨凹陷处的尺寸也符合的，而且上面还有死者的头发。这个怎么排除？法医说，也可以排除。勘验时，发现死者身上另有两处较轻的骨伤痕迹，一处在头骨左侧，一处在肩胛骨上，呈浅淡的血色痕迹，属非致命性损伤。采用古代验骨法查验，能看出血色伤痕，中间色浓，两侧色浅，符合杉木冲杠圆棒体的特征。

艾静哎了一声，说，我那天看到吴主任办公桌上有几本法医学的书，有一本是古代宋慈的《洗冤集录》，一张纸上还抄写了几段像书里的语句，其中有一段古文，我记得好像写的是如何用糟、醋还有明油雨伞来查验骨伤的。莫非是他向法医建议采用古代验骨伤法的？

陆晓飞说，这个我不清楚。反正最后大家达成一致意见，何自强的脑后撞击伤确认是刘柏年用门闩击打的。那根门闩真的很沉呢。吴主任特地让法医的女助手用双手握起来试试，她的个头比刘槿略高点，试了几次，很难将它抢起来打人。这也排除了刘槿用它打何自强的可能性。

后来，方队长拿出一瓶白酒，说是藏了多年的好酒，打开了，屋里一股好闻的酒香味。酒倒在几个杯子里，给了我一杯。方队长先敬吴主任，说了好多感谢的话。又敬我，说，小陆，这次你表现很好，帮了我们刑警队的大忙，也要谢你哦！那个副队长悄悄对我说，觉得干刑警很爽很有成就感吧？怎么样，想不想调过来？

艾静说，怎么，你们都喝酒了，你也喝了？你不是说从来不喝酒吗？

陆晓飞说，案子办完了，凶器最终也确认了，大家都高兴嘛。办完一桩案子，一起喝点酒庆贺一下，这是刑警队的"队规"。喝陈年好酒，必须侦破一桩特别复杂的案子，也是难得的。这桩案子因为最终找到这件新物证，避免在审案时发生误判，我们都很高兴，这种时候，我也不能不喝啊。嘿嘿，你猜怎么着，把这杯酒喝了，我没醉！陆晓飞说得兴奋起来，脸上像喝了酒似的泛红了。

艾静妈拍着手：好啊好啊，小陆你真行，真了不起！哎，小陆，你这次工作很辛苦，立了大功，阿姨也犒劳你一下，喝点酒，怎么样？要啤酒还是红酒？对了，她爸有一瓶好酒，剑南春，前两天开瓶喝过一点，要不来一杯？

陆晓飞偷偷瞄一眼艾静，这个……能喝吗？

艾静表示不悦，怎么还要喝酒？陆晓飞，在我家，你可别……得寸进尺哦。

艾静妈轻打一下女儿，去，没你的事，是我让他喝的。

小陆，就喝剑南春！你们中心这次出色完成一项重大任务，还给刘槿减轻了罪名，该庆贺一下！

酒拿过来了，捎带两个小玻璃杯。艾静妈给倒上酒，招呼道，小陆，来，喝酒，喝庆功酒。又拉女儿入座，你也坐下，沾点光，陪小陆喝点。哎，你可别推！以往你爸喝酒，有几回不也让你陪着喝吗？

艾静一副不情愿的样子，勉强坐下，缩着手不去碰酒盅。她朝陆晓飞撇撇嘴说，这案子你是立大功了，我什么事也没做，喝什么庆功酒啊？

陆晓飞认真地说，你怎么没做事呢？吴主任说的，你和阿姨，在这个案子是出了力、立了首功的。要不是你和阿姨介绍他与刘槿认识，他怎么有可能接近她，了解到案情？

艾静有点意外，这不是碰巧吗？这也算吗？又闷闷地说一句，我心里还觉得很愧疚，对不起刘槿呢……

陆晓飞说，你可不能这么想。吴主任说，其实刘槿这些年内心一直很痛苦，很挣扎。这案子重重地压在身上，只怕一辈子也不得安生。这回一下子揭开了创口，可能对她来说，反倒是好事，至少心理上得到解脱了。

艾静妈凑过来说，我想也是，刘槿这些年真是过得很惨的，就是因为心里压着这个沉重的大磨盘，连教师都不敢当了，也成不了家……想想看，一个女人这样孤零零过日子，多苦啊！哎，小陆，喝酒喝酒，艾静，你跟他碰一下杯嘛……嘿嘿，这就对了！小陆你慢慢喝，我给你们弄两个凉菜来。很快的，油炸花生米，再剥几个皮蛋。

艾静手上捏着酒盅，看了看，没喝。

陆晓飞问，碰过了，你怎么还不喝？

艾静说，你想要我喝吗？那就答应我，正面回答我一个问题。行不？

陆晓飞爽快地说，可以啊，不要说一个问题，十个问题我也能正面回答，绝不隐瞒。

那好。艾静直直地看着他，陆晓飞你实话告诉我，这次案子办成，立了功，你是不是就和吴佑斌一起去刑警队了？请正面回答。

陆晓飞愣了一下，这个问题……怎么让你想出来的？

艾静板下脸说，怎么是我想出来的？刚才明明是你自己把话漏出来了。那个副队长怎么说的，你呢，怎么回答的？陆晓飞同志，请不要回避，实话实说！

陆晓飞搔了搔头，你一定要我说，我只好实说了。

快说！

陆晓飞说，我确实想去刑警队，喜欢那种紧张又刺激的工作，野外侦查啦，发掘现场啦，真的很喜欢。可是，我又舍不得离开我们中心，嘿嘿，舍不得离开你，还有吴主任，我们一起工作的办公室。你明白我的意思吗？

陆晓飞这么说时，眼睛看着艾静，看得她脸上泛起了红晕，把头扭开去了。

你看，我都正面回答了。哎，你该喝酒了吧？艾静……

艾静把脸转过来，两颊还红着呢。她端起酒盅，两眼看着对方，好吧，我喝。一仰脖，果然把小盅里的酒全喝了。

陆晓飞赶紧也端起酒盅，一饮而尽，我陪你喝。

那么，吴主任呢？她又问，他这次立下大功，肯定想再回到刑警队去吧？

陆晓飞连连摇头，哪有的事，吴主任从没这么说过。他还劝我呢，不如留在中心，照样有机会施展自己的聪明才干，而且，还能和你在一起……

真的？他这么说吗？

这还会有假？他可是老刑警了，什么事能瞒得了他的眼睛？

哎呀，他怎么……艾静把红透了的一张脸用双手捂着，埋在桌子上了。

艾静妈端着两个凉菜走出来，咦，怎么回事，这就喝醉啦？

真喝醉了，是后来的事。不过，醉的不是艾静，是陆晓飞。两人你来我往，把那大半瓶剑南春喝得一滴不剩，陆晓飞刚刚还在嘲笑艾静的大红脸呢，忽地一下把脑袋低下，趴在桌上不动了，任艾静怎么叫怎么摇也不醒。

艾静喝过酒，一张脸彤红彤红的，倒还没醉，只是有点急了，问她妈，他醉了，叫不醒，怎么办？

艾静妈说，有什么要紧的？人不留客天留客，你把人家灌醉了，回不去了，你就得管着他。你自己想办法吧。说罢，乐呵呵地走开了。

艾静只好把醉后睡得烂熟的陆晓飞费力地架到自己的房间，让他平躺着。艾静妈过来看了看，撇了撇嘴说，你就这样让他躺着？去端一盆热水，得把小陆身上擦一下，忙了两天没换衣裳，身上的衬衣汗馊味很重吧？艾静朝她妈瞪了瞪眼，只好照样做了。

艾静关紧了房门，用热水给陆晓飞擦身子，换下他身上带汗馊味的衬衣。醉睡中陆晓飞身子软绵绵的，任由她摆布，只偶尔嘴里发出哼哼唧唧的声音。艾静费力地做事，不免要说些埋怨指责的话，醉中之人全不理会，偶尔还眯松着眼对她傻笑呢。艾静发觉陆晓飞的脸有点脏，有几块污渍，又端来一盆热水，用一块新毛巾给他擦脸，擦了额头又擦脸，擦嘴鼻，连耳根都仔细地抹了两回。

这时她发觉，陆晓飞这张面孔还是长得挺好的，肤色稍黑，但很光滑，没长痘痘；鼻梁高挺，眼睛虽不大，但两道眉毛又浓又黑；嘴巴有棱有角，还有点微微上翘。她又注意到他左眼下方有一粒芝麻大的痣，俗称"泪痣"，不禁暗自一笑，在陆晓飞脸上轻划一下，哎，你这家伙小时候一定是个很爱哭的男孩吧？

她坦坐在床沿，静静地看着熟睡中的陆晓飞，忽又俏皮地用手轻轻拍打他的脸，现在你没法跟我争论，不敢跟我讲理了吧？嘿嘿，我打你，你也不能还手。陆晓飞依然睡得很熟，很香，有棱角的嘴唇微微泛红，上扬的嘴角看上去总像是在笑。艾静忍不住，忽然俯下身去，在那人的嘴唇上亲了亲……

早晨，两人一起走路去上班。无人处，两人挨得很紧，手也挨着，陆晓飞的手悄悄地去拉艾静的手，她由着他拉一会儿，又赶紧甩开了。

她家离单位不远，走不多久就到了。

拐过前面的街角，能看见市公安局的那幢大楼。艾静对陆晓飞说，过会儿，我们分开走，别让人看见。陆晓飞说好的。

过街口，再拐一个弯，就是市局大楼。忽见那个拐角边的石阶上，孤零零坐着一个人，圆脸，短发，深色便装，一动不动坐着，呆呆地看着街上过往的人与车辆。这人的背影看上去很熟悉。

陆晓飞有点吃惊，那不是吴主任吗？

艾静定睛一看，还真是呢。这人可真奇怪，这时候，快到上班时间了，还独自坐在这儿，这是干什么？

两人走过去。陆晓飞上前打招呼，吴主任，你怎么在这儿坐着？

艾静有点担心地说，吴主任，你病了吗，没事吧？

你们来上班啦？吴佑斌回头看看两个属下，噢，我没事。

他慢慢站起身，又用手指了指前面，对两人说，你们看，这大街上，人多车也多，匆匆来，急急去。我坐这儿看了半天，发现过往的这些人，还有这些车，没见有一个人回转过来，也没一辆车掉头的。你们觉得怎么样？

艾静愣了一下，哦？这有什么意思？

吴佑斌自言自语似的说，其实，人生也是这样。时光如流水，白驹过隙，匆匆而过，似乎是一转眼间，人的一生几十年很快过去了。也不可能返回来，重新走一趟。做人做事，是好是坏，要是没看准，一旦错了，也就错过了，不可能反悔重来。你悔也没用，只能继续往前走，或许还有机会……你们说，是不是这样？

艾静和陆晓飞对看一眼，一时没能接上话。

周日休息，艾静哪儿也没去，舒舒服服待在家里，上网听听音乐，跟几个同学聊聊天。下午小睡一会儿，起来洗了个头，用吹风机吹头发，边吹边哼着流行歌曲。这时，陆晓飞打来电话，约她晚上一起吃个饭，去一条僻静的小街，一个叫"越州小吃"的店铺。又补一句，哦，我有事要跟你商量。

艾静有点犹豫。她爸出差刚回来，她妈买了几只新上市的大闸蟹，说晚上一家人好好享受一回螃蟹宴。她心里嘀咕着，姓陆的，你真抠门，头一回请我客，还找这么个不上品的小吃店，算什么嘛。又不好拒绝，找她妈商量，说，要不，把这家伙叫过来，让他吃只大闸蟹，便宜他一回？

她妈毫不犹豫地说，人家请你吃饭，干吗不去？你去呀！不是还有事要商量吗？走走走，想吃大闸蟹，我给你留两只回来再吃。快去！

艾静只好听她妈的话，精心打扮一番，出门去了。

这条小街比较冷僻，"越州小吃"的店门面也确实很小。陆晓飞早等在那儿了，看到艾静的身影，赶紧站起来迎接，满脸是笑，来了，快请进。

店内只有几张长条小桌，排得很挤，坐在圆凳上，还得缩着脚。好在客人不多，环境也还算清静。店家是一对五六十岁的夫妇，男的一脸憨厚相，走过来问，小弟，吃什么，还是老样子吗？说的是越州那边的方言。

陆晓飞也用越州方言回答，是的，两份越州年糕，再加两样小点心、米粉汤。

艾静知道他是越州那边的人，却从未听他说过方言，猛听他这样说，仿佛是另一个陌生人在说话，有点好笑，又不敢笑，捂着嘴不出声。过一会儿，才说，看样子你是老顾客了，这儿的东西好吃吗？

陆晓飞说，一会儿你吃了，再作评价吧。

很快，店家把几样吃食端出来了。

本店招牌菜越州年糕，净白的米糕切成细条，用腊肉丝、香菇丝、豆干丝等配料炒，再加青菜叶片，添点鸡汤，盛在碗里，半干半稠的，看着不怎样，吃在嘴里，味道却是很好，年糕绵软而有嚼劲，配菜鲜美，汤汁醇厚，颇有回味。

艾静不得不赞叹一句，味道还真不错呢。

陆晓飞朝她眨眨眼，是很不错吧？我从小就喜欢吃老家的越州年糕，百吃不厌。这座大城市也就这一家做得最地道，味道正宗。我经常过来吃，解解馋。你喜欢吃的话，以后我还带你过来，好吗？

艾静说，你不是说最喜欢吃我妈做的面食吗？说谎吧？

陆晓飞嘿嘿笑了，去你家吃饭，当然要说你妈做得好了。

艾静笑斥道，狡猾！这也是你的伪装学？

陆晓飞说，那倒不是。你妈做得确实也不错呢。哎，对了，我要跟你说个事呢。你知道，我爸妈原先总想让我调回我们那小城市，都说好了，调去那边公安局刑警大队。这段时间我一直做他们工作，总算说通了，听我的，就留这儿了。还说要帮我买房，把他们攒的钱凑够首付款。哎，你说，这样好吗？

艾静扭过脸去，柔声说，这种家庭大事，你问我干吗？

陆晓飞在她手背上轻轻拍了拍，我是想，能不能拜托你妈，请她帮我物色一处合适的房子，你也适当地参谋一下，可以吗？

艾静故作姿态，干吗让我说，她不是你阿姨吗？你自己去说呀。我才不管你的事呢。

陆晓飞看着艾静，你真不管啊？

艾静脸有点红了，我去说也行，她答不答应，我可没把握。

陆晓飞说，阿姨肯定乐意的。我看阿姨挺喜欢我的。

艾静忽然想到，哎，这事，你跟吴主任说起过吗？

陆晓飞愣了一下，哦，提起他，我正想跟你说呢。他给我打了个电话，告诉我，他要离开中心了，说是去情报调研室做副调研员，恐怕是个很闲的虚职。

艾静很感意外，这是怎么回事？干得好好的，干吗把他调走了？

　　陆晓飞说，什么原因他也没说。中心暂时由俞处长直管，以后可能还会再调人进来吧。听说局里对中心的工作很重视，还要增加人员配置呢。

　　艾静低着头没说话，心里翻腾起来，好像有点难受。她想起那时候对吴佑斌很有意见，生他的气，还在俞处长面前说他一大堆坏话……也许，就是那次她多嘴多舌的一说，让上级对他在刘槿这个案子的处理方式上产生负面看法，才把他调走了。

　　为这事，艾静心里郁闷了好一阵。

24

　　小小的图书室当然没法跟正规图书馆比，书少，新旧不一，种类杂乱，大多是社会各界送来的赠书，许多是过时已久的政治读物，重复且无用，另有不少是自学类图书，供犯人走自学成才之路，比较受欢迎。可惜她喜欢的文艺书不多。不管怎么说，有这样一个编排图书种类的工作，每天有半天时间可以清静地待在这儿，做她乐意做的工作，光是这一点，她就心满意足了。这可是在监狱啊，哪还有比这更好的了？

　　起先还有管教站在外面，门半开着，不时地会探头进来看她一眼。后来干脆没人管了。她干这份工作，很认真，很愉悦，熟门熟路，以前就是她的本职工作，能不好好干吗？

　　她在这间图书室很努力地做事，有时还会抽点空隙，选一本书，读上几页。如果喜欢其中的一些句子，就会把它们摘抄下来。在这个不大的屋子墙上，贴着好些用各种纸片写的警句、诫言，都是她从书中抄录下来的。譬如《论语》中的"学而不思则罔，思而不学则殆"、《庄子》中"人生在世，恍若白驹过隙，忽然而已"、《诗经》中的"投我以木桃，报之以琼瑶。匪报也，永以为好也"等。

前些天送来一批捐赠图书，她欣喜地发现有一本略有破损的《神曲》，即给它作了细致的修补，摆在书架上。她再读《神曲》，又有心得，从中摘抄一句，"如同受夜间寒气侵袭而低垂、闭合的小花，经微白的朝阳一照，朵朵在花茎上挺起、开放，我的萎靡的精神又振作起来"。她经常对着墙上的这些纸片，看了再看，默然感悟一番，也希望来这儿借阅的狱友看见，读了，受到启发。

有个年轻的女狱友，时常过来借阅这里的图书，跟她关系很好，叫她刘姐。女狱友也爱读她摘抄下来的这些句子，有一回在《神曲》这句话前，轻声吟了好几遍，眼里竟有了湿湿的泪。第二天，女狱友摘了一小捧沾着清晨晶莹露珠的野花，插在图书室的门上，小纸条上写着：送给刘姐。

快中午时，有管教走进来，对她说，有人探视。你去吧。

她问，是谁啊？

管教眉毛一挑，说，来过的。你猜会是谁。

这一说，她就明白了，应该是他。

走近会见室，从玻璃窗望见来人的背影，果然是他。

每次他过来这边，都穿便装，看上去很普通，不起眼，刚剪过的短发，白头发似乎更多了。像其他探监人一样，不声不响排着队进来，找张小桌坐着。

见了面，只是微微一笑。

她轻语一声，你来了。

他说一句，你还好吧？

隔张小桌，两人相对而坐。

两人的手随意地摆放在桌面上，四目相视，脸上有些微笑意，眼里蕴含着温热的光色。

她说，前两天，艾静和小陆两人过来看我，带了好多她妈做的吃食，两人看上去很亲热，手拉手进来的。他们快结婚了吧？又问，你去河口镇季伯伯家了？他……怎么样了？病好些了吗？

他神色黯淡地说，老人去世了。病了那么久，挺遭罪的。还好，走得很安详，不是很痛苦。我去河口镇参加葬礼，送了花圈，也替你送了。我留那儿陪了老人一夜。

她默然流泪，轻声说，季伯伯走了……我心里很难过。在河口镇，季伯伯最疼我，最关照我。他不在了，老屋也没了，以后我恐怕不大会去那儿了。

他说，你别太难过。你猜，季伯伯病重时，把什么送给我了？是宝儿，他养的那只鹩哥。

她有点吃惊，那么，现在是你养着宝儿？

是的。他说，我们好像也是有缘，宝儿在我那儿很乖顺，很好养，吃点小米小虫子，喝点水，就行了。我还教它说话呢。知道我教它说什么吗？就是你写过的那三句，隔河而笑，相去三步，如阻沧海。不过，它还没学好，发音不太准，只有我勉强听得懂。

他把摆在桌上的手伸直了，嘴里轻声吟着：隔河而笑，相去三步，如阻沧海。吟时，手往前探进一些，触碰到那侧她的手了。

她不禁笑了。

他也笑了，说，你看，其实并不总是如阻沧海的。

两人又轻轻地说了一些话。探望时间快到了。她想起一件事，问他，对了，上回你来，不是说女儿要考研，转读法律吗，考上没有？

考上了。他说，是北方一所很好的大学，过了暑假就去。她考上了"司法资格"，在一家律所当实习生，挣点生活费。我的手机上有她发来的照片。同学结婚，她当伴娘，漂亮吧？

她定睛看着手机里那张清晰的照片。

阳光下，一张年轻俊俏的姑娘的脸庞，眼眸清亮，充满青春朝气与活力，雪白的颈窝间，戴着一串绿松石。是她送的那串呢！

　　她欣喜地抬头看他，他也正看着她呢。

25

父亲出差去了，又逢周末，艾静就有理由把陆晓飞叫到家里来了。先让她妈做好吃的，美美吃一顿，然后坐在客厅看电视。两个热恋中的年轻人，在大沙发上坐着，身子紧挨在一起，手也互拉着，艾静又把脑袋贴过去倚靠在陆晓飞的肩膀上，还不时地伸手在陆晓飞脸上身上东摸一把西摸一把，很腻的样子。她妈在旁边坐着，装出目不斜视的样子，看一会儿电视，又佯作打哈欠噢噢两下，回房间去了。

只剩他们两人了，艾静便越发放肆，不肯好好坐着，两只手挽在陆晓飞的脖颈上，一条光滑白嫩的小腿，无所顾忌地斜横过来……电视机里的画面哪里还看得进去？两人很快就溜进房间，不一会儿，就把床上的被单枕头弄乱了。

艾静有点惊讶自己怎么会变得这么"贪欢"。只要与陆晓飞单独在一起，她便满心渴望投进他的怀抱，渴望他的热吻，渴望两个人温热的肌肤紧挨着，挤压着，渴望听到男人浑厚的喉音在她耳边说些脸热心跳的话，尤其那令她魂魄震荡如堕云海的激情冲击……激情过后，两个人绵软地躺着，十指相扣，四目温情对视，说些甜言蜜语，那简直……用文学一点的词语形容，便是韵味无尽，余音绕梁不绝。

极度兴奋后，通常睡不着，两人就聊起了闲话。这晚聊的是即将登门来谈亲事的未来公婆，一问一答，他们长什么样，脾气性格如何，初次见面我该怎么称呼？她在他的身上摸捏着，大惊小怪地说，哎，你该去体训室练练了，摸着你的腹肌不那么硬实了，不过，别太累，悠着点……

对了，我去看吴主任了，陆晓飞想起来说，跟他说好了，明天我们一起去看刘槿那幢旧房子。

艾静问，吴主任那个新单位在哪儿？

陆晓飞说，他们那个情报调研室，就在大院子最后面那个三层小楼，上世纪八十年代的老楼，两间旧屋，几个上年纪的老公安，我看也没什么事，闲坐着，一边喝着茶，一边抽烟聊天。

那吴主任呢，他在那儿干什么？

我进去时，他独自靠窗边站着，看着外面呢。噢，他还是那个习惯，搓着手。

艾静无声地叹一下，他在那儿没事干，一定待着没味道，很孤单的。

还好吧。陆晓飞说，他看书呢。我看他桌上摆着书，好几本。有一本我知道，上次查案时他提到过，就是那本刘槿喜欢读的《神曲》。另外有一本书，我有点好奇，他怎么会想到读它。《时间简史》，你知道是谁写的吗？

艾静说，知道啊，英国很有名的科学家霍金写的，前两年读过。吴主任在读《时间简史》吗？宇宙浩渺，世界无穷，小小地球如同一粒尘土。咦，这些好像跟查案离得有点远呀。不过，他这个人是有点特别。你还记得吗，审完案子的第二天早上，他一个人孤零零坐在十字街口，看过往的车辆，还跟我们说了几句话。哎，他说什么？我忘了。

陆晓飞想了想，他好像说的是时光飞逝一去不复返什么的。恐怕上了一定年岁，经历多了，头脑里就会复杂起来，不像我们年轻人，涉世不深，比较单纯，不会想太多。

艾静说，我想起在哪本书里读到的，有的老人内心就像一口很深的枯井，永远不能探出它的深浅。你说，吴主任像不像这种人？

陆晓飞想了一下，这个，我还不能判定。

艾静又说，对了，还有刘槿，你想想她的经历，应该也是这样的人吧？你说，他们两个人，吴主任和刘槿，真心相爱吗？他们这样经历的人，心里带着那样的创伤，以后会怎么样？能在一起长久地生活吗？

陆晓飞没回答，打了个哈欠，过一会儿说，有些事，谁也说不准。别聊了，睡吧，我有点困了。

艾静听话地嗯了一声，凑过去，像小鸟一样，把脑袋钻进陆晓飞怀里，不多一会儿，就睡着了。

这一夜，艾静睡得很香，很踏实，几乎没做梦，直到她妈把房门嘭嘭地敲得很响，才一下被惊醒过来。她猛地坐起来，发觉窗外亮晃晃的，已是艳阳高照，漫溢进来的初夏的日光刺得两眼发花。

你还不起来啊？艾静妈走进房间，嗓门很大地数落女儿，你这懒丫头，人家小陆早就出去跑步锻炼了，这会儿都吃过早饭了，就你，喜欢睡懒觉，让人笑话呢！

妈你真啰唆，人家休息天难得睡个懒觉。艾静舒服地伸个懒腰，扭头看一眼床头的闹钟，叫起来了，哎呀，这么晚啦？陆晓飞这家伙真是，早起了也不叫我一声！

她急忙跳下床，拖鞋也不穿，直奔卫生间冲了一个热水澡，快速地刷牙洗脸，头发胡乱梳几下，奔餐厅找东西吃了。

艾静妈嘴里嘟哝着走进房间，扫一眼乱糟糟的房间。床铺上是胡乱掀翻的被子，地板上，东一件西一样随意乱丢的衣裳袜子。她小声怨道，真是越大越不懂事了，连自己的房间都理不好，哪像快要结婚的人……

她整理着床上的被子，又弯腰下去捡起一件件衣物，忽就看到床脚边有一样东西，有点显眼。她捡起凑近一看，脸上顿时泛起羞涩，笑骂一句，两个马大哈，不羞不臊的，这东西也会随便乱扔！

艾静一手端杯牛奶，一手拿手机，嘴里咬着一片烤面包，把头探进房间，大喊一声，妈！我们走了，今天跟吴主任约好，要开车一起去外地。话没说完，就跑出屋子了。

艾静妈有点着急，追出去叫女儿，小静，你忘了吗？今天小陆他爸妈都要过来，要谈你们的婚事，你们怎么可以跑到外地去？

那边陆晓飞已把车发动起来。艾静从副驾驶座上探出头来，笑嘻嘻说，妈你放心，不会很长时间的，去那儿看一眼就回来，来得及。

这幢不算很古旧的民居，在这个古建筑群里并不显眼，其他五花八门、式样花哨的房子多了，估计游客也不会很关注它。他们找到它却费了些时间。不过，等他们看到它时，还真有点意外，甚至可以说，十分吃惊。

原拆原建，是一项讲究技艺的活儿。那些能工巧匠果真说到做到，把整幢老屋都搬来了，连一块瓦片一根木片都没落下！那些砖瓦、窗台、屋柱、垫石，原先在哪儿现在还在哪儿，而且，连墙壁上的破损斑块，墙角壁脚的青苔似乎也还保留着原先那经历百年风雨的沧桑模样。另外，环屋栽了成片的竹子，微风吹拂，枝叶摇曳，青青绿绿地围绕着。连老屋旁边的木槿树也没忘了栽，篱笆墙似的一长排，青枝蔓叶，此时正开着耀眼的或白或紫的花朵。

他们三个人，原先都见过这幢老屋，自然别有一番情感，好像见着故旧一般。此时，散乱地边走边看，慢步绕着屋子外墙，无声息地走了两圈，仔细地看了又看，不时地点头，显然都觉得不错。

陆晓飞感叹说，别说，还真挑不出毛病呢。

吴佑斌微微点头，是的，活儿做得很专业，不错。

艾静则啧啧惊叹，简直有点神奇哩，就像忽地刮起一阵风，把那幢老屋原封不动地吹到这儿来了。嘻嘻。

陆晓飞笑着问，你是不是联想到哪个童话故事了？

走进屋里，又有点吃惊。那些古旧笨重的座椅、桌子、橱柜、供桌等旧家什，居然都照原样摆着，地上也还铺着原有的深色青砖，甚至那个旧燕子窝都在原来的位置上，随时可招引来燕子筑起它们的新巢。

走上楼去，发觉楼板局部做了修理，有几块破板置换了，很难看出有什么异样，可见是很费工夫的。当初楼板上乱糟糟散放着各种农具和家什，也还在那儿，只不过摆放的位置是经设计的，看上去虽似杂乱，却让人一目了然。当然，那堆陈旧的稻壳肯定是不会在了。楼板上清清爽爽，找不出一粒稻壳，或是蛆壳。

陆晓飞那时勘查现场在这楼上待了很长时间，第一次走了弯路，做出错误判断，后来吴佑斌来了，才找到那件定案的凶器，此时"旧地重游"，难免勾起他的联想，不觉又兴奋起来，拉着艾静的手，指指点点，这里那里，这个那个，说个不停。艾静忍不住笑起来，哎，陆晓飞，你酸不酸？又来这儿吊唁古战场了？

她发觉，同行的另一个男人，吴佑斌，踩着咯吱作响的楼板在楼上慢慢走了一圈后，什么也没说，头略低着，两眼默默地看着原先堆着稻壳的那片光光的地板，目光凝重，神情复杂。而后，掉转身，下楼了。

她招呼陆晓飞一声，也跟着下楼了。

他们在堂前的座椅上坐着歇会儿，拿出自带的矿泉水喝。外面热，这老屋里还有丝丝凉意，待着挺好。一侧的半桌摆着几只蓝瓷茶杯，一把古旧的锡壶，盛放在一只玻璃圆盘里。

艾静呆呆地看着，话音幽幽地说，我想起来，那年我到刘槿家，坐在这座椅上，她就是端着这把锡壶，过来给我倒了一杯凉茶，说是泡的六月霜茶，解暑气的。

陆晓飞接口说，这几只蓝瓷茶杯，我们那回来这屋勘查，也用来喝过水。

吴佑斌没作声，只是默然地小口小口喝瓶装矿泉水。

艾静用手轻轻触碰他一下，哎，吴主任，过两年刘槿出来，你会陪她过来这老屋看看吗？你说，她愿意过来吗？

吴佑斌想了想，说，我想她会过来的。这毕竟是她家老屋，有很深感情的。

过会儿，吴佑斌起身说，走吧。先走出去了。艾静跟着也走出了老屋。

陆晓飞跟在后面，忽又转个身，站在那两扇对开的大门边，摇着门板，看来看去，似还意犹未尽，叫住艾静，说，哎，你说，他们把老屋的东西全搬来了吗？一样都没有漏掉？

艾静顺口说，是啊，我们不都看到了吗？

陆晓飞笑着说，我看还有一件很重要的东西，这屋里没有呢。

艾静问，你说是什么呀？

陆晓飞用双手比画着，大声说，就是那个麻栗木门闩！粗粗的两头包铁的门闩，这门后可没这样东西。你没注意吧？

艾静愣了一下，是吗？那它……去哪儿了？

陆晓飞一脸得意，大声说，这还用问吗？它呀，哈哈，还在市局刑警队的物证室待着呢！

艾静笑了，原来它在那儿啊。放物证室也没用，积灰尘生锈而已，不如摆这儿来呢。

陆晓飞说，也不是。你知道管物证室的小于吗？

知道啊，不就是很瘦小的，穿最小号警服的那个小于吗？

对，就是她。陆晓飞说，她值班时有空就拿那个笨重的门闩练举重，有一回我过去，看她用那根门闩敲核桃吃，两手摆弄它，很轻巧很灵便的样子，一敲一个准，还请我吃核桃呢。

艾静乐了，真的吗？真是熟能生巧呢。哎，吴主任，你说是不是？

吴佑斌看她一眼，没搭腔，转身走了。

快中午了，初夏的日光很耀眼，风吹过脸上也有几分热了。

忽听得有清脆的叮叮当当的响声。

循声仰头望去，发觉这老屋的屋脊一侧还有一样新奇的玩意儿。一根杆子上，竖立着一只形状可爱的大公鸡，风吹过，它便转动起来。下面悬挂着四个铃铛，再下面还有个扁圆的牌牌，印着"东""西""南""北"四个字，曲曲的，还是篆体。

艾静一下就看出来了，笑道，这是风向标嘛。这只大公鸡真可爱！

陆晓飞惊叫起来，怎么多了这么个东西？好像原先老屋没有它的。

吴佑斌不紧不慢地说，早先是有的，不过我们看到时，它只剩一根生锈的铁杆了。这是恢复了它初建时的样子，他们想得还真周全，蛮好的。

这时，有阵风吹过，风向标又叮叮当当地响起来了。

艾静兴奋地笑着说，哈，这风向说变就变了，东风又转南风啦……

后　记

　　一年多前，二〇一九年十月下旬的某一天，我终于有机会从书房和电脑前"逃离"，拖着略感疲惫的身体，带一颗昏蒙不堪的脑袋，去往很远很远的地方。写作《失踪》这部不算长的小说，已让我耗费了半年多时间，后面大约四分之一，小说最重要的部分，卡住了，久久未能写下去。我如同一个挣脱牢狱之苦的囚犯，怀揣被赦免的狂喜，奔向这次遥远旅程。我暗自想，在这段日子里，决不去想小说，决不！

　　实际上，那是半年前就已预定的一次小团型旅行，目的地是英格兰，还有爱尔兰，时间为半个月。这是一次向往已久的行程，对我来说，意义非同寻常。我在随记《英爱行》首篇头一段便这么写：

　　　　毫不夸张地说，这是一次漫长等待后的飞奔。十年，不止，二十年，也不止，应该是将近半个世纪吧。确切的年份记不清了，肯定是我的少年时代，在某个蓝天白云的上午，或是某个阴沉沉的下午，或者……总之，那以后，我便开始向往着一个叫英格兰的遥远国度，想象那些地面铺着碎石，不时辗过铃铛乱响的双轮马车，弯弯曲曲的街巷，想象在伦敦早晨雾蒙蒙湿漉漉的空气里，打着弯柄黑布伞头戴礼帽的绅士，或衣着邋遢的流浪汉，在嘈杂不堪的街市上晃动的身影。这全是因为一个人，一个陌生人，一个叫狄更斯的尖鼻子瘦长脸的英国佬。是他把我勾引了，不动声色地，居心叵测地，用一本叫《大卫·科波菲尔》的小说，整个地把中国南方某偏僻小镇的一个少年愚钝平静的心给搅乱了，乱了全部方寸，直至如今，六十多岁了，仍心心念念，想见老情人一般，春心潮动，慌不择路，无所顾忌地朝她奔去……

我的少年时代，可用黯然失色这样的词句描述。小学五年级时，全国性的大运动一开始，我便辍学了，只能去生产队劳动。队里强劳力挣十个工分，值四毛钱，我劳动一天只有两个工分，值八分钱。第二年去放牛，一天挣三个工分，头一天那只小母牛就把我摔得鼻青脸肿……现实生活在小镇少年面前呈现的是一幅极其灰暗无光的画面，那时候，心情沮丧的我，堪比梅雨天泥墙下淋湿了毛羽的小鸡崽。

有一天，我姐拿回家一本书，很大很厚，书中还有好看的插图，高鼻子大胡子的男人，臃肿如巨球般的女人，还有清朗少年和美貌女子。我被迷住了，像一头饥渴已久的小羊闯入芳草园，发狠地啃读这本书。书里有好多不认识的字，连封面作者"狄更斯"的"狄"也认不得。我连跳带蒙，仅仅两三天，就把书全读完了。啊，那感觉太美妙了，仿佛整个世界都变了样，那么明朗绚丽，五光十色，美不胜收。小说中形形色色的人物，整日整夜地在我脑子里晃悠着，欢闹着。主人公大卫·科波菲尔的童年苦难多舛，少年时又有种种曲折离奇的经历，经一番奋斗后他终获成功，出人头地，成为一名受人尊重的作家。这一极富传奇色彩夹带温馨爱情的励志故事，像一道耀眼而炽烈的闪电，照亮我如地拨鼠般逼仄的生存空间，仿佛看见一轮明月从清冷的水池边缓缓升腾。

以后的日子里，我发疯似的到处找书看，贪得无厌，啃读不止。可是，小镇很小，书源很少。小镇有一个图书馆，在镇中心一幢三层楼房里，我家出巷口就是。楼房的底楼有一间单独隔起的小屋，很小，五六平方米，里面摆着两排书架。书架上摆满了书，竖立着，只露出它们神秘的脊背。还有一排是报夹。小屋外摆一张丈把长的桌子，有几条带靠背的长椅，供人阅读用。小屋对外开一个比脑袋略大的窗口，我曾无数次趴在窗口朝里面巴望那两排书架。小屋里总坐着一个剪短发的女人，不知她多大年纪，只知道她个头挺高，说北方话，不是山东话，我们那儿好多干部是山东人，但她不是。我不喜欢她，因为她从来不对人笑，对趴在窗口的我，一个不起眼的小学生，更是不理不睬，视若无物。借书要借书证，小镇上有借书证的人很少，我也都不认识。我从未开口向那女人借书。我知道说也没用。

后来，运动来了，图书馆封了，小窗口也关了，再没有打开。但不知为什么，小镇仍悄然涌动着一股暗流，一些贴着图书馆标签的书，仍在某些人手里悄无声息地流转，那些书的封面越来越破旧，纸页也有撕碎或缺损。我看到的《大卫·科波菲尔》，就是图书馆里的藏书，书腰贴有标签，封面缺了一个大角，里面有几页不知去向。后来运动越发热闹了，小镇上新闻不断，今天这个人被揪出来，明天那个人被打倒。一天，听说图书馆那儿有人死了。我赶去看热闹。进屋头一眼便看见那张长桌上直直地躺着个人，触目惊心的是那两只脚，女人没穿袜子的两只大脚，硬生生戳进我眼里。是图书馆的女人，那个从不对人笑从没理过我的女人。听旁人议论，女人被大字报揭发，用封资修的书毒害人民群众，她是出身不好的阶级异己分子，要把她押回老家批斗。不知她怎么想的，用绳子先把自己吊死了……

去年，小镇搞文化建设，新建一个图书馆，向我征邀图书。我把自己这些年出版的几乎所有著述收集在一个大纸板箱里，签名，盖章，快递过去。这是我唯一书目最全的一次赠送。其中群众出版社出版的《大宋提刑官》一书，我是从孔夫子旧书网上求购的，买了八九本，结果大多是盗版，且是各不相同的版本。几十年前小镇那个五六平方米两排书架的小图书馆，依然深印在我脑海中，虽然我从未从那里借过一本书，但它是我心目中的文学圣地，是我真正的文学启蒙地。我永远怀念它，敬崇它。

英伦之行很愉快，很轻松。在伦敦，同行人去商业大街购物，我悄然抽身，寻一些冷僻的街巷随意行走。在随记中我写道：

小雨中打着伞，择小街细巷慢步走了一程，感觉甚好，除了没有石子路和马车，其余都对！我甚至暗中有了期盼，没准一不留神，一个打着弯柄黑伞头戴礼帽的尖下巴山羊胡子的瘦高个男人猝然从一条小巷走出来，似笑非笑地朝我一挤眼，说，小老弟，牛津街摄政街那些商业大街哪是你我小平头百姓去的？还是多看看底层生活吧，要不你的小说会沾上铜臭味的！狄更斯身处十九世纪，大不列颠及北爱尔兰王国国势鼎盛，炙手可热，号称"日不落帝国"，但他笔下写的都是底层社会的人，善良的，可怜的，有趣的，可恶的……他在《双城记》写下一段很有名的话：这是一个最好的年代，这是一个最坏的年代……有趣的是，狄更斯没在小说里写皇恩浩荡，没为大英帝国大唱赞歌，维多利亚女王好像还是蛮喜欢他的，几次要接见他，狄更斯摆了摆谱，才见了她一回。

半个月的旅行结束，回到家，回到书房，坐在电脑桌前，简直如有神助，没多久就把《失踪》最后部分写成，完成了小说初稿。有点想不明白，是什么打通了我的"任督二脉"，令文思敏捷起来？莫非在异国他乡从文学大师那儿沾得了一点灵气？

细想一下，这次旅行中，确实很少想未完成的小说，在英伦三岛行走，多处拜谒文学大师，追忆当年拜读他们大作时所思所得，倒是时有感悟与冥想。不觉中，对文学的本源与价值，这十分老套的命题，竟也反复地想过好多回，颇费一些脑筋。我暗忖，不光是我，许多搞了多年文学的人，大概也会苦苦地思索，不时地质问。当下人类世界，科技迅猛发展，令人应接不暇，地缘政治险象环生，族群分裂，社会矛盾异常尖锐，当此时，文学，这门已相当古老且越来越被边缘化的学科，还有多少价值？还能生存多久，我们还有必要继续写下去，还能把文学进行到底吗？

众说纷纭，没有确切的令人满意的答案。

我扪心自问，若我此生未遭遇文学，将如何？若此后，不再接触文学，又如何？久思后，自答：若无文学，便如生命中无那一盏烛火，此生将是一片灰暗，无半点光亮与色彩。人之将老，生命之夕更须文学之光燃照、陪伴，不是亲人，胜似亲人！

我依然坚信文学基于"爱"，基于"悲悯"，基于"恕"，等等，可以给人类社会，给这纷杂混乱的世界以爱的拥抱，以慰藉，以宽恕。人这种独霸地球自以为是的生物，自身有许多弱点与缺陷，文学用最生动最直观的方式予以袒露，予以解剖，予以诊疗救治。人生苦短，哪能没有痛苦和悲情？文学难道不是最好的抚慰剂？在机场，在泳池边，在火车上，看到有人捧着书本在读书。在家中，小孙儿用童稚的嗓音高吟唐诗宋词，我心得以宽慰，欣喜不已。我甚至想起李叔同在大限将临之时提笔写下"悲欣交集"四个字，他的内心是否至此才真正感悟到怎样才是真正的"悲天悯人"？

二〇二二年一月二十九日

附录

羽毛只有自己身上长出来，才是最美丽的

——作家廉声访谈录

深秋时节一个温暖的下午

杭州某清雅的茶馆

作家廉声与记者 H

记者 H：廉声老师好。我最早读你的作品，是在中学生时代，差不多有三十年了。当初是被《收获》上那部中篇小说《月色狰狞》吸引住了，以后，大学期间又陆续读了一些你的中短篇小说。《月色狰狞》这部中篇小说在圈内的反响很大，被多方转载，收录于多种小说选集中，还有一些相关评论。我很喜欢你的小说语言，遣词精到，语句优美，有诗的韵律感。还有设置精妙的人物关系，故事很曲折，很有趣，有出人意料的结尾。《月色狰狞》中，最后莫天良被他弟弟

误杀，血从后背喷出击向蚊帐的情节，令我至今记忆犹新。我认为你的小说观念比较前卫，似乎在小说故事中隐含着什么寓意。我读到过一篇评论，称这类小说为"新历史小说"，是这样吗？

廉声：说起三十年前的小说，我可以补充一下当时的情况。《月色狰狞》这部小说，我是在北京鲁迅文学院作家研究生班读书时的最后一个学期写成的。记得那回《收获》杂志编辑程永新（现在是《收获》主编）来鲁院组稿，在我隔壁房间的浙江同乡余华和莫言处聊天、看稿。我从没给《收获》寄过稿，就让余华把我的稿子给程永新看看。程永新当时来不及看，带回上海了。没多久，我们毕业各自回家了。我回浙江临安，余华好像也回嘉兴了。那是 1991 年初。《收获》在 1991 年第二期刊发了《月色狰狞》。我是读到订阅的《收获》杂志，才得知此事。后来程永新说，读稿后就决定要用，但找不到作者，地址不详，那时也没有个人电话，刊发后才通过作协找到我。

《月色狰狞》发表后，数年内我在《收获》《人民文学》《江南》《天津文学》等多家刊物发表此类中短篇小说二三十篇（部），包括《妩媚归途》《妇女营》《步入陷阱》等。这是我小说创作的丰收期，那时也是国内小说创作十年高潮期的最后一波浪潮吧。此后，国内小说创作进入很长时间的静默期，或说低潮期。有关"新历史小说"的说法，究竟谁提出来的，我不清楚。我记得那时有个选集，是王彪（小说家、现《收获》副主编）选评的《新历史小说选》，收录了《月色狰狞》，另有陈晓明（著名评论家、北京大学中文系主任）选评的《中国新写实小说精选》收录我的中篇小说《妩媚归途》。所谓"新历史"，在我看来，其实是作家对过去的事，那些历史上已有定论的人物、事件，做出某种不同于前人固有看法的价值判断，包括史学和文学，也可以说，是在小说中寄寓了作家对历史独有的审美注视。这种审美注视是隐于人物故事中的，是复杂、模糊和不易察觉的，有时甚至是矛盾的。

记者 H：说到了余华、莫言，我对你们那个作家研究生班蛮感兴趣的。你可以介绍一下你们那个班的同学吗？除了余华、莫言，还有谁比较出名？

廉声：这个作家研究生班是中国作协鲁迅文学院与北京师范大学合办的，就办了这一个班，三十多人，学期两年半，学分制的，毕业后写论文，有硕士学位。这个班名家多啦，莫言现在最有名，获诺贝尔奖了。余华名气也很大，国外出了一本又一本书，《活着》《在细雨中呼喊》《许三观卖血记》《兄弟》等，得了好几个国际奖。还有刘震云，从《塔铺》《一地鸡毛》起步，到《一句顶一万句》《我不是潘金莲》等，有多部小说改编成电影，在影视圈的名声更响。迟子建，现在是黑龙江省作协主席，我的小师妹，读研时我们同一个导师——《人民文学》副主编崔道怡。迟子建的小说越写越好，近年对现实社会的观察视角大为拓展，广受好评，得了不少奖。洪峰，早些年是与余华、苏童他们齐名的先锋派小说家，现在云南偏僻乡间生活，作品似乎不多。当年我们一起踢足球、下围棋。他是铁杆球迷，喜爱足球明星普拉蒂尼，给儿子取名"蒂尼"。内蒙古"三剑客"——肖亦农、路远、邓九刚，他们的作品很不错，北方草原味很浓，多有获奖。近年风头很盛的女作家严歌苓，不少小说改编成影视剧。她在我们这个班没待多久就去美国了。还有海男，和迟子建一样，是才女，诗和小说都很好，出了好多书，还会画画，有浓郁的艺术气质。女作家还有毕淑敏，当过兵，又去学医，前些年她写的书很畅销。有个部队女作家于劲，是浙江老乡，她和毕淑敏在班上属大姐级的，她爱人钱钢的《唐山大地震》很出名。于劲有胆识，也有才华，当年写志愿军战俘的报告文学《厄运》，非常棒，读后令人震惊，可惜过早病逝了。另有王树增、王宏甲、徐星、叶文福、岛子、王刚等，都是有名气的小说家、诗人。有一位同学好友刘以林，当年以小说《马路求爱者》成名，现在成著名艺术家了，在绘画、雕塑方面有独到的建树，作品在海外多有展出、获奖。

记者 H：十几年前，电视剧《大宋提刑官》非常火，据说在央视播出时，收视率一度超过《新闻联播》，豆瓣评分很高，至今仍被人津津乐道。后来才知道，编剧是你。你是怎么从小说转到写电视剧的，能说说吗？

廉声：这些年从写小说走向影视剧创作的作家很多，有的是从改编自己的小说开始进入影视，也有的因种种原因，不想写小说，去写电视剧本了。我写电视剧本有点偶然，是一个戏剧界的编剧朋友邀我介入的。《大宋提刑官》是我和那个朋友一起创作的，我写了其中约一半案子，主要是后面几个官场大案。那是我第一次写电视剧本，觉得很有意思，写得很带劲。后来想想，主要动力是可以将自己擅长编故事的特长发挥出来。一个大案子的容量相当于一部中篇小说，人物情节可充分展开，用你的丰富想象力，巧思妙想，运用缜密的逻辑，编织情节，设制悬念，一层层地铺展开来，施展种种推理手段，最后将真相一一揭开。说到底，这是编剧与观众一起玩很有趣味的一种智力游戏。你编得好，编得巧妙，既能引人入胜，又让人豁然开朗后心服口服，额首称赞，议论不休。你想想，那些日子，每天晚上有上亿观众看你写的剧本，这有多厉害啊！说明你成功了，有很大的满足感、成就感。

记者 H：我对这部电视剧印象很深的，好像不在案情的复杂曲折过程，而是其中的一些人物，特别是几个官员。譬如有个自己分毫不贪、盗取库银行贿上司以获升迁的通判；主角宋慈那位官居一品的岳父，被揭露隐情后，感到无脸回乡，半路上自杀了；还有那个据有豪华庄园、藏着八个大箱子、掌控京城官场秘密的被废黜官员，好像是郭达演的吧？这些与众不同的官场人物你是怎么创作出来的，有原型吗？

廉声： 有句话说，一切历史剧都是当代剧。今人写历史故事，肯定会把现实的一些因素糅入剧情中，剧中一些人物也势必会带有时代的刻痕。不然，就不好看，引不起观众共鸣，没意思了。你说的剧中那几个官员，一个是"库银失盗案"中的嘉州通判袁捷，穷苦出身，十年寒窗，每天一把炒黄豆苦熬出来，总算考中了，做了官。他凭借出色的才干做出显赫政绩，仍得不到升迁，无奈只有走贿官求荣这条道，又没钱，只能偷盗官府库银。这是官场之争中的一个悲剧性人物。宋慈的岳父薛庭松是一品大员，这个案子叫"史文俊投敌案"。薛为掩饰自己的丑事，设计陷害同朝的武将史文俊，说他暗通北方敌国，把他关进死牢。此事被宋慈揭露后，薛被罢官，遣返乡里，他羞愧难当，已无颜见乡中父老，就自尽了。郭达演那个庄主演得很出彩，比他演小品还好。此人虽不做官了，但因为拥有八大箱官员们贪赃枉法的证据，就拿住了京城众多贪官的把柄，由着他支使调用，可以在京

城呼风唤雨，掌控大局，连宋皇也对他没招，只好把八个大
箱子一烧了事。要说剧中所写的这些人物，现实中是否存在，
你不用多想就明白了。

记者 H：据说这部电视剧虽然很受欢迎，反响强烈，主
演何冰表演非常出色，却没能参与评奖，跟剧情有没有关系？
好多年过去了，现在可以说说吗？

廉声：这事我不清楚，也不太明白。电视剧受众广，影
响大，本质上是一种通俗艺术，如同从前老百姓爱看戏曲一
样，必须通俗易懂，善恶分明，不能由着性子玩深沉。尤其
现在电视剧的观众大半是中老年人，他们三观鲜明，眼里揉
不得沙子，喜欢看到冤情得以昭雪，坏人必须受惩罚。一部
电视剧受欢迎，或被追捧，是因为它的剧情在观众那儿得到
良好回应，观众的期待心理获得了满足。观众看电视剧会有
代入感，会对社会某些现状产生联想，编剧在写剧时，也必
然带入自己思考的一些想法，自身的价值观有意无意都会代
入剧中人物与剧情之中，就跟写小说一样，这是无法避免的。
在看一部古装探案剧时，观众自然会联想到现实社会的一些
情况，产生一定的共鸣。这应该是正常的反应，是好事，但
有的人不这么认为，用"借古讽今"这样的套话来评说、指
责，其实是有点小题大做、矫枉过正了。

记者 H：我有点好奇，你电视剧本写得好，为什么又回

过来重新写小说了？

廉声：电视剧本是与小说不尽相似的一种文艺样式，它更接近普通观众，或说更接地气。形式上它较靠近戏剧或戏曲。说实话，写电视剧本并非我文学追求的最终目标。做电视剧编剧有很多局限性，常常不能尽兴而作，尽兴而为，有时感到很无奈，会厌烦。我最喜爱的还是小说，起码自由度大，想怎么写就怎么写，发表、出版由你决定，怎么写由我做主。我从没放弃对小说的关注与思考，这些年读了不少好小说，对小说创作有新的认知与思考。

记者 H：实际上我是得知你最近写了一部新小说，才特意来拜访你的。你近来重写小说，是因为写作上产生了新的思路？与以往有什么不一样的考虑？

廉声：对小说艺术加深理解和观念更新，就一个小说作者来说，是必需的，不然只能在原地踏步，故步自封是没有出路的。写过电视剧，再回过头来写小说，感觉视野开阔了，思路与写作笔法也与以往不太相同。譬如说，推理小说。以前我们读国外的著名推理小说，欧美作家写的如"福尔摩斯探案"小说，阿加莎·克里斯蒂的"波洛探案"小说，斯蒂芬·金的惊恐小说，以及日本的推理小说，一般认为，这类小说设置故事悬念吸引读者是主要的，内涵不深，把它归于通俗读物一类，作为消遣性的文本看待。可是，这类小说也不能一概而论，其中一部分并非没有文学性，或缺乏艺术特质，并非没有深刻的意义蕴含其中。美国作家斯蒂芬·金曾为此愤愤不平，后来他还是得到了认可，获得了美国国家图书奖的终身成就奖。我们看过改编于他的小说的电影《肖申克的救赎》《绿里奇迹》，还有《危情十日》等，不光有惊险曲折的故事情节和鲜活的人物，也蕴藏着较深的社会认知与复杂的人性探索。我很喜欢的一个作家，瑞士作家迪伦马特，他写过犯罪小说《法官和他的刽子手》《诺言》《嫌疑》等。这几部小说可看作侦破小说，有凶险的犯罪、严密的侦破过程、神勇的侦探人员，但它却非一般意义上的侦破故事。迪伦马特的犯罪小说以侦破案情的形式，在故事中融入了作家主观表达的复杂的社会心理与人性思考，读毕令人深思，发人深省。这样的小说，绝不是仅作为消遣的普通文学读本。

记者 H：很有幸，你让我读了这部尚未发表的小说《失踪》中的几个章节。我猜测，小说的故事应该是很曲折的，很有悬念，可读性强。另外我发觉，你的文笔跟以前相比有较大改变，变平实了，沉稳了，不过，还能看出是你的作品，有你特有的语言风格，有些描写非常细腻，细微处似能嗅出某种独特的气息。我喜欢这样的文字，跟通常的侦破小说不太一样。是不是可以猜测，你所写的这部小说，讲着一个有侦破性质的故事，又隐约带有想要表达的其他意思？

廉声：有关这部小说的人物情节，恕我不能多说。你的猜测没错，我确实是这么预设这部小说的，包括在人物设置和情节安排上，会与一般的侦破小说有不一样的处理。或许会有读者觉得读得不过瘾，为什么不展开写详细的侦破过程，为什么要从这个人物角度去观照主人公，为什么花费不少笔墨写这些情节？怎么不那么像破案小说？你怎么想是你的事，我喜欢这么写，是我的事，对吧？

记者 H：提一个或许不那么合适的问题，这部小说里的主要案件，有原型吗？是不是真有其事？

廉声：当下社会处于异常激烈的变革之中，泥石混杂，千奇百怪，什么事都可能发生。跟你透个底，小说中的主要案情，确有其事。实际上，十几年前，正是我写电视剧《大宋提刑官》时，媒体报道了这个案子，当时还有点小轰动。一个奇特的杀人案，街头巷尾都有人议论，说得神神乎乎，真假莫辨。我想了好久，还是没舍得用在电视剧里。可以说，我对它情有独钟，一直珍藏着，总想着要把它写成一部有意思的小说。一晃就是好些年，这案子的人物和情节，时不时地在我脑子里窜来窜去，逐渐演化成小说内容，人物、情节包括一些细节，慢慢地像藤蔓或海藻似的，在我脑海里生长延展开去，让我不得安宁，甚至有时晚上睡不着觉，想着它。直到几年前，我终于下决心，一定要把它写出来。当然，现在的小说已不再是原先那个真实案子了，完全是另外一个故事。

记者 H：我有点好奇，你会把原先的案子改变成什么样子？用你的话说，写一部有意思的小说，那么你想在这个故事里表述什么？什么是你的"意思"呢，能说一说吗？

廉声：小说是讲故事的，尤其是侦破类的，读者通常是被里面的人物命运牵挂着，被强烈的悬疑所吸引，沿着侦破案情这条线，迫不及待地要往下读，渴望得知案情的真相，直到读到最后，弄清案情，获得心理的满足。这是最原始、最普遍的一种阅读需求。但是，现代小说必然还会有别的意思存在，或是作者精心设置的，也可能是小说中自然形成的，读者可以领悟到作者的独到匠心，也可以由读者从小说中发现他自己所理解的某种隐含着的意义。外行看热闹，内行看门道，这个门道，就是我说的"意思"所在。我希望我的小说能让内行看出里面隐藏着的门道，还不止一道门，或许有两道门、三道门呢？猜猜看，有没有可能？

记者 H：廉声老师，还想再问你一个问题。我对日本作家东野圭吾特别喜欢，几乎是崇拜他，读你的书稿时，忽然就联想到东野圭吾和他的小说了。你应该看过东野圭吾的小说吧？你对他的小说有什么评价，你和他，你们的小说，有没有相似之处？

廉声：我读过不少日本推理小说作家的作品，早些年是看了日本电影《砂器》《人证》，才得知其改编自推理小说，再去找小说来读，认识了松本清张、森村诚一等一批日本推理小说作家。森村诚一的《人性的证明》《青春的证明》《野性的证明》我都读了。他们都是社会派推理小说作家，由一个案子揭开隐在案情后面某个社会问题，常常是把犯罪与现实生活紧密联系在一起。还有其他流派，本格派、变格派、悬疑派、法庭派等。日本推理小说的开山鼻祖江户川乱步，是本格派的创始者，还有横沟正史、西村京太郎等，这一派别在日本是正流，以设置精妙难解的悬念为特征，前几年在我国颇有影响的推理动漫片《金田一少年之事件簿》《名侦探柯南》等，应属本格派。至于东野圭吾，他的作品很多，不光在日本名气很大，在中国也圈了无数铁粉。他的小说写得确实不错，把他归列流派却有点难，算是一个另类。早期获江户川乱步奖的《放学后》肯定是本格派的，《白夜行》则靠近社会派了，到《嫌疑人X的献身》，似乎又回到了本格派，而后来的《解忧杂货店》，里面没有杀人案，也没有罪犯和侦探，带点玄幻色彩。我最喜欢的还是《白夜行》，它的剧情二元结构设置精妙，人物关系复杂，社会内涵也很丰富。这样说，你大概能理解我的意思吧？实际上，每个作家的写作风格，走过的创作之路，都不尽相同。虽说他山之石，可以攻玉，但是，羽毛只有自己身上长出来的，才是最美丽、最贴切的。

记者 H：你已经完成《失踪》这部小说，接下去是否还会写这一类的小说？或者已经在写了？你有这方面的写作计划吗？

廉声：抱歉，我对还没有完成的作品一向不预先透露信息的。我这个人计划性不强，想要写的东西藏在肚子里，像江南农民冬季在自己家里做红曲酒那样，通常要把煮熟的糯米放进缸里，酝酿相当长一段时间，让它慢慢酿出香浓的酒水来。老母鸡肚里的一堆卵，究竟哪个先变成硬壳蛋，哪天能从鸡屁股里生出来，恐怕它自己也没底吧。嘿嘿。

谢谢你。下回有机会再聊。

把玩"九连环"的"拾贝者"

——廉声新作《失踪》及其他

郭 梅

很多作家都有精神寄寓。阎连科有他的耙耧山脉，王安忆有她的上海弄堂，孙犁有他的白洋淀，莫言有他的高密乡，汪曾祺有他的高邮，贾平凹有他的商州……廉声亦如此——他的立足之地，是其家乡浙西天目山。在这片沃土上，他创造了被称作"新历史小说"的众多作品。而今，当战争的阴影逐渐淡去，廉声再一次突破历史的局限，突破其原有创作风格的局限，新著《失踪》应运而生。

印象中，我最早是从《妩媚归途》认识廉声的。在那个故事里，从"我"的困惑出发，探究小舅陈留根（陈怀桑）的死因。小舅在新中国成立前夕曾置身于国民党地方军两派斗争的夹缝之中，结果被人利用，最后屈死。小舅的死带出了一连串的因果纠缠的假设，而作者也似乎在种种假设之余把小舅的死因解释得颇为明了，但"我"在讲完这个故事后又当即声明：

    细心的读者能挑出这篇文字中好些矛盾和违背逻辑之处。确实如此，几十年前死于非命的一个十七岁少年的遗事，如今要完全真实无疑地复述出来，几乎是不可能的。

    在诸多的空白和断裂处，只能由我笨拙地添抹上臆想的色彩，我不否认出于血缘关系及别的原因，在想象中注入偏爱的成分，同一人物在毫不搭界的市民的闲谈中完全可以是别的一个卑琐小人。

此份说明将小舅的死因再次化为秘密，而真正可能掌握着这个秘密的石贞儿却旅居海外，"我"最后只能寄希望于有一天石贞儿能够突然出现，并道出一个石破天惊的死亡真相。

接着，我读到了《月色狰狞》。和《妩媚归途》相似，《月色狰狞》的结局也将莫天良的死设置成一桩疑案。对于莫天良的死亡，一种猜测是官方的两则消息，即国民政府浙西行署所办的《民众报》一九四二年十月十七日第二版右上角的一条题为《内讧引发械杀　家怨贻误国仇》的短讯：

据可靠方面透露，边陲重镇铜鼓镇失守，盖因原驻守该地之抗日武装莫天良部发生内讧，莫天良被部下饶及林所杀，余部即成散沙……我国军曾援兵相济，苦无接应，只得撤还。一代抗日英杰莫天良未死国难……

还有一则是抗战胜利后查缴的日军文件中发现的一份战报（编号03-176），上面写着：

我特遣阿部小队于九月二十八日晚在铜鼓镇西北十余里称驼背岭处，伏击了地方游匪莫天良部，……首莫天良当场中弹毙命……莫匪既除，为我挺进战略要地铜鼓镇，扼守淅皖公路线扫除了最后障碍……

另一种猜测，则是未见诸报端、流传民间的诸多说法。

看完小说后，读者显然能够明白莫天良的死亡与日军、伪军、国军、土匪之间的政治较量无关，然而作者却郑重其事、颇费苦心地将报刊上公布莫天良死因的文字写得有理有据，不仅给出了敌我双方的说法，还将日期、报刊名称、刊登位置、战报编号等细节不厌其烦地予以罗列，由此真真切切地带领读者走进了虚构的真实。这也正是当时"新历史小说"常用的叙事方法——散落于民间的种种说法正说明历史

"谜"的本质，而看似确凿无疑的官方历史记载又何尝不是冠冕堂皇的掩饰呢?! 由此，"新历史小说"的作者对历史小说惯用的"历史真实论"模式进行了无情的嘲弄和有力的突破。

需要强调的是，廉声善于使用不可靠叙事，在其早期创作中，历史不再是一个个确定无疑的事件，而是无法再现、存在于不同个体模糊的记忆之中，并被人们用各自的理解加以阐释的破碎的故事群，他所擅长的，或曰注重的，是抓住历史的某些碎片和影子。在创作早期，他热衷于书写自己所理解的历史，并着眼于历史陈迹的魅力和生命悲凉的气息，创造出了许许多多命运各异的人物。在他的笔下，人物的命运因战争的介入而改变，从而不可避免地走向了消失与死亡的结局，作品的字里行间渗透着"历史已死亡"的哀叹，弥漫着历史衰败的气息。

然而紧接着，我便看到了一部与众不同的长篇小说《沃血家园》。在《沃血家园》的创作后记《我的故乡，我的天目山》中，廉声如是道："作家写的只是他心臆虚化中的一段历史故事，是他对历史真实的试问与人性内核的揣度，并非向人们提供确凿无疑的史实资料，也不会有意图解什么，强求证明什么，故而，读者在小说中读到什么，理会到什么，受感动，或有所感悟，自可有不同的偏爱与取舍。"在"新历史小说"的文学史观下，创作应是对已逝去的历史的回顾、审视和质疑，并用个人的文学观反照历史事件及历史人物，而这部被誉为"南方《白鹿原》"的《沃血家园》，其实也并未局限于"新历史小说"的写作方式，而是用"正视历史"的观念进行创作，其中火烧蚕种场、天目山阻击战、截断杭徽公路等史实将文学引向了一个记载历史、保存历史的新维度。可以认为，《沃血家园》是廉声创作转向的一个节点。

换言之，无论是《妩媚归途》《月色狰狞》，还是《沃血家园》，我都看到了在民间化视角中展现的历史。而值得注意的是，廉声的新著《失踪》亦是因民间一个奇特的杀人案触发了创作灵感，不断酝酿、延展而成。

毋庸置疑，从《妩媚征途》《月色狰狞》，到电视剧《大宋提刑官》，再到《失踪》，廉声的创作在不断发展和成熟。在《妩媚征途》《月色狰狞》等"新历史小说"创作阶段，廉声受到 20 世纪 90 年代新历史主义的影响，将历史考察带入到文学创作之中，不再简单地将历史作为创作的背景，而是直面历史、书写历史。同时，他还将文学与政治相结合，强调叙事视点的政治化和叙事方法的写实性。在当时的文化语境中，廉声自然很难摆脱新民主主义时期的"革命情结"，因而他的笔下出现了陈怀桑这类无意之中被卷入革命洪流的人物。可以说，廉声早期的创作是裹挟在"新写实"和"先锋派"之间的，是一种保留了民族意识的怀旧与伤感之作。而到了电视剧《大宋提刑官》的创作阶段，廉声对小说艺术的理解开始有了转变，他的视野变得更加开阔，想象力也得到了充分的延展。此时的廉声或许是带着一种游戏心态进行创作的，而《大宋提刑官》中的每一件案子都是他和观众之间进行的一场游戏。同时，由于电视剧的商业性本质，《大宋提刑官》的创作是对当时现实的批判，现实生活中的官场黑暗、道德败坏等痕迹遍布其中，似调侃，亦似哀鸣，再由破案途中层层悬念的揭开一点点地展现在观众的眼前。

从小说创作转为影视剧本创作的作家很多，但廉声始终坚持着严肃创作的底线。《大宋提刑官》火爆全国，廉声本可以就此专攻剧本，但他认为自己的追求并不在影视剧本，而在小说。余华曾言："我开始意识到一位真正的作家所寻找的是真理……他应该向人们展示高尚。"廉声是一位真正的作家，是一位坚持寻找真理、坚持说真话、坚持向读者展示高尚的作家。尽管电视剧本的写作让他得到了及时的反馈，看到观众们每天追剧、讨论剧情的发展、热衷于推测凶手，他是高兴、兴奋的，但他更深知电视剧本创作极易掉进商业陷阱，不能如小说创作般畅所欲言。为了维护自己的创作初心，他又回归了小说创作。显然，此时的廉声，获得了更加开阔的视野和更加平静的心态，思维和创作笔法也得到了更高、更深、更广亦更敏锐的历练，于是，兼具悬念重重的故事情节、复杂深刻的人性探索和细腻沉稳的艺术特质的《失踪》，在他的腕底应运而生了。

值得注意的是，"新历史小说"诞生于一个因战乱使得人性消亡的时代，而如今的社会，利益至上成风，导致人性再次被遗弃。宁波广播电视大学教授梁旭东曾在《新历史小说的话语意义与审美特征》一文中指出："新历史小说的导向是非常明确的：人与人性。"而在廉声的创作中，始终未变的也正是对人性的书写——他正是通过对历史的反思，于回顾中再创造，从而捡拾人性。在"新历史小说"阶段，廉声借助历史，透露出"历史已死亡"的无奈，但他并非试图去复活这个衰败、死亡的历史，而是试图从过往的历史中捕捉住一些残存在人们记忆中的人物、故事，并赋予这些故事碎片丰富的血肉和肌理，从而从客观的历史真实中脱离出来，表达人自身对历史的固有价值的追求和怀疑。通过《失踪》，廉声借助一个寻找失踪人口的刑事案件，很好地表达了其对人性的追求。

阅读中，我们很容易发现廉声非常擅长使用第三人称的叙述视角，而这个叙述者，又并非完完全全与故事无关的"局外人"，而是时刻关注故事走向甚至影响故事发展的"局中人"。在《妩媚归途》中，作者从"我"这个外甥的视角切入，通过"我"找寻舅舅过往的经历展开故事；而在《失踪》中，作者再次选择了这样一个"第三人"，巧妙地从女警官艾静的视角切入，揭开了一个埋藏二十年的秘密——

作为历年案情综合处理中心的年轻女警官，艾静原本只需要安安静静整理失踪档案，却因"犯错被贬"的年轻刑警陆晓飞的到来而卷入了一件又一件的刑事案件之中。艾静看是局外人，却又不是完完全全彻彻底底的局外人，她有着第三者的视角，但由于身处其中，又并非全知全能的上帝视角，只是在故事边缘徘徊着、观望着、讲述着。而小说中的犯罪嫌疑人刘槿是个身负罪责的女人，她十年如一日地照顾瘫痪在床的父亲，因父亲强奸、家暴母亲和自身被奸污的不堪回首的记忆，她对男人及婚姻非常排斥。从一个女人的视角去看发生在另一个女人身上的故事，自然而然带有怜惜之感，理智部分让渡于感性，女人间的惺惺相惜和理解包容被展现得淋漓尽致。在字里行间，作者似乎是特意选择了这样一种怜惜性的女性视角，当读者与艾静同欢喜、同悲戚，一同为刘槿的悲惨遭遇而感伤、同情时，刘槿这一角色本身的邪恶面便被悄然隐去。无论如何，能够杀人后面不改色去学校给孩子们上课，能够与尸体同住在一座房子内长达三年，能够听凭尸食性苍蝇将稻谷堆中的尸体一点点啃噬，这样的一个刘槿本身便不可能是一个简单的弱女子，当然也不是一个纯粹的受害者。但因为刘槿是女性，且是个身形娇小、性格温和的女性，所以在人们眼中，她是无害的，是弱势群体，是能够被理解、被原谅、可以被安放在"受害者"位置上的，毕竟，柔弱的兔子如果不是被逼急了，怎么可能咬人呢？然而，试想一下，若刘槿的性别转换，是个男人呢？艾静还会如此同情她，甚至因误会中心主任吴佑彬与刘槿接近是利用其情感的一种"伪装"而生吴佑斌的气吗？也许不会。吴佑斌作为一名经验丰富的老刑警还会如此执着地要为刘槿洗脱"冤情"，甚至在庭审开始、刘槿的罪名几乎已然成为事实后依然不放弃寻找新的证据吗？也许不会。小镇上的人们还会一致认为"那男人不是好东西！他欺负小槿姐……死得活该！"，而丝毫不在意刘槿是个杀人犯的事实吗？也许不会。"以恶治恶，孰是孰非？罪与恶，孰分孰解？"廉声在小说中抛出了这样一个非常有分量有价值的问题，放置在文中刘槿被性侵而后反抗杀人的语境中，放置在人性消亡的现代社会里，善恶的尺度正叩问着尚未完全麻木的人心。

鹊梅、云莲、艾叶、孟嫂、刘槿……廉声笔下的女性，总体具备一种外柔内刚的美。女性虽能斜睨世事苍凉，然而，她们的执着和坚守却无法抵抗命运的无常，从而在种种看似偶然实则必然的事件中陷入无力逆转的命运悲剧。鹊梅能够拒绝裹脚，却无法抵抗被父亲作为一味"药"送上老爷病床的命运；云莲能够在新婚之夜从洞房逃跑，却无奈地成为堂兄为了政治私欲转赠与人的物化的"花瓶"；孟嫂在爱面前有着清醒的是非尺度的把握，却无力抵挡自身成为一群男人嫉妒、肮脏、仇恨、狰狞、私欲发泄的出口……即使到了《失踪》，刘槿在目睹了父母婚姻悲剧之后对爱情和婚姻有了不同于平凡女性的深刻认识，却依旧重复了母亲被侵犯的命运。女性的生命状态、生存境遇为展现人性欲念与人生无常提供了一个舞台，通过这个舞台，"人性"的幽深被刻画得纤毫毕现。然而，女性魅力的真正所在却无关乎历史、无关乎战争、无关乎时事、无关乎一切外在的物象，而在于女性自身，在于女性作为独立个体的生命意义，在于女性被要求幽闭的身体和终究无法幽闭的灵魂。女性的魅力体现在她们对情爱的勇敢追求，即使她们经历的是"灾难人生"，叹息过后依旧顽强地与命运抗争——尽管抗争的同时沦入了万劫不复的深渊。窃以为，廉声偏爱书写女性，他在《文学的魔力好比催眠术》一文中表示："女人永远是个谜，自小我就对她们感到好奇，令我着迷，欲探寻她们的秘密。"而廉声笔下的女性之所以充满了魅力，除了女性自身的温柔、重情和对命运的顽强抗争、对自由独立的永恒追求外，还暗含着对男性欲望的折射。在父权社会，女性不自觉地被社会心理潜移默化地影响，从而对男性存在或多或少的依赖心理。廉声作为男性作家，在其前期的写作中，女性的柔弱更为凸显，她们大都生活在阴暗、病态的旧式社会，需要依靠男性将她们从原有的环境中解救出来。而《失踪》则不同，刘槿是廉声小说中不可多见的具有自我的女子，在她的身上凝聚的男性欲望被她杀死，对于男性，她始终持冰冷的排斥态度。她常年独自照顾病卧在床的父亲、独自面对老房子中暗藏尸体的秘密，她表面是温顺平和的，即便被安排相亲，她也默默地承受着，但她却有着内心的坚守，因此会在事后通过电话等方式告知对方自己不接受婚姻。也许，作家便是想通过这样的细节，彰显温柔的力量之强大，正如微笑比嘶吼更有力。

在廉声的笔下，女性"个人史"的书写恰恰淋漓尽致地展现了历史的哀矜与苍凉。他擅长将必然历史通过偶然事件进行影射，而必然历史的偶然化作为"新历史小说"的重要特征在《失踪》中得到了延续和升华。从"新历史小说"到《失踪》，背景发生了改变，曾经的战争的硝烟渐渐散去，国家危急存亡的历史背景被表面平静实则暗流涌动的和平社会背景所取代，然而，历史依旧是那个历史，依旧是那个不可靠的、一旦逝去就不再"真实"的历史。在《失踪》中，看似完满的结局却因很瘦小的、穿最小号警服的小于"熟能生巧"地砸核桃而蒙上了一层未知的阴影。可以说，廉声小说的布局始终是悬疑感十足的，环环相扣的故事情节用平实而带有诗意的语言叙述出来，使得读廉声的书就像解九连环，看似不同的人和故事却有着千丝万缕的联系，且都在同一历史时空中、同一背景下暗中勾连着，如同并立的树林，地面上棵棵树木相互独立，地底下的庞大根系却缠绕成一团。

廉声所述，是个人的历史、女性的历史、民间的历史。他是历史的"拾贝者"，于岸边慢慢徘徊，并小心翼翼地拾取偶然被冲刷上岸的贝壳。透过如"九连环"般环环相扣的情节设置，复杂却深刻的人性幽光闪烁，如同贝壳上相似却又不同的纹理，那些被遗忘的故事也逐渐浮出水面。而裹挟在历史潮流中前进的普通人和他们日复一日的平凡甚至庸常的生活，将带领读者触摸和感知最真切而深邃的贴切的"人性"……

（作者系杭州师范大学教授）

图书在版编目（CIP）数据

失踪/廉声著. --郑州:河南文艺出版社,2022.8
ISBN 978-7-5559-1318-4

Ⅰ.①失… Ⅱ.①廉… Ⅲ.①长篇小说-中国-当代 Ⅳ.①I247.5

中国版本图书馆 CIP 数据核字(2022)第 089440 号

选题策划　陈　静
责任编辑　俞　芸
书籍设计　刘婉君
责任校对　殷现堂

出版发行　河南文艺出版社
本社地址　郑州市郑东新区祥盛街 27 号 C 座 5 楼
承印单位　河南瑞之光印刷股份有限公司
经销单位　新华书店
纸张规格　890 毫米×1240 毫米　1/32
印　　张　10.625
字　　数　192 000
版　　次　2022 年 8 月第 1 版
印　　次　2022 年 8 月第 1 次印刷
定　　价　48.00 元

印厂地址　河南省武陟县产业集聚区东区(詹店镇)泰安路
邮政编码　454950　　电话　0371-63956290